DANS LA MÊME SÉRIE

1988
Alan Booth, *Les Chemins de Sata.*
Thorkild Hansen, *La Mort en Arabie*, coéd. L'Aire.
Ma Jian, *La Mendiante de Shigatze.*
Göran Tunström, *Partir en hiver.*

1989
Cabeza de Vaca, *Relation de voyage (1527-1537).*
Isabelle Eberhardt, *Lettres et journaliers.*
Théodore Monod, *Méharées.*
John Steinbeck, *Dans la mer de Cortez.*
Cees Nooteboom, *Le Bouddha derrière la palissade.*
Thorkild Hansen, *Jens Munk.*

1990
Lieve Joris, *Mon oncle du Congo.*
Tom Miller, *La Filière des panamas.*
Marc de Gouvenain, *Retour en Ethiopie.*
Guido Gozzano, *Carnets indiens.*
Adriaan van Dis, *Sur la route de la soie.*
Cilette Ofaire, *Le San Luca.*
Philip Glazebrook, *Flâneries ottomanes.*

1991
Marc de Gouvenain, *Un printemps en Sibérie.*
Théodore Monod, *Plongées profondes.*

"TERRES D'AVENTURE"
série dirigée par Marc de Gouvenain

TERRES D'AVENTURE – ACTES SUD
Série éditée avec la collaboration
d'Hervé Derain et Daniel Popp
Conception : Marc de Gouvenain et Bertrand Py
Maquette : Christine Le Bœuf
Illustration de couverture : Miles Hyman
Cartographie : Christine Le Bœuf

Les manuscrits sont à adresser à Actes Sud,
Le Méjan, 13200 Arles.
Informations presse : tél. 1. 43 54 70 61.
Informations libraires : tél. 90 49 86 91.

Informations voyages : Agence Terres d'aventure,
16, rue Saint-Victor, 75005 Paris, tél. 1. 43 29 94 50.

LA DEMEURE DES ESPRITS
Une odyssée dans la jungle de Nouvelle-Guinée

Titre original :
Where the Spirits Dwell

ISBN 2-86869-688-0

Tobias Schneebaum

LA DEMEURE DES ESPRITS

récit traduit de l'américain
par Alain Labau

ACTES SUD
HUBERT NYSSEN EDITEUR

à Douglas Wright

C'est étrange comme tout dans la civilisation me paraît médiocre – l'art, le journalisme, la philosophie, le cinéma, et même la musique, dès lors que je quitte la jungle de Nouvelle-Guinée, que j'en "émerge". J'aurais soupçonné le contraire – un émerveillement soudain pour les choses de la culture, les arts et les lettres, les échanges policés et les grandes réalisations. Et pourtant je les trouve à chaque fois toujours aussi insipides, ennuyeux, décevants et désespérément artificiels. Peut-être est-ce leur éloignement de la véritable nature de l'homme et de son environnement naturel qui me les rend si fades et illusoires.

CARLETON GAJDUSK,
Journal (Nouvelle-Guinée), 1961-1962,
2e partie.

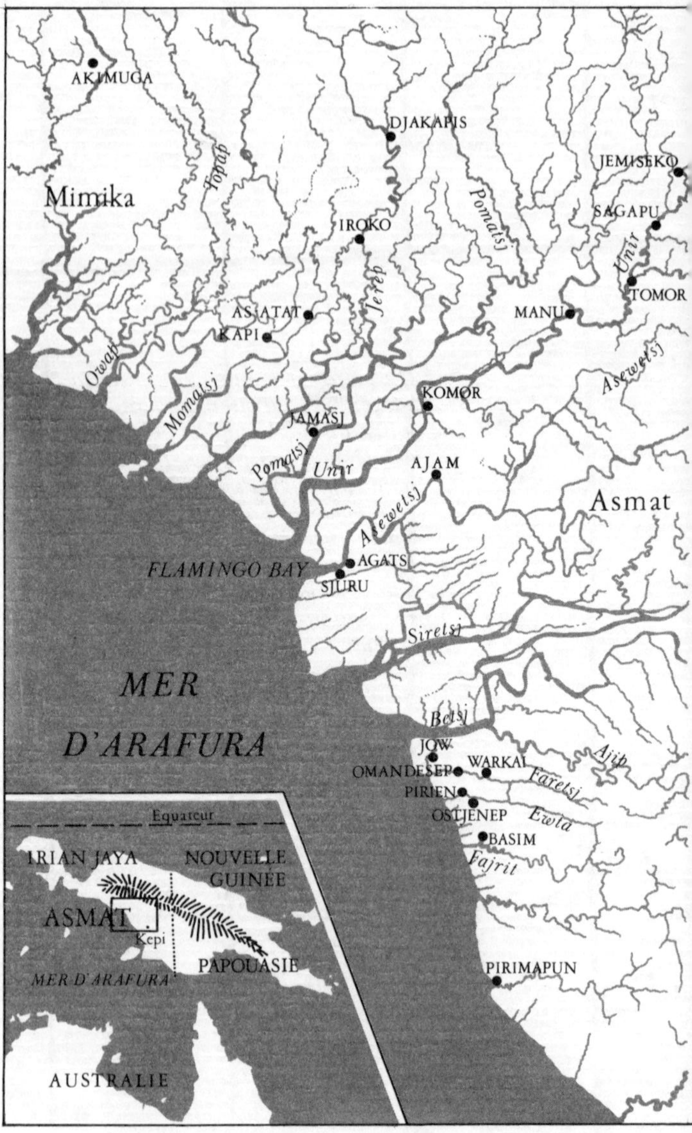
AKIMUGA
Mimika
Topap
DJAKAPIS
JEMISEKO
SAGAPU
Pomatsj
IROKO
Unir
TOMOR
Jerep
AS-ATAT
MANU
KAPI
Owap
Asewetsj
Momatsj
KOMOR
JAMASJ
Pomatsj
Unir
AJAM
Asmat
Asewetsj
AGATS
FLAMINGO BAY
SJURU
Siretsj
MER
D'ARAFURA
Betsj
JOW
Ajip
OMANDESEP
WARKAI
Faretsj
PIRIEN
OSTJENEP
Ewta
BASIM
Fajrit
Equateur
IRIAN JAYA
NOUVELLE
GUINÉE
ASMAT
Kepi
PAPOUASIE
MER D'ARAFURA
PIRIMAPUN
AUSTRALIE

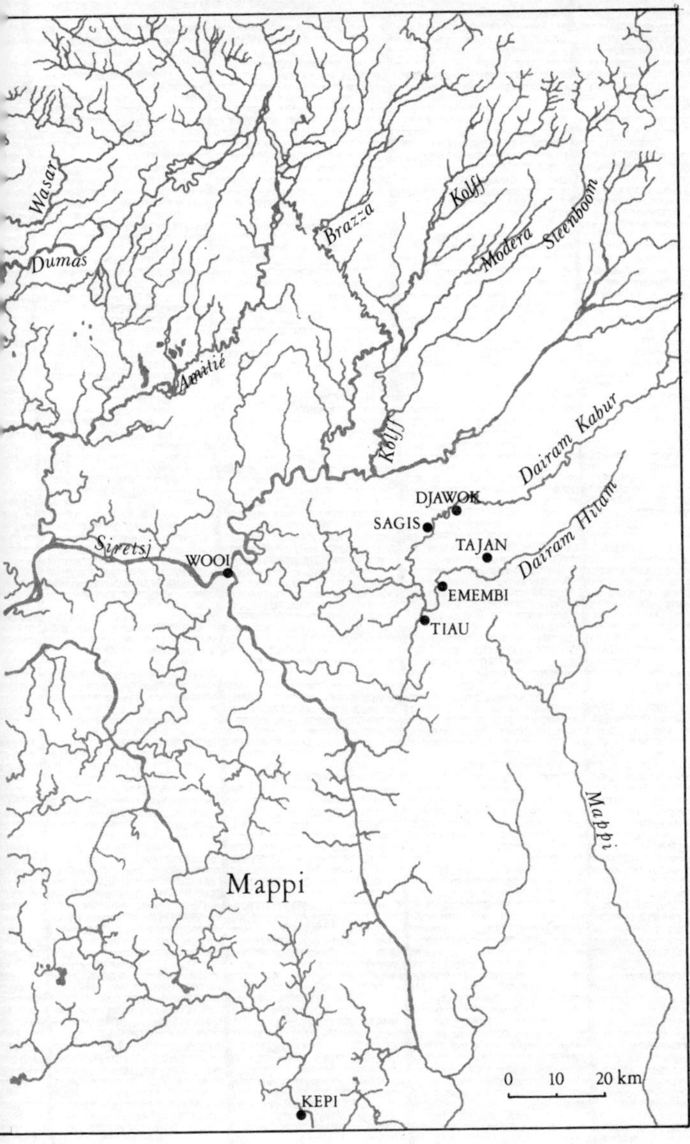

Wasar
Dumas
Amitié
Brazza
Kolff
Modera
Steenboom
Kolff
Dairam Kabur
Dairam Hitam
DJAWOK
SAGIS
TAJAN
EMEMBI
TIAU
Siretsj
WOOI
Mappi
Mappi
KEPI
0 10 20 km

1

Nous n'avions pas entendu le bruit de leurs pas tant leur approche avait été silencieuse. Ils avaient l'air sauvage et barbare avec leurs cheveux cordés, leurs mèches en bataille, leurs yeux noirs et vifs, leurs regards farouches, pleins d'émerveillement et de stupéfaction. Certains portaient des anneaux de nez en coquillage. La plupart n'étaient vêtus que d'un short déchiré. Intimidés, aucun n'avait le courage de pénétrer dans ce lieu sacré. Figés sur le seuil, ils détaillèrent les grands mâts d'ancêtres et reconnurent immédiatement celui sculpté dans leur propre village, gravé aux noms de parents récemment disparus.

En Nouvelle-Guinée depuis seulement un mois j'observais la scène de l'intérieur du musée en compagnie de deux amis.

— Uh ! Uh ! firent-ils en désignant le mât, ici ou là, épelant les noms de leurs fils, leurs frères ou leurs pères, se rappelant le combat où ils avaient trouvé la mort.

Enhardis par la présence de ces esprits familiers, ils s'avancèrent jusqu'au mât, qui tenait à peine dans les six mètres séparant le sol du plafond, pour se masser tout autour. Le bois était sculpté d'une succession de personnages et d'oiseaux, peints en blanc, rouge et noir. Au sommet, l'un d'entre eux projetait un dard phallique en filigrane. Le mât avait été taillé d'une seule pièce dans un tronc de palétuvier dont on avait conservé l'une des racines, le pénis, et que l'on avait retourné afin qu'elle fasse saillie au sommet. C'était une affirmation puissante de virilité et de fertilité, comme si les esprits mâles de la sculpture s'étaient conjugués, prêts à exploser et éjaculer leur force vitale sur tous ceux qui se trouvaient au-dessous. Telle la semence qui jaillit du phallus, les guerriers pouvaient à tout moment surgir de la maison des hommes afin d'assaillir un village ennemi et venger la mort des ancêtres que ce mât symbolisait.

— Kaper, s'exclama l'un d'entre eux, en désignant son jeune frère.

— Satafin, murmura son voisin en touchant presque le personnage du dessous, un parent, mort, lui aussi, au combat.

Craintivement, ils esquissèrent d'autres noms dans un chuchotement presque inaudible et, un par un, ils identifièrent tous leurs ancêtres. Timidement, ils les montrèrent du doigt, effleurant furtivement ceux du bas, redoutant que les esprits n'aient pu satisfaire leur quête vengeresse et continuent de vivre en ces lieux étrangers.

Ils s'étaient agglutinés autour de la sculpture comme pour invoquer la protection des leurs contre les esprits qui habitaient les autres objets exposés, boucliers, tambours et sagaies. Il y eut des messes basses, des regards dans notre direction, puis ils se penchèrent pour nous souffler doucement à l'oreille : Otsjenep ! Otsjenep! – le nom de leur village.

— Otsjenep ! répéta Trenk, le conseiller du musée. Eh bien, Tobias. C'est bien là que tu voulais aller ? Voilà l'occasion rêvée. Pourquoi ne repars-tu pas avec eux ?

— Tu as raison. On posera la question tout à l'heure.

Les hommes dénouèrent leurs ballots en feuilles de pandanus autour de statuettes, de bols et d'appuie-nuques qu'ils souhaitaient nous vendre. Nous les examinâmes soigneusement, nous plaignant de la piètre qualité de certaines pièces, mais nous achetâmes le lot pour le musée, espérant ainsi les encourager à persister dans leur artisanat. La prochaine fois, leur expliquai-je, nous serions plus exigeants et refuserions tout travail réalisé à la hâte, tout objet sculpté la veille du départ. Lorsque je leur demandai s'ils acceptaient que je les accompagne à Otsjenep, leur chef, Kas, acquiesça avec enthousiasme : Akato ! Formidable !

Le lendemain, à la pointe du jour, trois hommes peints et décorés passèrent à la mission pour m'annoncer qu'ils étaient prêts à partir. Sur la berge, une horde d'indigènes aux visages striés d'ocre rouge et de chaux blanche s'affairait autour de quatre pirogues. Beaucoup portaient un bandeau en couscou, marsupial de la taille d'un gros chat, piqué de plumes blanches sur le pourtour, des décorations nasales en coquillage ou en ossement humain, et des colliers en dents de chien. On aurait dit qu'ils se préparaient pour un raid.

Le père Frank Trenkenschuh, Trenk pour les intimes, se tenait sur le sentier qui surplombe le chenal menant à l'Asewetsj. Grand, mince, bronzé, il était vêtu d'un short et d'un T-shirt barré d'un SHIT en lettres capitales fantaisie.

— Hé, me cria-t-il, on dirait que tes amis sont sur le pied de guerre.

L'homme qui l'accompagnait s'esclaffa. Bram, en sa qualité de conservateur du musée, était habillé de façon stricte : chemise en batik à manches longues et pantalons longs.

— *Salamat jalan !* me dit-il. Bon voyage !

— Hé, Tobias, rajouta Trenk, ton bon ami Allo te fait ses adieux. Il craint de ne jamais te revoir. Il est persuadé que tu vas finir dans la marmite de ces sauvages, comme Michael Rockefeller ! *Salamat jalan !* Et n'oublie pas de me rapporter quelques crânes !

Elancé, les épaules puissantes, les muscles pectoraux et abdominaux bien articulés, Kas m'aida à monter dans sa pirogue. Les marchandises achetées grâce au produit de la vente – chemises, shorts, robes, fil de pêche, tabac et lampes de poche – étaient déjà chargées. Les arcs, les flèches et les sagaies étaient posés dessus, à portée de main. Kas avait prévu un espace pour que je puisse m'asseoir, le dos calé contre ma mallette où j'avais rangé des conserves, du tabac et autres objets de troc. La fébrilité des hommes commençait à me gagner. Je fis un signe de la main en direction de Trenk et de Bram :

— *Salamat tinggal !* Portez-vous bien !

Sans que je remarque aucun signal ni aucun mot d'ordre, les hommes poussèrent un cri d'une seule et même voix : Uh ! Ils firent claquer à plusieurs reprises leurs pagaies contre le flanc des pirogues avant de s'engager dans le chenal. A l'embouchure de l'Asewetsj, les quatre embarcations se mirent en ligne, leurs occupants déjà entièrement nus, car ils s'étaient débarrassés de leurs shorts en quittant l'embarcadère. Uh ! Uh ! Uh ! criaient-ils, le genou fléchi, maniant la pagaie avec une telle force que la pirogue bondissait en avant. Ils criaient toujours au rythme des pagaies lorsque, quittant l'estuaire, nous entrâmes dans la baie des Flamants. Au large s'étendait la mer d'Arafura.

Si nous avions maintenu le cap, si les hommes avaient su ce qui les attendait et s'étaient préparés à une traversée de cinq cents kilomètres, nous aurions rejoint la côte septentrionale de l'Australie. Au lieu de cela, nous virâmes à l'est pour serrer de notre mieux le rivage et éviter des vagues plus hautes qu'à l'accoutumée. C'était le début du mois de décembre et des premières moussons de nord-ouest, où il est rare de voir un Asmat s'aventurer en pleine mer. Mais les hommes, dévorés par l'envie de tabac, n'avaient pu attendre la fin de la saison des pluies pour venir à Agats vendre leurs sculptures ; ils avaient couru le risque. Nous longions maintenant le littoral sud-ouest de l'ancienne Nouvelle-Guinée occidentale, connue aujourd'hui sous le nom d'Irian Jaya, territoire indonésien qui s'étend à l'est de Bornéo et de Bali. A cette hauteur, la côte est bordée de marais qui s'enfoncent sur des kilomètres à l'intérieur des terres. Ses habitants, les Asmat, appartiennent à la race des Papous comme la plupart des indigènes de Nouvelle-Guinée, Noirs aux cheveux crépus, découverts pour la première fois en 1511 par les explorateurs portugais d'Abreu et Serano.

Nous avions progressé rapidement, entraînés par les vents et la marée descendante. La tempête s'était levée, nous cinglant de plein fouet au moment où nous sortions de la baie pour gagner le large. En dépit de vagues gigantesques, les hommes gardaient le sourire et s'amusaient même des intempéries. Un grain creva et une pluie drue et glaciale s'abattit sur nous. J'écopai à l'aide d'une éponge de rotin effiloché et d'une spathe de sagoutier, cette partie des palmes qui adhère au tronc de l'arbre. Ballottés par les flots, nous bondissions sur les lames qui se brisaient, froides comme de la glace. Luttant contre la bourrasque, les hommes bandaient leurs muscles en chantant, mais leurs accents se perdaient dans la tourmente.

La pirogue, soulevée par la houle, était projetée dans les airs, puis précipitée au creux de la lame. En dépit de la brume et de la pluie qui nous enveloppaient, je m'aperçus que deux des pagayeurs avaient disparu, emportés par la mer déchaînée. Bon sang, pensai-je, c'est reparti. On va finir comme Michael Rockefeller. Notre compte est bon.

Je riais devant l'ironie du sort car je voyageais somme toute avec les gens d'Otsjenep, ceux-là mêmes que l'on soupçonnait d'avoir tué Michael. Si je venais à disparaître, qui croirait à une banale histoire de noyade ? Pourtant, aucun des occupants de la pirogue ne semblait se faire de souci ; bien au contraire, ils trouvaient la chose hilarante. Surpris par leur bonne humeur, je me retournai pour regarder derrière moi et je vis les deux disparus pataugeant au milieu de tourbillons qui leur arrivaient à peine à la taille, malgré les trois kilomètres qui nous séparaient du rivage. Au large de l'Asmat, si les hauts fonds de la mer d'Arafura présentent un danger pour les bateaux, ils sont une aubaine pour les pagayeurs en détresse.

Fatigué de ramer sur la mer en furie, Kas fit signe aux pirogues de rejoindre la terre ferme. Nous arrivions en vue de Boakap, une langue de sable où se trouvait un bivouac fréquenté de nuit par les pêcheurs ou les voyageurs qui faisaient route vers Agats. Il nous fallut une heure avant d'atteindre la petite hutte qui nous servirait de gîte car nous dûmes d'abord pagayer jusqu'à ce qu'il n'y ait plus d'eau, puis faire glisser les pirogues sur la vase. C'était marée basse et nous nous enlisions jusqu'aux genoux. On noua les amarres en rotin autour des pagaies fichées dans le limon.

Profitant d'une éclaircie, les hommes s'enfoncèrent dans la forêt pour y chercher du bois et l'on alluma des feux avec les allumettes que j'avais données à Kas. Les pirogues furent entièrement déchargées et leur contenu transporté dans le bivouac. On disposa, à proximité des foyers, les nattes de pandanus sur le sol en terre battue. Lorsque tout le monde fut installé, je tendis à Kas une carotte de tabac dont il fit profiter ses compagnons et tous se mirent à fumer. Des galettes de sagou pilé, la moelle du sagoutier, furent placées sous les braises et retournées avec des pinces en bambou. On les fit griller jusqu'à ce que se forme sur le pourtour une croûte épaisse, habituellement fade et insipide, mais délicieuse lorsqu'on la tartinait de beurre de cacahuète et de gelée dont je me munissais parfois. Au centre, la chair formait une masse blanchâtre, friable, sèche et sans saveur. Les hommes mangèrent avec un plaisir manifeste. C'était après tout leur nourriture de base, l'équivalent de nos féculents.

La pluie se déchaîna à nouveau. Pendant la nuit, la marée montante inonda le bivouac et la pluie s'engouffra par le toit en feuilles de nipa, déchiré par le vent. Sitôt endormi, il fallait se lever pour tirer les nattes vers un endroit plus sec. Avant de se recoucher, on bavardait ou on fumait une cigarette. Mais la pluie et la marée gagnaient du terrain et nous dûmes nous serrer les uns contre les autres, à fumer ou papoter, tandis que le vent hurlait autour de nous. Tel un minuscule îlot, nous restâmes blottis afin de nous tenir chaud et de nous protéger des fureurs de la nature. Certains dormaient par intermittence. D'autres discutaient, puis somnolaient. Avant que l'aube ne pointe, le vent et la pluie s'étaient apaisés et nous pûmes trouver le sommeil.

En milieu de matinée, nous longions la courbe du rivage en direction du sud. Le soleil était masqué par les nuages et il faisait froid. Le ciel finit cependant par se dégager et un soleil éclatant nous réchauffa. Les hommes pagayaient lentement sur une mer plate. Au fil des heures, la chaleur du soleil s'intensifia et les corps se couvrirent de sueur. J'ouvris une boîte de pêches, en mangeai une et distribuai le reste.

Le soleil était brûlant et, bien qu'immobile, je sentais que moi aussi je me déshydratais. Silencieux, les hommes pagayaient nonchalamment, s'arrêtant de temps à autre pour allumer une cigarette avec les braises du bivouac que l'on faisait circuler de pale en pale d'un bout à l'autre de la pirogue. L'air était opalescent, presque tangible. Peut-être étaient-ce la fraîcheur de la nuit, le manque de sommeil ou cette longue journée de voyage ; ou peut-être encore la chaleur accablante, la houle imperceptible de la mer, les oiseaux du rivage qui planaient au-dessus de nos têtes avant de fondre sur leur proie ; mais tout semblait s'effacer dans une atmosphère nacrée qu'estompait notre lassitude. L'envie me prit de tendre la main pour palper l'air irisé.

Nous approchions du rivage, planté de casuarinas plumeux et de palétuviers. A l'avant, Kas annonçait le nom des bras de mer qui s'enfonçaient dans la forêt. Il se retourna pour m'indiquer un point, droit devant.

— Kali Sieh ! Kali Sieh !

Je distinguai un banc de vase, un renflement à la surface des eaux calmes, et, au-delà, une percée dans le rideau d'arbres qui bordait le Sieh. Kas cria quelque chose à ses hommes qui manœuvrèrent leurs pirogues vers la lagune. La première arrivée s'y échoua et les hommes plongèrent. Les autres pirogues se laissèrent glisser et tous, soudainement vivifiés, sautèrent par-dessus bord. Encore silencieux et léthargiques un instant plus tôt, les hommes agirent sans hésiter. Euphoriques, ils plongèrent dans la vase, la tête la première. Ils se mirent à vociférer, hurler, glapir, brailler, rire, nager, se rouler, bondir, plonger, s'ébrouer, remplissant l'air de leurs cris rauques et perçants. Libérant une énergie infinie au fur et à mesure qu'ils expurgeaient leur passion, ils semblaient s'affranchir d'une immense tension, comme s'ils n'avaient attendu que ce moment pour le posséder et en jouir. Une occasion s'était présentée et ils prenaient du plaisir là où il se trouvait. Grisé par leur exubérance, je plongeai à mon tour pour me vautrer dans la boue lénifiante. Je sombrai d'abord, comme aspiré, puis je refis surface en exultant.

Kas me lança des giclées de boue ; je l'imitai. Il me poussa vers le fond et je crus suffoquer. Il m'aida à m'extirper et sauta sur mon dos. Le contact sensuel de la boue, l'hilarité de mes compagnons, leur harmonie totale avec le monde alentour, leur don de soi, leur exubérance, l'appétit de leurs sens étaient orgiaques. Dans la pirogue, avaient régné le calme et la sérénité ; dans la souille, c'était la vie que l'on célébrait. Le passage de leurs mouvements flegmatiques à la démonstration débridée du plaisir m'insuffla le sentiment nouveau de mes propres limites et je tentai de secouer le joug des esprits qui m'avaient refréné pour me livrer tout entier à l'assouvissement de l'instant présent.

Prêts à partir, les hommes se lavèrent dans le courant. Je tentai de me décrasser mais je ne fis qu'étaler la vase. Les hommes, eux, se trempaient dans l'eau et en ressortaient propres. J'eus beau m'évertuer, la vase ne voulait pas partir. Kas éclata de rire. Il me jeta à l'eau, me hissa sur le bord de la pirogue, m'aspergea, me frotta, m'aspergea et me frotta encore. Agrippé à ses épaules, je me laissai débarbouiller. La vase collait à ma peau pâle et sèche et cela le faisait rire.

Au crépuscule, de petits nuages, noirs et versatiles, sillonnèrent le ciel en bordure de littoral, se croisant et décroisant sans cesse, indécis sur la direction à prendre. Ils semblaient passer les uns au travers des autres, puis ils virevoltaient et se confondaient à nouveau. Je ne les revis que plusieurs soirs plus tard survolant l'Ewta, des milliers et des milliers de roussettes, des nuées entières, voletant vers le large. Où se hâtaient-elles ? Quels arbres aux fruits savoureux avaient-elles découverts ?

Il faisait nuit lorsque nous arrivâmes à l'embouchure du Faretsj.

— Nous ne passerons pas par Pirien, me chuchota Kas. Nous sommes en guerre. Nous allons remonter le fleuve.

Je n'avais pas réalisé que les conflits persistaient toujours entre Otsjenep et Pirien, autrefois un seul et même village. Ils s'étaient battus pour des femmes et des plantations de sagoutiers. Les deux clans vivaient encore sur l'Ewta, les uns à Pirien en aval, les autres à Otsjenep en amont. Cela nous obligeait à un long détour et à une journée de voyage supplémentaire.

Profitant de la marée montante, nous nous laissâmes porter par le courant. Personne ne soufflait mot. On ne ramait plus, les pagaies étaient tenues à la verticale au fond de la pirogue. Nous glissions, sans bruit. A l'arrière, un homme dirigeait la pirogue. Parvenus au village d'Omandesep, nous ne vîmes ni feux ni torches et n'entendîmes aucun bruit. Malgré notre silence, les hommes restaient sur le qui-vive, à l'affût du moindre mouvement, du moindre signe qui trahirait l'imminence d'une attaque. On profitait en effet de l'obscurité de la nuit et du petit matin pour lancer les raids sur les villages ennemis.

Il arrivait parfois que des guerriers, invoquant leurs intentions pacifiques, demandent à passer la nuit dans un village. Lorsqu'ils avaient gagné la confiance de leurs hôtes et endormi leur vigilance, ils attaquaient brusquement, tuant et capturant autant d'ennemis que possible pour les emporter dans leurs pirogues. Il n'était pas rare non plus que des invités soient accueillis avec une profusion de nourriture et de cadeaux avant de se faire trucider par vengeance ou parce que l'on avait besoin de leurs têtes pour des cérémonies d'initiation.

Personne ne fuma ou n'échangea une parole lorsque nous passâmes à hauteur d'Omandesep. Les hommes connaissaient par expérience les villages que l'on pouvait traverser sans crainte. Une heure plus tard, nous atteignîmes un petit hameau. Je constatai le lendemain en consultant la carte qu'il s'agissait de Warkai, enclave sawi en territoire asmat. En dépit des différences de coutumes, les intermariages étaient courants. Les Sawi nous entraînèrent vers la maison des hommes d'où montaient des chants et des frappements de tambour. A l'intérieur, des hommes et des garçons bavardaient assis autour de cinq ou six feux. Je donnai à Kas un peu de tabac qu'il offrit aux hommes les plus influents afin qu'ils le partagent avec les autres membres de la tribu. En dehors du halo lumineux que projetait le feu autour duquel nous étions installés, le reste de la pièce était plongé dans les ténèbres. On me montra des boucliers et des tambours de facture ancienne, mais j'étais trop fatigué pour y voir clair. J'avais déjà résolu de ne rien acheter la nuit, lorsque la lumière était trop faible. Je devais regretter cette décision car nous partîmes dès l'aube.

On nous offrit du sagou et des crevettes que nous mangeâmes avec appétit. Conscient de mon ignorance des coutumes locales et toujours attentif à mon bien-être, Kas porta les crevettes à sa bouche, les fit craquer sous la dent et me tendit les chairs décortiquées. Enormes, succulentes, elles ne nécessitaient aucun condiment. Repu, j'étendis ma natte de pandanus à proximité de l'âtre pour me protéger des moustiques et m'endormis immédiatement. Les hommes continuèrent à parler.

— Tombias ! Tombias ! entendis-je bientôt.

Kas murmurait doucement à mon oreille car il craignait que mon esprit, s'étant détaché de mon corps pendant la nuit, ne soit toujours pas de retour. C'était le moment où j'étais le plus vulnérable ; on pouvait facilement attenter à ma vie auquel cas mon esprit, damné, serait contraint à errer sans fin, tel un zombi.

Il faisait encore nuit lorsque nous chargeâmes les pirogues. Les hommes de Warkai dormant toujours au moment de faire nos baluchons, nous avions pris soin de ne pas trébucher sur les corps assoupis de peur de déranger les esprits. C'était l'heure du changement de marée, *air duduk*, comme disent les Indonésiens, "eau assise", juste avant que le courant ne file vers la mer ou ne soit refoulé en amont. Sur le rideau noir de la forêt des milliers de lucioles pareilles à de minuscules lumignons vibraient non de quelques scintillements mais d'un feu nourri, faisant de chaque arbre un buisson ardent asmat. Je m'endormis au fond de la pirogue, trop à l'étroit pour pouvoir étendre mes jambes. Peut-être est-ce le soleil qui me réveilla ; ou alors la douce mélopée des hommes :

Sisi ya
yuwa sisi ya.

La forêt était si dense que les pagayeurs devaient se pencher pour éviter les branches déployées. Au moment de nous engager dans le Wi, alors que le courant commençait à refluer avec la marée descendante, la forêt se transforma inopinément en un marais planté d'herbes hautes. Le ciel à découvert s'étalait au-dessus de nos têtes. Les arbres, les pandanus, les nipas et les palétuviers avaient fait place à d'immenses bouquets de graminées vert pâle qui contrastaient avec la couleur sombre et triste de la forêt. Nous progressions à travers ce marais de roseaux dont je ne connaissais ni n'avais soupçonné l'existence. Des aigrettes et autres échassiers s'effarouchaient à notre passage et les herbes me griffaient les bras alors que la peau dure des Asmat résistait aux égratignures.

Ce n'étaient pas seulement les couleurs, la variété des feuillages et les quelques orchidées en fleur qui créaient le changement, les sons eux aussi résonnaient différemment : bruissement des feuilles dans notre sillage, claquement sec des pagaies contre les joncs, appels des oiseaux, des piaulements plus que des cris.

Majestueux, éloquents dans leur mouvement, les hommes étaient debout les uns derrière les autres, six, huit, dix, à pagayer avec aisance en chantant :

Sisi ya
yuwa sisi ya
asa korama
yi korama.

Les occupants de chaque pirogue étaient soudés par un esprit de camaraderie, liés par un contrat, familial dans la plupart des cas. Ils étaient beaux-frères, amants aussi. J'enviais ces hommes qui épousaient le mouvement des pagaies en chantant d'une même voix :

Sisi ya
yuwa sisi ya
asa korama

yi korama
nana sisi wow
nana sisi wow
yi ! yi !
eh !
Il y a des crevettes
Dans la petite rivière, il y a des crevettes
Elles nettoient la merde
Elles nettoient la pisse
Nous mangeons les crevettes
Nous mangeons les crevettes
Yi ! yi !
eh !

Après la note gutturale du "eh !" final, les pagaies claquèrent à nouveau contre les pirogues. Une expression de tristesse et d'hébétude se lut sur les visages. Je ne décelai aucune violence dans leurs traits mais plutôt de la timidité, de la douceur, de la gentillesse, de l'affection, de la tendresse et une beauté qui me troublait profondément ; je regardai ces hommes et le désir me vint de caresser presque toutes les joues. Il y avait bien des visages plus durs, des visages fermés, impassibles, au regard inflexible, impénétrable, austère, mais ils pouvaient s'éclairer et vous charmer en un instant.

Nous voyagions hors du temps, libres de toute contrainte : arriver à la pointe du jour, au coucher du soleil ou à l'heure précise du déjeuner. La marée nous servait d'horloge, elle seule régissait notre horaire. Il était plus aisé de pagayer avec le courant et, en hommes avertis, tous les Asmat se déplaçaient en amont à marée montante et en aval à marée descendante. Lorsque nous virâmes à l'ouest dans l'Ewta, nous fûmes portés par le courant qui s'élançait vers le large. Alors seulement, les hommes sonnèrent leurs cornes en approchant du rivage familier qu'ils avaient quitté pour traverser les territoires ennemis et se rendre à Agats.

Hooo-ooo-ooo ! faisaient les cornes de bambou, au nombre de quatre ou cinq, toutes d'un timbre différent. Hooo-ooo-ooo ! clamaient-elles, comme pour dire : Voyez, nous rentrons sains et saufs. Naguère, en d'autres circonstances, elles auraient annoncé le retour triomphal des chasseurs de têtes et les pirogues auraient regorgé de cadavres au lieu des emplettes faites dans les magasins d'Agats.

Pendant mon séjour à Agats, je me suis souvent demandé à quoi pensaient les hommes en ramant. Ils donnaient l'impression de somnoler et de pagayer par réflexe, mais, en dépit des apparences, je les savais vigilants, sensibles à tout ce qui se passait autour d'eux, à l'affût de mets potentiels, ou guettant l'approche éventuelle d'un étranger. Ils scrutaient continuellement la forêt à la recherche de fruits mûrs, épiaient tout ce qui troublait la surface de la vie, aussi faible soit le bruit du poisson bondissant hors de l'eau, minuscule l'oiseau à la dérive sur sa bûche, imperceptible la fuite des animaux. Ils les identifiaient immédiatement à leur forme, leur couleur, leur taille et leur vitesse. D'instinct, ils mémorisaient le moindre détail et accumulaient la connaissance des rivières, des oiseaux, des bosquets de sagoutiers, des barrages, des bivouacs, des pièges à rats ou marsupiaux. Mes réflexes étaient le plus souvent trop lents pour que j'aperçoive ne serait-ce qu'un crocodile qu'ils me montraient du doigt avant qu'il ne se coule dans la rivière. Au repos, me demandais-je, leur esprit voyageait-il dans le passé pour revivre toujours et encore les exploits qui faisaient d'eux de valeureux guerriers, de grands chasseurs d'animaux ou de redoutables chasseurs de têtes ? Comme la plupart d'entre nous, n'exagéraient-ils pas leurs prouesses et leurs pouvoirs, puisant dans un passé qui était l'accomplissement de leurs rêves plutôt que dans la réalité ? Tous rêvaient-ils de se venger de leurs ennemis ?

Plus tard, profitant des longs voyages, je lirais, rédigerais mon journal, ou bien laisserais mon esprit remonter dans le passé. Je songerais aussi à l'avenir, inventant mille péripéties avec l'espoir de les vivre un jour.

Je devenais l'un des hommes de la pirogue, fort et puissant, familier de la forêt, de ses oiseaux et de ses animaux. Je savais faire du feu avec une boucle en rotin et du bois sec, bâtir ma maison de quelques coups de machette dans un palmier, protéger mes biens et ma famille d'une sagaie experte ou d'une flèche bien ajustée. Je rapportais du sanglier sauvage une fois par mois sans me blesser à ses féroces défenses. J'avais même coupé dix têtes ennemies, forçant le respect de tous, y compris de mes quatre femmes et douze enfants. Dans mon esprit, j'étais un homme universel, rompu aux plus grands tours de force et d'endurance comme aux sentiments les plus généreux.

Pour l'heure, j'observais la vie de la forêt. Elle se laissait découvrir spontanément et se donnait toujours à voir et à entendre pour peu que vous ayez l'œil et l'oreille d'un Asmat ou que l'on vous aide à la découvrir. Le silence qui régnait à bord de la pirogue favorisait cette proximité avec la nature et les hommes.

Sur le chemin d'Otsjenep, je repensai aussi à ma vie, comme souvent j'avais vainement tenté de le faire. Je contemplai les oiseaux, l'eau, les arbres, le ciel, gravant dans mon esprit les camaïeux de couleurs, la mer avec ses bruns et ses reflets bleutés, le ciel bleu, rouge, pourpre et orange qui changeait tout au long de la journée jusqu'à l'ultime rayon vert du soleil couchant, si inattendu qu'on avait peine à y croire. Au milieu de ces hommes, je sentis le moment enfin venu de me percevoir comme un être humain, doté d'une force propre et d'une place dans le monde. Dans la quiétude de la pirogue, je m'avouai que mon but était là, autour de moi, à cet instant précis, et je me laissai pénétrer de la présence des hommes et de la forêt. Je me revis, encore enfant, penché sur la Hafttorah sous l'œil de notre rabbin hassidim, inhalant l'odeur rance de son habit noir qui avait envahi l'arrière-cuisine de notre épicerie de Brooklyn. Je me revis, assis près de lui, chantant des psaumes du mieux que je pouvais même si je me plaignais que ma partie de la Torah fût la plus longue. J'avais rapidement pris goût au chant et n'éprouvais aucune difficulté. Bien que je sois parfaitement incapable de chanter une chanson sans détonner, je n'ai jamais eu de mal avec la musique hébraïque. Avare d'encouragements, le rabbin me tapait souvent sur la tête lorsque j'écorchais une voyelle. Ce faisant, des miettes collées à sa barbe tombaient sur le livre ouvert. Je les époussetais tandis qu'il se penchait sur sa chaise en balançant son buste, les mains sur les genoux, bercé par le rythme de son chant intérieur. Au fond de la pirogue, je secouai la tête et fredonnai quelques mesures :

Baruch atah Adonai, Elohenu melech haolum.
Béni sois-Tu, Toi notre Dieu, roi de l'univers.

Ce verset était-il dans le même ton que sisi yaya ? L'enfant assis près du rabbin était-il celui-là même qui se tenait au côté d'un guerrier, noir, nu, une spire de coquillage dans le nez, le visage fardé de blanc ?

2

Mon voyage en Nouvelle-Guinée débuta dans le métro, sur la ligne Manhattan-Brooklyn, après que mon père eût acheté une épicerie à l'angle de la Troisième Avenue et de la Soixante-huitième Rue. Assis sur les chaises cannées, je jouissais de la protection de ma mère et de mon frère aîné, Moe. Je n'ai gardé qu'un vague souvenir de l'appartement que nous venions de quitter, à l'extrémité est de la Treizième Rue, car il se confond dans mon esprit avec les pièces fourmillantes de cafards où vivait Sylvia Sydney dans *Dead End.* Mais il reste ma source, ma genèse ; c'est là que menèrent toutes les routes d'Europe, que mes ancêtres se rencontrèrent en la personne de mes parents, que je vins au monde, monde que, depuis, je n'ai jamais cessé de fuir, toujours insatisfait.

De ce premier appartement, je me rappelle seulement la cuisine et ses couches de linoleum rapiécé dont les damiers blancs et verts s'étaient fondus en couleurs indéfinissables. Je revois la silhouette courbée de ma mère, lessivant le sol, tout comme par la suite elle nettoierait le linoleum des trois pièces de l'arrière-boutique de notre magasin à Brooklyn.

Nous habitions dans le Lower East Side, juste à côté de chez la tante Yetty, la plus vieille amie et la plus intime aussi de ma mère, et l'oncle Adolph. Leur fille, Ruth, s'occupait de nous car elle était l'aînée. Bernie, mon plus jeune frère, ne vit le jour qu'après notre installation à Brooklyn. Notre situation sociale s'étant améliorée, ma mère accoucha dans un hôpital, même si elle en sortit le jour d'après et reprit son travail au magasin le surlendemain. Quelques années plus tard, Ruth viendrait nous chercher à Brooklyn pour nous ramener à Manhattan. Nous irions au Radio City Music Hall où Shirley Temple incarnait le rôle de Little Miss Marker et les Rockettes se déguisaient en théières, avec des couvercles en guise de chapeaux.

A son arrivée de Pologne, juste avant la Première Guerre mondiale, mon père était entré comme serveur dans un hôtel d'une station touristique du mont Vernon, le genre d'endroits que l'on vit se multiplier dans les années trente à la satisfaction des juifs orthodoxes et hassidim qui fuyaient la chaleur estivale des villes, ne fût-ce que pour quelques jours. Ma mère avait émigré à peu près à la même époque, en 1913. Ils n'évoquèrent jamais leur pays natal, ni les premiers temps dans la golden America, terre d'avenir, ni même New York et ses rues pavées d'or, ce pays de cocagne à l'occidentale où le lait et le miel coulaient à flots. Jamais ils ne mentionnèrent leur traversée en troisième classe, les odeurs de merde et de marchandises avariées, de vomi et d'urine, les cales bondées de passagers. Une fois seulement ai-je connu la même promiscuité, à bord d'un cargo indonésien qui reliait Java à la Nouvelle-Guinée occidentale, trois semaines de mer au milieu d'un essaim d'expatriés, sans pouvoir s'asseoir, s'étendre ou échapper à la puanteur des deux toilettes engorgées que se partageaient des centaines d'hommes, de femmes et d'enfants. Nous n'avions pas d'eau potable, ni d'eau pour nous laver, mis à part l'eau de mer que l'on puisait dans des baquets en remerciant le Ciel. Aussi pénibles que furent ces circonstances, mon sort ne saurait être comparable à celui d'un immigrant débarquant sans le sou dans un pays inconnu, après avoir fui l'oppression en Pologne.

La plus ancienne des photos de mon père le montre en uniforme de l'armée américaine dans un camp de jeunes recrues. En s'engageant, il avait automatiquement obtenu la nationalité américaine. Il se tient raide et gauche, les mains collées aux flancs. Ses cheveux noirs gominés sont peignés en arrière ; ses lèvres épaisses et sensuelles sont retroussées en un sourire qui ne trahit rien de la violence dont il était capable. Ses mollets sont engoncés dans des guêtres kaki. Mince, il ne ressemble pas du tout à l'homme corpulent que j'ai connu. Il n'avait pas encore épousé ma mère car ils ne devaient se rencontrer qu'après la guerre, à l'époque où il vendait des œufs comme marchand ambulant dans l'Avenue B et où ma mère travaillait comme concierge dans plusieurs immeubles à l'est de la Treizième Rue, se coltinant les bacs à cendres et à ordures depuis les caves.

Il n'existe aucune photo de ma mère à cette époque. Elle avait de longs cheveux qui lui arrivaient au bas du dos et que plus tard je lui vis brosser, tordre en chignon et épingler dans la nuque. Ils étaient d'un châtain soyeux, presque blond. Elle les coupa pour la bar mitzvah de Moe, les rangea dans le tiroir d'une coiffeuse, puis les vendit lorsqu'elle eut besoin d'argent. Elle se servait du fer à friser une fois par semaine pour donner du volume à sa coiffure à la Jeanne d'Arc, ouvrant les pinces autour desquelles elle enroulait chaque mèche.

Elle était menue et je n'ai jamais vu de sourire plus doux. Il suffisait à nous éclairer tous et nous réconforter. Je ne l'ai jamais entendue se plaindre de quoi que ce soit, ni même des sempiternelles récriminations de mon père qui la traitait de bonne à rien. Moi je l'aimais et je savais que ce n'était pas vrai. Mon père ne nous laissait aucun moment de répit, sauf lorsqu'il pleurnichait à la table de cuisine sur les mélos du *Jewish Daily Forward*. En voyant ses larmes, je me demandais comment il pouvait manifester autant de compassion pour des personnages de fiction et n'en ressentir aucune pour sa femme et ses enfants. Il n'y eut jamais aucune marque d'amour ou de tendresse entre mon père et ma mère, ni rien qui laissât supposer qu'il aimait ses enfants.

Ses amis l'adoraient. En leur compagnie, il savait se montrer agréable et généreux. Aux cartes, il leur prêtait de l'argent qu'on ne lui remboursait jamais. Il faisait le marché plusieurs fois par semaine afin de gagner quelques sous de plus en vendant des œufs mirés. Avec Moe, nous avions appris à mirer les œufs dans l'arrière-boutique, une petite pièce sombre qui jouxtait la cuisine. Je me sentis tout fier lorsque je pus faire rouler trois œufs dans une main devant l'ampoule nue. Un dimanche sur deux, les copains de papa venaient jouer à la belote. C'était un grand jour pour mes frères et pour moi car nous avions la permission de suivre la partie et de voir les pièces tomber dans la marmite. Ils jouaient sur la toile cirée de la table ronde où nous prenions nos repas, faisions nos devoirs et étudions l'hébreu après l'école avec notre rabbin barbu.

Les premières photos de ma mère ont été prises chez un photographe. Nous y figurons tous les cinq et aussi l'oncle Harry qui avait quitté l'Europe pour venir nous rejoindre. Il avait épousé sa cousine germaine Ann Waldman qui devint rapidement la bête noire de la famille parce qu'elle fumait, se maquillait et flirtait avec les hommes. L'oncle Harry et Ann (qui n'accéda jamais au titre honorifique de "tante") partageaient notre trois-pièces. Ils eurent un enfant qui mourut quinze jours après sa naissance. Ann hurla pendant vingt-quatre heures, essayant de s'arracher les cheveux à la racine. Ils déménagèrent lorsque mon père acheta un deuxième magasin dont l'oncle Harry devint gérant. Ils n'eurent pas d'autres enfants. A la mort de l'oncle Harry, Ann hurla à nouveau et tenta une fois de plus de s'arracher les cheveux. Elle sauta dans la tombe de l'oncle en vociférant, tambourinant le cercueil jusqu'à ce qu'on l'entraîne de force, moulinant des bras et des jambes. Elle se remaria l'année suivante mais son nouveau mari mourut au bout de quelques mois. Elle convola à nouveau à deux reprises et enterra une fois encore ses deux maris. Je m'en étais désintéressé peu après la disparition de l'oncle Harry, le jour où j'avais vu mon frère aîné plonger la main dans son décolleté pour lui peloter les seins.

Mon père acheta un troisième commerce dont il confia la gérance à son cousin germain, Phil Ringle. Ringle, mon père l'appelait toujours par son nom, détourna le produit des ventes tout en prétextant qu'il ne faisait pas recette. Il s'était arrangé pour disposer les conserves de telle manière qu'il soit impossible de juger de l'état du stock au-delà de la première rangée. Il s'enfuit à Bridgeport en abandonnant une femme et deux enfants. Grâce à l'argent escroqué, il ouvrit un magasin de fourrure qui connut un tel succès qu'il créa une manufacture de manteaux de vison et de zibeline. Aucun d'entre nous ne le revit jamais et jamais il ne rendit l'argent qu'il devait à mon père. Nous apprîmes finalement qu'il animait une émission de radio hebdomadaire sur une station polonaise où il tenait régulièrement des propos antisémites.

Je n'ai jamais su d'où Phil Ringle, tante Yetty, mes parents, ni aucun membre de la famille étaient originaires, tout au plus qu'ils venaient de l'est de la Pologne, quelque part aux environs de Przemysl. Pour peu que j'aie connu un jour le nom de leurs villages, je serais incapable aujourd'hui de m'en souvenir.

L'oncle Bernie arriva au milieu des années trente sur le *Pilsudski* qui mouilla au centre de Manhattan. Embarqué clandestinement à Gdynia, il avait effectué toute la traversée dans un placard. Il descendit la passerelle vêtu d'une veste de steward pour se blottir dans les bras de ma mère. Il était sans bagages. Il avait près de vingt-deux ans, le même air engageant que ma mère et je l'adoptai immédiatement. C'était un oncle maternel, comme l'oncle Harry. Lui aussi vécut dans l'arrière-boutique jusqu'à son mariage. Il avait trouvé immédiatement un travail de presseur de moules en caoutchouc qui lui fit les mains calleuses après les énormes ampoules des premiers mois. Malgré son maigre salaire d'immigré clandestin, il m'emmena voir mon premier opéra, *Faust*, avec Helen Jepson, et me fit découvrir l'art de Jarmila Novotna et Jan Kiepura. Il m'entraîna au cinéma et aussi en balade dans sa vieille Ford, jusqu'au jour où il commença à sortir avec des filles, le samedi soir. Il avait le même nez bombé que l'oncle Harry, une version différente du nez crochu de ma mère. Il épousa Belle que la famille désavoua elle aussi parce qu'elle disait "merde", entre autres. Ils emménagèrent dans un autre quartier de Brooklyn, eurent deux enfants et finirent leurs jours dans un village de retraités à Fort Lauderdale.

Officiellement, le prénom américain de mon père était Jacob. Mais tout le monde l'appelait Yankle. Ma mère, elle, ne trouva jamais d'équivalent pour Riftcha, déformation de Rivka, dont la prononciation désarmait toujours le censeur. Un jour, c'était Rebecca, un autre Rose, nous ne fûmes jamais très cohérents. Quant à moi, j'ai fait ma scolarité comme un imposteur, sous le nom d'emprunt de Théodore, alias Ted. Lorsque au moment des inscriptions, ma mère avait indiqué que je me prénommais Toivele, on m'avait inscrit sous le nom de Théodore en fronçant le sourcil. C'est seulement le jour où je dus fournir une pièce d'identité pour faire établir un passeport que j'appris que mon véritable prénom était Tobias. Bien que Tobias depuis plus de quarante ans, presque tout le monde dans ma famille m'appelle encore Ted.

A Brooklyn, nous habitions un quartier scandinave qui ne connut que très peu de changements au début. Les Izzo emménagèrent à côté de chez nous et ouvrirent une quincaillerie. Les vieux ne parlaient pas un mot d'anglais et ne firent jamais l'effort d'apprendre. Ils préféraient se consacrer au jardinage et cultiver les rosiers. Notre jardin à nous était loin d'être aussi bien entretenu. Féru de gymnastique, l'oncle Bernie nous avait persuadés de construire une barre fixe : deux troncs d'arbre fichés dans le sol sur lesquels on avait posé une traverse métallique. Il m'enseigna des tours d'adresse et j'appris à me suspendre par les pieds, à me balancer, genoux repliés, puis, un beau jour, à faire des tours complets, bras tendus. Les Schwartz s'installèrent à côté de chez les Izzo et ouvrirent un atelier de confection. Ils avaient trois filles. Sylvia, la seconde, me choisit comme cavalier pour le bal de son école mais c'est Moe qu'elle épousa. Dottie, la dernière, qui suivait des cours, m'enseignait les claquettes et nous nous entraînions dans la rue.

Ma mère décéda des suites d'un cancer de l'utérus vers l'âge de trente-huit ans. L'oncle Harry, pourtant plus jeune, succomba à un cancer dix mois plus tard. J'ai eu la chance de ne passer qu'une seule fois sur le billard. Moe fut opéré des intestins alors qu'il n'avait pas la quarantaine. Dix ans plus tard, il subissait une côlotomie et mourait quelques années après. Bernie s'est fait opérer à deux reprises pour un problème similaire et, tout récemment encore, a subi l'ablation d'une deuxième tumeur maligne au cerveau. Jeffrey, le deuxième enfant de Bernie, se plaignit de douleurs d'estomac dès l'âge de quatorze ou quinze ans. On procéda à des tests de dépistage et, après son lavement baryté, il déclara avec sa désinvolture habituelle :

— Maintenant, j'ai vraiment l'impression de faire partie de la famille.

Heureusement, on ne diagnostiqua rien de grave.

De nous trois, Moe était le plus intelligent et le plus studieux. C'était un génie des mathématiques, sa matière principale à City College. Cela faisait enrager notre père qui comptait en faire un lutteur. Moe étant le plus lourd d'entre nous, mon père, qui se rendait deux fois par semaine à Ft. Hamilton pour y assister à des rencontres de catch le mardi et à des matches de boxe le jeudi, lui prêtait des dispositions particulières. A l'armée, Moe obtint un des meilleurs scores jamais atteints aux tests psychologiques. Nous ne pûmes nous empêcher de rire en apprenant qu'on l'avait cantonné à la garde des prisonniers de guerre allemands. Il demanda à intégrer le peloton des officiers mais il fut éconduit à cause de sa mauvaise vue ; il portait en effet des verres épais cerclés de métal. Il fut finalement muté aux transmissions en qualité d'ouvrier de ligne, précédant les troupes sur le terrain. A la fin de la guerre, il travailla pour le gouvernement et entra à la NASA qui l'envoya préparer un doctorat à MIT. C'est lui qui a conçu et réalisé SAMOS et TIROS, les premiers satellites artificiels américains. Son ERS, Earth Resources Satellite, lancé peu de temps après sa mort, est toujours en orbite autour de la Terre et nous transmet des informations sur les minéraux de l'écorce terrestre. Ses recherches nous fascinaient et je fus particulièrement impressionné le jour où il déclara en toute simplicité :

— Hier, j'ai dû virer la General Electric. Ils faisaient trop d'erreurs.

En 1975, la NASA créa le prix Moe Isaac Schneebaum, attribué chaque année à un jeune physicien de talent. Si jamais j'étais tenté de me prendre pour le grand explorateur de l'inconnu, il me suffisait de penser à Moe scrutant le cosmos pour relativiser mes prétentions naïves.

Ni Bernie ni moi-même ne pouvions rivaliser en quoi que ce soit, et nous étions suffisamment lucides pour le reconnaître, même si rien chez Moe ne nous incitait à la compétition. Bernie, en débutant comme représentant, avait mis sa femme et ses trois enfants à l'abri du besoin. Après l'ablation de sa première tumeur au cerveau, il fut contraint de prendre sa retraite. Pendant la guerre, il avait été affecté au bout du monde, en Inde et sur l'île de Bahrein, tandis que je servais comme mécanicien radar dans des régiments stationnés en Californie, en Arkansas, dans le Missouri, au Texas et en Caroline du Nord, toujours à l'abri du danger.

A mon retour, j'avais secondé mon père dans son épicerie de la 86e Rue à Brooklyn et suivi les cours du soir de Rufino Tamayo à l'école des beaux-arts du musée de Brooklyn. Bien que charmant, Tamayo était un piètre pédagogue : tous ses élèves ne faisaient rien de plus que du mauvais Tamayo. C'est lui qui en 1947 me persuada de choisir Mexico plutôt que Paris :

— Il n'y a plus rien à faire là-bas. Mexico est une ville beaucoup plus passionnante.

Je restai près de quatre ans au Mexique et c'est là que, grâce aux Indiens Lacandon, je commençai à m'intéresser aux civilisations primitives. Découverte par Frans Blum l'année de mon départ, cette tribu qui vivait dans la forêt de Chiapas, à proximité des ruines de Bonampak, avait conservé un mode de vie ancestral. J'avais chevauché vers ce minuscule village pour me retrouver nez à nez avec une quinzaine d'hommes, de femmes et d'enfants hirsutes, vêtus de sortes de tuniques crasseuses de confection artisanale. Je ne m'attardai guère plus qu'une quinzaine de jours mais, en dépit de leur manque d'hygiène et d'un physique que je trouvais repoussant, je me sentis attiré par quelque chose d'essentiel dans leur manière de vivre.

Plus tard, au Pérou, je vécus quelque temps avec des indigènes qui de prime abord incarnèrent à mes yeux l'idée que je m'étais forgée du "bon sauvage". J'avais été séduit par l'intimité de ces hommes qui vivaient et s'aimaient en petits groupes à l'intérieur de la grande maison où se rassemblait tout le village. Les femmes et les enfants dormaient au centre, protégés par les hommes qui s'allongeaient contre le mur en ovale. Je partageais non seulement le quotidien d'un groupe de six hommes mais aussi les nuits, blotti aux creux de leurs membres entrelacés, nos corps étroitement mêlés. Aveuglé par ma naïveté et mon ignorance, je m'efforçai d'ignorer certaines facettes de leur personnalité. Ils n'obéissent pas à notre éthique judéo-chrétienne mais à leurs seules coutumes, me disais-je. Au bout de quelques mois, je m'aperçus cependant qu'ils étaient soumis aux mêmes lois et contraintes que dans les civilisations occidentales et je me sentis troublé par la violence dont ils savaient eux aussi faire preuve. J'avais refusé de voir tout ce qui allait à l'encontre de ma conception du bon sauvage. Rendu à l'évidence, je repris la route.

L'expérience péruvienne fut déterminante. Afin de mieux comprendre mes démons intérieurs, j'entrepris d'écrire un livre qui exorciserait la fureur qui me tenait. En faisant le récit d'une époque où je m'étais trouvé entouré presque exclusivement d'hommes (les femmes n'ayant joué à mon égard qu'un rôle très secondaire), je compris avec quelle obstination j'avais recherché une telle relation : une intimité physique, voire charnelle, tout en maintenant une distance intellectuelle et affective, et en refusant de partager l'expérience essentielle de l'amour et de la passion, de la souffrance, la douleur et l'affliction. Je savais ces hommes capables de tous ces sentiments sauf peut-être du premier. Mais étais-je à même d'en juger ? Je n'avais jamais compris ce sentiment pour moi-même. Notre relation n'avait été que le reflet de mon aventure avec X, un parent que j'avais aimé lorsque j'étais enfant et qui m'avait permis certaines privautés, les avait presque encouragées, mais sans jamais se livrer. Au moment précis où j'avais le plus besoin de sa reconnaissance, il était resté silencieux et fuyant, se refusant à couvrir d'un simple regard la faible distance qui nous séparait.

Suis-je donc le résultat de ces rencontres avortées ? Avais-je résolu de ne jamais m'attacher ? Est-ce qu'en leur accordant mon amitié et mon affection tout en refusant d'être aimé, je n'avais pas joué avec ces hommes le rôle que X avait tenu ? Avais-je, à dire vrai, déjà rencontré l'amour ? Etais-je, suis-je capable de ce cheminement ? Fallait-il attendre que mon corps se soit assagi et libéré du poids de cette prétendue quête permanente de l'inconnu pour que l'amour devienne enfin possible ? Est-ce de l'amour que j'éprouve aujourd'hui ou l'illusion de l'homme mûr devant le néant des années passées qu'il a tenté de combler par une perpétuelle fuite en avant, poussé par le fol espoir de sonder les profondeurs secrètes de son être ?... J'explore à l'heure actuelle des espaces vierges que je n'avais jamais soupçonnés. L'amour a gonflé mes reins et m'a ouvert de nouveaux horizons.

Le récit de mon voyage au Pérou n'est pas dénué d'exagérations. Je ne pensais pas que l'on s'intéresserait un jour à ce que j'avais à dire. J'ai présenté les choses comme je les sentais, modifiant les données temporelles, exagérant le nombre des victimes tuées par mes amis assoiffés de vengeance. Malgré cela, j'ai décrit ce que fut ma vie en toute honnêteté. Lorsque je repense aujourd'hui à ma sincérité et à ma naïveté d'alors, je me demande qui j'étais et d'où je venais.

Il n'y a pas eu que le Pérou, bien sûr. J'ai vécu, travaillé, déménagé, je me suis fait des amis, j'ai changé. J'étais parti au Pérou comme boursier Fulbright et, de retour à New York, je me défoulai sur la toile, exposant mes œuvres à la galerie Peridot. Je voyageai en Grèce et en Italie, traversai l'Asie, découvris l'Afrique. Lorsque j'étais à court d'argent, je rentrais pour emballer des cartes de vœux chez Tiber Press, peindre et exposer. J'eus des aventures et parfois même je crus tomber amoureux ; mais mes sentiments ne furent jamais assez forts pour me retenir.

3

Lorsque, au cours de l'été 1973, j'arrivai pour la première fois à Agats, capitale de l'Asmat, la ville comptait à peine plus de quatre cents habitants : une majorité d'étrangers, des fonctionnaires, marchands ou commerçants indonésiens originaires d'îles voisines, une poignée d'Asmat engagés dans l'armée ou la police et quelques ethnies venues des quatre coins de ce que l'on appelait alors la Nouvelle-Guinée occidentale. Ses huttes lacustres, ses digues bordées de cocotiers lui conféraient un charme extrêmement romantique. A la pointe du jour, la lumière était froide et grise, encore tout imprégnée des averses violentes qui s'abattaient la nuit et s'apaisaient au petit matin, lorsque les rayons de soleil, déchirant brusquement le ciel sombre, dévoilaient des pans de ciel bleu derrière les nuages qui se dissipaient. Le soleil embrasait alors les arbres, puis les toits en tôle ondulée, aveuglant les roussettes qui, toute la nuit, avaient lancé leur cri, voletant d'un palmier à l'autre pour se gorger de noix de coco. La journée, la lumière était intense et les sentiers déserts ne s'animaient qu'en fin d'après-midi, à l'heure où les villageois sortaient pour bavarder et jeter un coup d'œil chez le voisin ou dans l'un des trois magasins du village (dix ans plus tard, il y en aurait environ une vingtaine pour une population qui aurait quadruplé). Le soir venu, je m'installais sur la jetée, seul ou avec un ami, pour observer le ciel doré se marbrer de couleurs changeantes, virer du jaune au rouge puis au pourpre, et se figer enfin quelques heures dans un bleu de Prusse semé d'étoiles avant que la pluie ne recommence à tomber, enveloppant la nuit de ses bruns foncés et de ses noirs comme d'autant de voiles.

Les Indonésiens avaient des peaux lisses aux teints riches et variés, depuis les bruns sombres des Asmat et de leurs congénères papous jusqu'aux ocres, aux roux, aux garances et aux magentas des Javanais, des Makassar, des habitants de Bali et de Sumatra. Quel contraste avec le rose pâle et le terre de Sienne clair si insipides des missionnaires occidentaux !

La ville d'Agats est située sur la rive gauche de l'Asewetsj, juste en amont de son embouchure avec la Flamingo Bay, qui doit son nom au premier bateau à y avoir jeté l'ancre, le *M. V. Flamingo*. Une à deux fois par jour, la mer submerge la majeure partie des terres, plates et encaissées, selon que, suivant le mois, la marée est simple ou double, un phénomène unique au monde. A marée basse, elle se retire sur des kilomètres, laissant derrière elle un rivage incertain et de grandes étendues de vase pareilles à de vastes étangs asséchés, des marais bourbeux sur lesquels hommes et femmes n'ont aucune peine à faire glisser leurs pirogues lorsqu'ils vont pêcher en mer ou extraire du sagou. Les grands fleuves qui sillonnent l'Asmat prennent leur source dans les montagnes et bien que ce soit un pays de tourbières et de marécages, ils sont grossis de tous les ruisseaux qui sourdent un peu partout. Car l'Asmat n'est pas une terre à proprement parler, mais un marais où croissent des forêts de palétuviers, de sagoutiers, de ferréols et de conifères. Au sud, le littoral est bordé de frêles casuarinas.

On rencontrait également à Agats des Croisiers, membres de l'ordre de la Sainte-Croix, fondé en 1210 à Clairlieu, en Belgique, non loin d'Huy. J'étais persuadé que je les détesterais tous sans exception, même si je comptais recourir à leurs services pour mes expéditions. Imbu de préjugés, j'avais toujours considéré les missionnaires comme d'arrogants spoliateurs qui imposaient autour d'eux leurs propres convictions, sans imaginer qu'il puisse exister une autre manière de vivre ou d'accéder à ce qu'ils appelaient Dieu et la religion. Ils étaient une quinzaine, disséminés pour la plupart dans les régions côtières. Ils venaient du Midwest, du Dakota du Sud, du Minnesota ou du Colorado, et de l'Est des Etats-Unis, Michigan, Indiana ou Pennsylvanie. Deux d'entre eux vivaient en Asmat depuis plus de quinze ans.

La mission catholique était dirigée par Mgr Alphonse August Sowada, personnage chaleureux et intelligent, plein de bienveillance et de sympathie aussi bien pour les indigènes que pour ses Croisiers, ce dont tous cependant ne conviendraient pas. A l'époque, je ne savais rien de l'Asmat, ni de ses habitants ou des étrangers qui y résidaient.

.C'est pourtant grâce à l'évêque et au père Frank Trenkenschuh que je finis par m'y installer et y travailler. J'étais venu en touriste après un séjour d'un mois chez les Dani, une tribu des hautes terres de l'Irian Jaya, où je m'étais fréquemment ennuyé. Les Dani m'avaient d'abord paru stimulants, mais ma relation avec eux s'était soldée par un échec frustrant. Peut-être me sentais-je alors incapable de nouer des liens profonds avec quiconque. Malgré la brièveté de mon séjour, j'avais recherché une expérience spontanée et fulgurante dans la maison des hommes. Je n'avais jamais songé à ce que je pourrais leur donner, mais à ce qu'eux pourraient m'apporter. Les hommes arboraient de longs étuis penniens fixés aux testicules et tenus en érection grâce à une ficelle nouée à la taille, des défenses de marcassin dans le nez et des chapelets de coquilles de nasses disposés autour du cou en rangs serrés à la manière d'un plastron. Leurs cheveux hirsutes et leurs corps luisants ruisselaient de graisse de porc. Beaucoup portaient des peintures faciales rouges ou noires et des plumes blanches piquées dans les cheveux. Bien que de taille modeste, ils n'en étaient pas moins vigoureux avec des cuisses et des mollets puissamment musclés. Ils avaient beau se montrer amicaux et dévoués, je compris très vite que je resterais un étranger, constamment en retrait, extérieur à la vie, dont je n'étais tout au plus qu'un piètre observateur. Les femmes étaient absentes à plus d'un égard, dormant séparément et travaillant seules dans les jardins de patates douces. Leurs jupes nouées au bas des hanches exhibaient leurs fesses nues. Les longs sacs en filet à bandeau frontal dans lesquels elles transportaient leurs bébés, la nourriture et le petit bois leur tombaient au bas du dos, cachant leur nudité.

Ce qui m'appelait en Asmat n'était peut-être que le souvenir fascinant que j'avais gardé de photos d'hommes, sauvages et nus, de sculptures grossières et frustes, envoûtantes et magnétiques, le souvenir d'un peuple et d'un art dont émanait une énergie qui m'attirait, me troublait. Peut-être croyais-je trouver au-delà des montagnes l'excitation que je cherchais en vain autour de moi.

Souvent, les photos mentent ou exagèrent. Elles peuvent être prises sous un angle trompeur ou une fausse perspective. On peut les considérer d'un œil critique ou partial. En découvrant ces photos d'Asmat, je n'avais vu que ce que je voulais voir : des cannibales et des chasseurs de têtes qui pourraient m'engloutir dans leurs vies.

J'avais déjà vécu avec des tribus quasiment coupées du reste du monde : les Lacandon dans le Chiapas, un groupe de Mashco dans la région de la Madre de Dios au Pérou, les Murut au nord de Bornéo, et les Ifugao sur l'île Luzon, des êtres qui m'avaient stimulé au point d'ébranler profondément ma sensibilité, faisant affleurer des émotions et une énergie latentes que l'étincelle de ce que j'appelais alors la liberté suffirait peut-être à embraser, me permettant alors d'accéder à la plénitude de l'être et donc au bonheur.

J'ai toujours été à la recherche de cette liberté et de cet accomplissement de soi sans savoir ce qu'il fallait entendre par là. Dans mon esprit et dans les livres, tous deux étaient associés à Rousseau et Diogène, Archimède, Socrate et saint Augustin, Bernanos et le Mahatma Gandhi, mélange d'amour et de vérité, par nature indéfinissables, apanage de peuplades lointaines, épargnées par l'influence pernicieuse de l'Occident. A l'époque, je peignais et exposais à New York. Je lisais la légende de Genji, le *Zohar*, Agatha Christie, le *Mahabharata*, James Hanley, *Le Rêve de la chambre rouge*, Isaac Babel et Martin Buber. J'allais au Metropolitan Opera pour y entendre depuis le poulailler de la musique classique ou de grandes voix. Je ressentais malgré tout au fond de moi comme un immense vide, un espace à prendre.

Mes amis new-yorkais m'acceptaient et m'aimaient, mais ce qu'ils me donnaient – ou plutôt ce que je m'autorisais à leur prendre – ne suffit jamais à calmer les démons qui me poussaient à parcourir le monde. Quelles qu'en fussent les motivations, cette envie n'avait pu surgir de manière spontanée comme Athéna du crâne de Zeus. En repensant à mon enfance, je me rends compte aujourd'hui que mon premier périple ne fut que l'aboutissement d'autres voyages, que je suis issu d'une famille de nomades, et que mes gènes font de moi le descendant de cette tribu condamnée à l'errance depuis que Dieu la chassa du Paradis.

L'évêque, que je compterais quelques années plus tard au nombre de mes meilleurs amis en Asmat, était né près de Saint-Cloud dans une communauté paysanne du Minnesota, de parents polonais et allemands. Des huit enfants, il était le plus agité, le plus remuant, celui qui ne tenait jamais en place.

— Au lieu de faire son travail, il fallait toujours qu'il aille courir chez ses copains des fermes voisines, me dit un jour sa mère. (Je m'étais en effet rendu à Saint-Cloud en 1983 pour fêter ses vingt-cinq années de sacerdoce.) Il ne fichait rien, il était toujours par monts et par vaux. Pour sûr, il a bien failli me rendre folle. Je me rappelle la fois où il a cavalé plus tôt que d'habitude. J'étais tellement excédée que lorsqu'il est rentré je lui ai trempé la tête dans un seau d'eau jusqu'à plus soif.

Et pourtant, en dépit de disputes occasionnelles, ils avaient eu une vraie vie de famille.

— On l'a toujours appelé Al la Canaille, me dit un jour un des missionnaires, au début parce qu'il s'était fait une réputation de tricheur, surtout au basket, où il jouait des mains pour compenser sa petite taille. Par la suite, à cause de ses écarts de langage.

D'abord curé du village de Sawa, puis supérieur d'une communauté à Agats, Alphonse Sowada accéda en 1969 à la digne charge d'évêque du diocèse d'Agats-Asmat. A trente-six ans, il devenait le plus jeune évêque de toute l'histoire de l'Eglise catholique.

Lorsque je lui rendis visite pour la première fois à Agats, sa bonhomie et sa gentillesse me mirent immédiatement à l'aise. Il m'accueillit avec un sourire chaleureux sur un visage encore lisse, une poignée de main ferme mais cordiale et un verre de bière bien fraîche. Il ne ressemblait en rien à ces hommes d'Eglise suffisants et dévots dont j'avais l'habitude. Il adorait son village, son travail, ses paroissiens, il savait apprécier leur mode de vie et leur art. Son petit sourire et ses yeux bleus et vifs me rappelaient les chérubins d'Annibale Carrache, pleins d'innocence à première vue, mais toujours mêlés d'un soupçon de moquerie ou d'une pointe de malice.

Il n'était jamais avare de son temps ni de ses services. Et lorsque je lui expliquai que j'étais peintre et que je m'intéressais aux objets d'art, il insista pour que l'on me mène au musée fondé par la mission. C'est le père Trenkenschuh qui m'en fit les honneurs et cette visite devait changer ma vie.

*

Si les hommes d'Otsjenep avaient été remplis d'effroi, de terreur et d'exaltation en découvrant les salles du musée où planait l'esprit de leurs ancêtres, mon premier contact fut tout aussi bouleversant. J'eus le souffle coupé, comme si je m'étais heurté à un mur invisible. J'étais loin de ressentir ce qu'un Asmat était à même d'éprouver en présence d'objets où s'incarnaient ses ancêtres, mais je fus impressionné par la force avec laquelle les artistes avaient exprimé leur émotion et, au travers de l'utilisation du bois, de la peinture, des plumes et des graines, témoigné de leur expérience dans un monde où les esprits ancestraux manifestaient sans cesse leur présence avant de gagner le pays des morts. Les sculptures s'imposaient d'emblée et forçaient le regard.

J'étais incapable à l'époque de déchiffrer le sens de ce qui s'offrait à moi, mâts d'ancêtres, boucliers, tambours, figurines, masques et trompes en bambou. Je me contentai du plaisir des yeux, espérant comprendre petit à petit ce qu'ils représentaient et symbolisaient. J'y retournai le lendemain et tous les jours que je fus à Asmat, conscient de mon ignorance et de mon incompétence, mais tout à la fascination que ces sculptures exerçaient sur moi. J'étais envoûté par leur magie, comme sous le charme d'un sortilège qu'elles m'auraient jeté. Je savais que j'étais sensible à la sorcellerie comme le confirma quelques mois plus tard l'expérience que je fis à Ajam, le village de Trenk. Il était quatre heures du matin sur la berge de l'Asewetsj. Attiré par un mouvement à la surface des eaux calmes, mon regard se porta sur l'autre rive où je vis le spectre d'une pirogue et de deux pagayeurs. Au centre était un esprit, drapé d'un long masque en rotin orné de feuilles en lanières. A cette distance, la pénombre ne permettait pas d'en distinguer les contours. Immobile, tête penchée, enveloppé d'une aura dans laquelle les pagayeurs et la pirogue elle-même se fondaient, cet esprit ancestral semblait glisser sur le fleuve, se rapprochant silencieusement mais inexorablement de la rive sans troubler la surface des eaux, nimbé d'un halo de lumière, figé dans une attitude magnétique. Réceptif aux ondes qu'il nous envoyait pour nous terrifier, je fus happé par sa présence. Je me sentis aspiré au cœur du monde asmat, reconnaissant implicitement sa force destructive et son pouvoir de purifier le village de toute influence démoniaque. Que j'aie aperçu les pieds de l'homme qui portait le masque lorsque la pirogue accosta importait peu : j'avais accepté sa vérité et sa spiritualité. Il me fallut plusieurs heures avant de secouer ma torpeur.

Je profitai de ce premier séjour de trois mois pour voyager sans répit et faire connaissance avec les Asmat. J'eus la chance d'assister à une cérémonie d'initiation au cours de laquelle on scarifia les bras de fillettes âgées de sept à douze ans avec l'extrémité rougeoyante d'un brandon. On traça des poignets aux épaules deux rangées de cicatrices qui en suppurant donneraient plus tard naissance à des chéloïdes circulaires. Dans un autre village, je fus adopté par un homme, ses deux femmes et une ribambelle d'enfants. Je dus conformément au rite sucer les tétons de mes nouveaux père et mères, dont l'une avait toute une partie du visage dévoré par le pian. Je n'eus pas le temps de me demander si les lésions étaient contagieuses et je me penchai pour sucer ses seins flasques. C'est seulement après la cérémonie que j'appris que je devais offrir des cadeaux à ma famille adoptive.

En discutant avec Bram Kuruwaip, le conservateur du musée, un Muyu des contreforts du sud-est de l'Irian Jaya, je compris également très vite combien chaque ethnie au sein même de la Nouvelle-Guinée se sentait différente des autres.

— Les Muyu ont les fesses larges, me dit Bram, regardez les miennes. Elles sont superbes, pas comme celles des Asmat. Chez nous, la pire des insultes, c'est de traiter quelqu'un de "petit cul". Ici, en Asmat, c'est le contraire. Ne dites jamais à quelqu'un qu'il a un "gros cul" ou vous risqueriez d'avoir des problèmes.

Eric Sarkol, l'assistant de Bram, né à Merauke de parents originaires des îles Kei, avait lui aussi ses vues sur la question. Il se croyait supérieur à tous les Asmat parce que les habitants des Kei avaient la peau plus pâle, se comportaient en "vrais" catholiques et savaient lire et écrire.

J'eus surtout l'occasion de bavarder avec Trenk lorsque, répondant à son invitation, je passai quelques jours à Ajam, un village situé en amont de l'Asewetsj, à une heure et demie de route en canot à moteur. Grâce à lui, je commençai à me sentir mieux accepté, sinon par tous, du moins par les Occidentaux. Il habitait à une cinquantaine de mètres du fleuve. Le soir, sa maison était alimentée par une dynamo électrique qu'il n'utilisait cependant que très rarement. A l'intérieur, des divans, des chaises confortables et deux minuscules chambres d'ami. Sur les murs et les portes, des devises que je découvrais pour la première fois : ATTENTION, lisait-on au-dessus de l'encadrement de porte de sa chambre, JE NE PORTE PAS DE DESSOUS ! et à l'entrée de l'une des deux autres chambres : KLAXONNEZ SI ÇA VOUS DÉMANGE ! Avant d'accéder au porche du fond, on pouvait lire LES NUDISTES BRONZENT MIEUX et son corollaire : TOUS LES NUDISTES NE NAISSENT PAS

ÉGAUX. Deux autres aphorismes tracés au feutre incitaient à la réflexion le visiteur qui se rasait (les invités de sexe féminin étaient hébergés chez un couple d'enseignants) : SEUL UN FOU PEUT SE REGARDER DANS UN MIROIR ET Y VOIR UN SAGE et SI VOUS N'ESPÉREZ PAS L'INESPÉRÉ VOUS N'AVEZ AUCUN ESPOIR. Il suffisait d'un simple coup d'œil pour s'apercevoir que Trenk n'était pas un prêtre ou un missionnaire comme les autres.

La première fois que je le vis, c'était sur le sentier à Agats. Il était entouré d'une foule d'écoliers, qui agrippés à son bras, qui cramponnés à ses cuisses, tous en adoration devant lui. Il leur parlait de l'objet magique qu'il leur rapporterait l'année d'après.

— Un peu de patience et vous pourrez voir la machine. Attendez l'année prochaine. Vous verrez des hommes, des femmes et des enfants marcher comme s'ils étaient là, tout près. Vous les entendrez même parler. Et vous verrez des maisons si grandes qu'il suffirait d'une seule pour que tout le monde à Ajam puisse y habiter, manger et dormir. Soyez patients et vous verrez des animaux si grands que vous pourriez les chevaucher.

Aucun gamin ne semblait prêt à croire une histoire aussi invraisemblable et ils s'esclaffèrent tous en le taquinant du poing, mais ils le connaissaient suffisamment bien pour savoir qu'il leur préparait quelque chose d'extraordinaire.

Quelques heures plus tard, nous buvions une bière dans la salle de jeux de la mission. Presque sans préambule, il déclara :

— En Indonésie, la corruption n'est pas seulement un mode de vie parmi d'autres, c'est le seul, et mon boulot est d'apprendre aux Asmat à s'en débrouiller.

Cette affirmation que j'avais trouvée choquante tant elle me semblait défaitiste, m'avait pourtant rapproché de lui pour la vie. Tout ce qu'il me raconta ce jour-là se trouva confirmé par la suite lorsque j'observai les relations entre Asmat et Indonésiens.

En 1973, Trenk n'avait pas encore l'énorme bedaine dont il allait s'alourdir au fil des ans. Malgré sa minceur, c'était sans conteste un homme au physique impressionnant, et imposant tant par sa taille (il mesurait près de deux mètres) que par sa grande beauté. Il n'avait que la trentaine, mais ses cheveux déjà grisonnants lui donnaient l'air distingué. La mâchoire carrée, l'œil bleu, vif et pétillant, le sourire charmeur, il était doté d'un caractère jovial qui rappelait celui de l'évêque. Il évoquait souvent sa jeunesse et plus particulièrement les persécutions qu'avec sa sœur ils faisaient subir à leur "pauvre mère", laquelle n'appréciait guère leurs facéties car elles se soldaient toujours par un vase ou un bras cassé.

En dépit de ses dehors dynamiques, volontaires et enjoués, il y avait chez Trenk un côté sombre et vulnérable qui pouvait surprendre. Aussi intrépide et indépendant qu'il pût paraître, il était en mal d'espoir et de réconfort. Susceptible, il se formalisait aisément lorsque son entourage refusait ses conseils ou ses "pronunciamientos". Il avait aussi un naturel irascible. Presque tout le monde ici, et lui-même ne s'en cacha pas, se plut à me relater un incident survenu avant mon arrivée, une histoire longue et complexe où s'illustrait son tempérament et dont je ne connus jamais le fin mot, chacun m'ayant rapporté sa propre version des faits.

Trenk m'avoua être entré dans une rage folle en apprenant un dimanche que les habitants d'Ajam se livraient presque continuellement à des rites échangistes. Fou de colère, il s'empara de la croix de l'église et la jeta dans une flaque de boue. Il expliqua à ses paroissiens que leur comportement revenait à traîner le Christ dans la boue, tout comme il venait de le faire avec la croix. Choqués que l'on puisse traiter un objet sacré de la sorte, les villageois ramassèrent la croix qu'ils nettoyèrent pour la lui rendre. Mais Trenk voulut d'abord avoir l'assurance que les femmes retourneraient définitivement vivre auprès de leurs maris légitimes. Plusieurs jours durant, des propos acerbes et indignés furent émis par les deux bords. Finalement, on vint lui annoncer timidement que les échanges de femmes avaient cessé.

Malgré ce genre de conflits avec la population, il n'en restait pas moins en Asmat le seul missionnaire désigné par tous, et à sa barbe même, sous le nom asmat de Wasanipitsj, homme de la jungle, surnom que lui valait le fait de suivre régulièrement les villageois en forêt lorsqu'ils étaient à la recherche de nourriture ou d'une cachette pour échapper aux troupes gouvernementales chargées de recruter les équipes d'abattage.

Quelques années plus tard, à la faveur d'un voyage aux Etats-Unis dont il était originaire, Trenk fit six mois d'analyse. Il revint à Asmat en nourrissant de nouveaux espoirs et une idée neuve de son importance et de sa mission.

Ce premier contact avec la civilisation asmat avait piqué ma curiosité. Conquis par les Asmat et leur art, je décidai de trouver un moyen de revenir parmi eux. Je demandai à Trenk qui allait se charger d'inventorier les collections du musée. Personne n'avait les compétences requises. Lorsque je proposai de suivre une formation aux Etats-Unis, Trenk, qui occupait les fonctions de conseiller, et l'évêque, en sa qualité de directeur, acceptèrent de m'engager comme volontaire. Je rentrai sans tarder à New York pour y préparer un diplôme d'anthropologie culturelle. J'eus la chance de pouvoir entrer en contact avec Douglas Newton, alors directeur du musée des Arts primitifs (où je pus me familiariser avec les systèmes de classement par fichiers) et le docteur Rhoda Metraux, associé de recherche à l'American Museum of Natural History, qui consentirent tous deux à diriger mes travaux.

Après une première année d'études, je retournai à Agats en 1975 pour travailler sur le fichier et sur ma thèse, que j'obtins en 1977. Juste avant de quitter New York, le docteur Metraux me suggéra d'emporter le test de la mosaïque de Lowenfeld.

— Ce test est à la portée de tous, me dit-il. Il a pour but de comprendre les différentes ethnies à travers le monde en mettant en évidence la manière dont les sujets accomplissent une tâche et permet de sérier différentes personnalités chez les hommes, les femmes et les enfants de tous âges. Il est utilisé en ethno-psychologie et dans le domaine comparatif.

La mosaïque se compose de 228 pièces en plastique de six couleurs : blanc, noir, vert, jaune, rouge et bleu, et de cinq formes différentes : carré, losange, triangle équilatéral, isocèle et scalène que le sujet doit assembler à sa guise sur un plan de travail. Aucune indication ne lui est donnée sur la manière de disposer les différentes pièces, que l'on peut très bien aligner les unes à côté des autres sans chercher à les faire concorder à la manière d'un puzzle. Je décidai de tenter l'expérience sur l'équipage du cargo indonésien à bord duquel j'effectuais la traversée de New York à Jakarta. Mon premier cobaye fut le marmiton. Après avoir rangé les éléments en respectant leur forme et leur couleur, je lui demandai d'en choisir autant qu'il le souhaitait et de les disposer à son gré sur le plan de travail. Il prit tout son temps, choisissant telle pièce, l'essayant ici ou là avant de se décider. Au bout de trois quarts d'heure, il avait réalisé une maison avec une porte et deux fenêtres. Je le remerciai et le priai en sortant de ne rien révéler de la nature du test aux officiers ou aux autres membres de l'équipage. Une fois seul, je traçai les contours de son dessin sur une feuille de papier calque en prenant soin de noter le choix des couleurs. Il me fallut deux heures pour arriver au bout de mes peines mais j'allais rapidement prendre le pli. Le capitaine, l'officier et les quelques matelots qui se succédèrent par la suite dans ma cabine réalisèrent tous des motifs aisément identifiables : oiseaux, animaux, fleurs ou personnages.

Pour ma première expérience sur le terrain, je jetai mon dévolu sur un jeune homme de dix-huit ans qui travaillait pour l'évêque. Bram, le conservateur du musée, lui donna les instructions que nous avions élaborées en dialecte asmat. Il saisit une pièce, puis deux, puis trois, en reposa une pour en choisir une autre. Il en sélectionna onze au total, les prit toutes dans la main et en fit une pile multicolore. Il en ramassa onze autres qu'il posa en tas à côté du premier. Quelques heures plus tard, nous tentâmes de nouveau l'expérience avec deux de ses congénères qui procédèrent exactement de la même manière. En un an, je vis défiler devant moi bon nombre d'Asmat, hommes, femmes et enfants de tous âges, mais, contre toute attente, aucun n'eut l'idée de juxtaposer les pièces.

Cette incapacité à concevoir des formes ou des personnages en deux dimensions me remit en mémoire un article d'Anthony Forge sur l'art des Abelam, une tribu de Papouasie Nouvelle-Guinée avec laquelle il avait vécu. Il expliquait qu'en dépit des apparences, les motifs qu'ils peignaient sur des surfaces planes ne représentaient pas des personnages mais des manifestations diverses de l'être. Bien que ces symboles semblent peints en deux dimensions, les Abelam, après plus de vingt ans de contact avec les Occidentaux, s'avéraient incapables de déchiffrer une photo. "Leur vision, écrivait Forge, s'est socialisée de manière à exclure précisément le phénomène photographique, à l'inverse de nos sociétés occidentales où la photo peut paraître d'une certaine manière plus fidèle que l'œil."

Ainsi donc, le test de la mosaïque était totalement inadapté aux structures visuelles et mentales des Asmat.

4

C'est en 1975 que Trenk m'entraîna sur la voie tant attendue. J'allais par la suite accomplir de nombreuses excursions pareilles à celle-ci, car entre 1973, date de ma première visite, et l'été 1981, où je mis la dernière main à mes recherches et au fichier que j'avais entrepris pour le compte du musée, j'aurais passé à Agats l'équivalent de quatre années. Mais cette première expédition à Otsjenep restera unique : elle devait marquer le début d'une période d'apprentissage qui non seulement me permit de faire connaissance avec les Asmat mais me révéla aussi à moi-même.

Après trois jours de voyage, nous approchions d'Otsjenep. Très vite, la brume s'était levée sur un soleil éblouissant. Je fouillais les grands bouquets de roseaux à l'affût du moindre signe de vie mais rien ne permettait de déceler une présence humaine sur des kilomètres à la ronde. Nous nous arrêtâmes brusquement au bas d'une berge pentue. Kas me fit signe de le suivre :

— *Ndei ! Ndei !* Venez !

Un étroit sentier tapissé de rondins mouchetés de gris et d'un humus de brindilles et de feuilles coupait au travers d'un profond marécage. Devant nous, derrière le rideau diaphane des graminées se dressaient un bosquet d'arbres et deux huttes juchées sur de minces pilotis, auxquelles on accédait par une échelle en bois et en rotin. La plus basse se trouvait à environ six mètres du sol.

Des gamins de tous âges, le plus souvent nus, s'approchèrent pour nous aider à transporter les marchandises. On ne s'embarrassa d'aucune politesse ni de civilités. Les femmes qui nous observaient du haut de leur pas de porte nous réservèrent le même accueil. En public, les épouses asmat ne manifestent aucun signe d'affection envers leurs maris. Avant de grimper vers la plus haute des deux huttes, Kas se trempa les pieds dans une petite flaque d'eau entre les deux échelles. Je lui emboîtai le pas. Les échelons, trop espacés et inégalement répartis, rendaient l'ascension pénible. Plus tard, je vis pourtant de jeunes enfants et des mères portant des bébés ou du bois de chauffage sur le dos faire preuve d'une exceptionnelle agilité.

Kas m'invita à m'asseoir et à déposer mes affaires dans ce qui semblait être son espace personnel. La pièce était sombre et déserte. Les femmes qui tout à l'heure nous épiaient avaient disparu. Je crus que par courtoisie elles nous avaient laissés jouir de quelques moments d'intimité le temps que nous nous installions, mais je sus plus tard qu'en plus de leur timidité naturelle, elles avaient été effarouchées par ma présence. L'air vicié était chargé de relents de tabac froid, de feux éteints et de corps humides, chaque odeur distinctement reconnaissable. Le mur de la pièce principale était en écorce et le toit en feuilles de sagoutier. Je foulai l'écorce inégale du plancher qui craqua sous mon pied. Les nattes en spathes de sagoutier, noircies et patinées par le gras des corps, étaient disposées autour des foyers.

En s'asseyant, Kas poussa un cri et se laissa promptement rouler sur le côté. Ses fesses étaient couvertes de plaies purulentes. Comment ne les avais-je pas remarquées ? Dans la pirogue, il s'était toujours trouvé devant moi, mais trop loin pour que je puisse apercevoir le bas de son dos masqué par trois pagayeurs. Au campement, il faisait trop sombre et il ne s'était jamais plaint. Il s'allongea sur le ventre et j'examinai ses pustules.

— Pourquoi n'es-tu pas allé à l'hôpital d'Agats ? lui demandai-je dans un haut-le-cœur.

Je ne parlais pas un mot d'asmat et mon indonésien ne valait pas mieux. Kas n'en possédait que quelques rudiments mais ce fut suffisant pour qu'il reconnaisse l'expression *rumah sakit*, hôpital. En nous aidant de nos mains, nous pûmes nous comprendre sans trop de difficultés.

— *Rupiah tidak ada*, me répondit-il. Il n'y pas d'argent.

Je savais que l'infirmier monnayait les médicaments dont l'évêque avait fait don à l'hôpital. Ils auraient dû normalement être distribués gratuitement aux Asmat, lesquels ne disposaient d'aucune source de revenus, mais il était impossible d'exercer un contrôle sur le fonctionnaire chargé du dispensaire. Il ne voulait soigner aucun Asmat sans paiement.

Je n'avais pas pris de seringue, mais je transportais dans ma mallette des antibiotiques, des pommades sulfamidées et des comprimés de pénicilline. J'étalai la pommade sur ses plaies et la douleur sembla s'apaiser immédiatement, comme si Kas avait été persuadé que ma magie le guérirait instantanément. Je lui conseillai de ne pas s'asseoir sur les fesses mais de s'étendre sur le côté ou sur le ventre et de ne pas remettre son short avant que les plaies n'aient commencé à se cicatriser. Lorsqu'on apporta les tubes en bambou remplis d'eau, je lui donnai deux comprimés de pénicilline. Les plaies disparurent au bout d'une semaine.

Malgré le plein soleil, l'intérieur de la hutte était sombre. Il n'y avait aucune fenêtre et, à ma connaissance, qu'une seule porte. Il faisait chaud et je me mis à transpirer alors que la peau de Kas restait sèche. Assis jambes écartées, le dos contre le mur d'écorce, j'observai les filets de stockage où s'empilaient des morceaux de sagou fourmillant de cafards, des paquets de vêtements, des sagaies, des tambours, des arcs et des flèches. Kas attrapa l'un des baluchons, déroula une chemise en lambeaux et en sortit un crâne d'homme. Il passa sa main sur le front et prononça le nom de son père, Sai. Le posant par terre, il s'étendit de tout son long et s'endormit, le crâne calé sous la tête. J'essayai moi aussi de trouver le sommeil mais je fus dérangé par les vibrations et les craquements du plancher causés par le pas lourd des habitants. Kas dormait sur ses deux oreilles, intimement convaincu que l'esprit de son père le protégeait à jamais.

Femmes et enfants arrivèrent en fin d'après-midi, chargés de petit bois et de poissons pêchés à marée basse dans les hauts-fonds de l'Ewta à l'aide de grandes nasses ovales. Ils rapportaient du sagou frais, des crevettes, des poissons-chats et des fruits de nipa. Ils attisèrent les feux avec leurs doigts en soufflant sur les braises. Quelques femmes avaient remonté celles dont elles s'étaient servies dans les pirogues pour cuire le repas de midi et allumer les cigarettes qu'elles roulaient dans des feuilles. En passant à ma hauteur, elles évitaient de croiser mon regard, lançant simplement quelques coups d'œil furtifs lorsqu'elles me pensaient distrait.

Kas se réveilla au moment où ses deux femmes finissaient de préparer le repas. Plusieurs hommes armés d'arcs et de flèches entrèrent. Ils glissèrent leur attirail dans les filets avant de s'asseoir. On entendit tout à coup des cris, des bruits de course et des aboiements. La plupart des hommes se précipitèrent vers la porte.

— *Babi*, me dit Kas en indonésien. *O !* répéta-t-il en asmat, en pinçant les lèvres dans un sourire. On venait de tuer un sanglier sauvage et le partage allait s'effectuer au-dessous de la case.

Lorsque tous les feux furent allumés, j'en comptai deux rangées de six. J'aurais pu en déduire qu'ils servaient à douze familles différentes si je n'avais su que les deuxièmes et troisièmes épouses avaient les leurs.

C'est l'aînée des deux femmes de Kas qui s'occupait de notre feu. La plus jeune, âgée d'environ dix-huit ans, veillait sur ses deux enfants. Elle avait de grands yeux ronds, des joues rebondies et un visage presque circulaire. Elle s'était rasée à la mort d'un frère et son crâne était encore glabre et luisant. Des colliers de deuil pendaient autour de son cou, recouvrant son dos et sa poitrine. Elle avait replié sa cape en feuilles de sagoutier tressées qui lui permettait de cacher son visage lorsqu'elle sortait de chez elle. Des bracelets houppés en fibres tressées lui ceignaient les avant-bras, les poignets, le haut des cuisses, les genoux, les mollets et les chevilles. Un bandeau plus épais étroitement plaqué autour de son buste projetait la masse de ses seins vers le haut. (Ces signes de deuil se désagrégeraient au bout de quelques mois.) En guise de jupe, elle portait un pagne en lanières de feuilles de sagoutier, rassemblées à l'entre-jambes, et nouées dans le dos. Ses narines étaient piquées à la verticale de sections de pennes de casoar. Elle donnait le sein à l'un de ses deux rejetons tout en retournant les boulettes de sagou dans le feu. L'autre, une fillette de deux ans, resta dans son giron jusqu'à ce que Kas la prenne avec lui pour la nuit et qu'elle s'endorme, lovée dans les plis de son corps. Sa mère s'allongea sur le dos, le visage du nourrisson pressé contre son sein.

Sa première femme n'était pas en deuil. Elle portait elle aussi des pennes de casoar, mais plus longs que ceux de sa sœur. Elle avait autour du cou un collier de segments de nacre, convexes et mamelonnés, tournés dans la coquille spiralée du nautile, puis un deuxième, composé de deux maxillaires humains retenus par deux longues plumes de casoar. Noircis par les ans et l'âtre audessus duquel on les avait rangés, ils avaient été prélevés sur l'ennemi et mis au rebut pendant une cérémonie d'initiation, contrairement à ceux des ancêtres que l'on préservait soigneusement en les fixant au crâne par des liens en rotin.

Si la deuxième femme de Kas m'observait furtivement, les yeux mi-clos, engoncée dans sa cape, sa première épouse, bien que d'abord intimidée, s'avéra plus hardie et s'approcha pour me dévisager. Elle ne déposa cependant jamais de nourriture dans mes mains. Tout ce qu'elle cuisina pour moi, sagou, boulettes de viande ou de poisson, elle le donna à Kas qui me le tendit. Je m'aperçus plus tard que ce dernier avait autant de prévenances pour l'une que pour l'autre, évitant ainsi de se voir assener de grands coups de poing ou de bûche sur la tête ou donner de la nourriture avariée. Lorsque je lui demandai quelle était la plus belle des deux, il me répondit sans hésiter : Ma première femme. C'est elle qui prépare le meilleur sagou !

Kas avait épousé deux sœurs, une pratique courante en Asmat. Comme il n'y avait alors à Otsjenep qu'une seule maison des hommes, divisée en deux clans par le foyer central, il avait choisi ses deux femmes dans le clan opposé, ce qui écartait toute possibilité d'inceste. Lorsqu'elles sont sœurs, les épouses s'entendent généralement bien. Dans le cas contraire, la cadette est soumise à dure épreuve et doit s'acquitter presque seule des corvées ingrates de bois et de sagou.

Je m'attelai plusieurs fois par jour à mon journal, faisant le récit détaillé de l'expédition, consignant les menus détails de la vie quotidienne : les bols à sagou en bois ou en fibres dans les filets de rangement, les bâtons à fouir, les tambours, les sagaies, les arcs et les flèches. Je pris note des techniques de construction de la case, du nombre d'enfants et d'adultes qui y vivaient. Je fis le croquis des différents feux en précisant les noms de ceux qui les utilisaient et y dormaient. Je tentai également, mais en vain, d'élucider le problème complexe du partage de la nourriture.

Comme tous les matins, les femmes étaient parties à la pointe du jour. Kas se leva, prit un morceau de sagou frais dans le filet suspendu au-dessus du feu, le coupa en deux et le pétrit en boulettes qu'il déposa parmi les braises rougeoyantes. Je me rendis vite compte de l'efficacité de ce système de stockage : la fumée du foyer éloignait les cafards et les autres insectes qui se contentaient de la nourriture disposée dans les filets des avant-toits. Kas retourna les boulettes de sagou avec les doigts. Lorsqu'elles furent noires, il en brisa une en deux et me la tendit. Je sortis mon pot de beurre de cacahuète et de gelée et badigeonnai la croûte d'une couche gélatineuse. Kas montra plus d'appétit qu'à l'accoutumée.

Le jour de mon arrivée, alors que nous venions de déjeuner, Kas était allé chercher deux tambours au fond de la case. Sculptés de motifs intriqués, ils devaient leur belle patine noire et brillante aux mains qui les avaient caressés, frottés, battus et aux cuisses des musiciens qui les avaient tenus serrés. On y lisait les noms de Yaor et Waika, deux de ses aînés qui avaient trouvé la mort quelques années auparavant dans un combat contre ceux de Pirien avant que ce hameau d'Otsjenep ne fasse sécession et ne s'établisse en aval du fleuve. De près d'un mètre de long, la caisse, en forme de sablier, était gravée de symboles de chasse aux têtes : un relief de racines de banian et de pattes de roussettes stylisées et, en creux, des motifs de décorations nasales et de scarification. Sur l'un des côtés dépassait une poignée d'une dizaine de centimètres, dont le galbe était décoré de figurines et de têtes de calaos qui portaient le nom des deux frères et d'autres défunts.

Bien que j'eusse à l'époque épuisé tous les livres de langue anglaise sur le sujet, j'ignorais presque tout de ces symboles, mon ignorance ne se limitant d'ailleurs pas à ce seul domaine. Je savais cependant que Kas, comme tous les Asmat, croyait que la mort, à l'exception de celle des nourrissons et des vieillards, était causée par la magie ou la main de l'ennemi. Elle devait dans ce cas être vengée afin que les esprits puissent quitter le monde des vivants pour rejoindre Safan, le pays des morts, quelque part à l'ouest. Les noms gravés sur les sculptures et les objets du quotidien rappelaient aux hommes leurs obligations envers les disparus. Encore aujourd'hui, tout ce qu'ils touchent, depuis les pirogues en écorce jusqu'aux pagaies et aux boucliers en passant par les bols à sagou, les arcs et les flèches, porte le nom d'un parent. L'esprit des morts s'incarne dans ces objets familiers qui procurent chaleur et réconfort à leur propriétaire.

Kas avait depuis longtemps déjà vengé ses frères et il pouvait, presque en toute impunité, échanger ces instruments contre ce dont il avait envie ou besoin : une hache d'acier, un parang (machette), des hameçons de tailles diverses, six bobines de fil de pêche en nylon, des allumettes, des lames de rasoir et l'inévitable lempeng, cette prise de tabac épicé et pressé dont les Asmat raffolent. Ces tambours étaient les premiers objets que je collectais en Asmat. J'oubliai le musée ; je pensai seulement au lien qui pouvait m'attacher à eux et je sentis qu'ils étaient miens. En effleurant leur surface polie, j'eus immédiatement des visions furtives d'assassinats et de décapitations, de festins sauvages, d'hommes et de femmes qui dansaient, au milieu des cris, des chants et des battements de tambours.

Ma natte se trouvait à proximité de l'âtre. A mes pieds, Kas et sa fille dormaient enlacés en chien de fusil. Allongée de l'autre côté du feu, sa première épouse ronflait légèrement, son corps frêle enveloppé d'un vêtement en loques, peut-être un ancien sarong. Je ne pouvais distinguer sa deuxième épouse ni aucun des autres dormeurs. L'un des tambours me servait d'oreiller. Bien qu'il fût trop dur et trop haut pour être confortable, j'espérais qu'il me permettrait d'absorber non seulement l'essence, mais toute la vie du frère de Kas. Pendant des heures, je somnolai presque, me retournant fébrilement, prêt à m'assoupir, sans jamais succomber au sommeil. Je finis par prendre un Valium.

5

Deux adolescents m'escortaient régulièrement au marais pour la baignade. J'appris des années plus tard qu'ils étaient *mbai*, amis intimes, unis par leurs parents afin de resserrer les liens claniques alors même qu'ils apprenaient à marcher. M'ayant vu me laver dans une mare boueuse et saumâtre à proximité de la case, Kas demanda à Amer et Kokorai de me montrer où trouver une eau plus douce. Ils avaient la minceur de leurs seize ou dix-sept ans et ne possédaient pas encore la puissante musculature qu'à force de pagayer tous les jours, ils allaient acquérir en quelques années. D'humeur joviale, facétieux de nature, ils ne manquaient jamais de cocasserie ni d'à-propos. Ainsi, lors de notre première sortie, nous croisâmes un couple enlacé dans un fossé.

— Fais très attention, m'expliqua Kokorai. Si tu tombes dans la jungle sur un couple en train de forniquer, souviens-toi, il faut toujours les enjamber. N'essaie pas de les éviter et de te cacher. Tu sautes par-dessus et tu cries ton nom, de toutes tes forces. C'est comme ça qu'ils devront appeler leur bébé. Sinon, il tombera malade et mourra.

Nous nous baignâmes avec volupté au milieu d'immenses nénuphars jaunes jetés sur l'eau sombre mais pure du marais. Mes jeunes amis n'avaient jamais vu de savon et ils éprouvèrent un réel plaisir à se savonner tout le corps. Emoustillés par la sensualité de ce contact, ils entrèrent presque immédiatement en érection. Kokorai, aucunement intimidé par ma présence, s'allongea sur le dos courbé d'Amer, le pénétra et se cabra en donnant des coups de reins enthousiastes. Au bout de quelques minutes, ils inversèrent les rôles.

La nature des relations qu'entretenaient les *mbai* dans certaines régions de l'Asmat était restée un mystère pour les étrangers. Qu'elle me fût révélée si facilement trahissait ce que ces hommes avaient su reconnaître en moi, un élan impulsif, une certaine nervosité dans le regard, ou encore un frisson à fleur de peau. En l'absence du missionnaire, les mœurs s'étaient relâchées dans les villages où il prêchait, même si, depuis l'implantation de la mission, la forêt permettait habituellement de s'adonner à ce que tous ici considéraient comme une vie normale. En me faisant si spontanément le témoin de leurs désirs, Amer et Kokorai avaient prouvé qu'ils ne doutaient pas de ma complicité et me considéraient même comme un acteur éventuel.

Leur intimité fut la première preuve tangible du type de comportement que j'avais espéré rencontrer en Asmat. Je me sentis accepté à part entière, délivré de ce sentiment d'exclusion que j'avais inévitablement nourri dans les pays où la morale occidentale réprouve de telles pratiques, pratiques que du reste j'avais pu observer et auxquelles je m'étais livré au Pérou, en Thaïlande, au Mexique, au Japon, en Corée, en Ouganda, au Kenya et dans beaucoup d'autres pays. L'homosexualité semblait omniprésente bien qu'elle fût le plus souvent condamnée à la clandestinité.

C'est en Asmat, cependant, que j'eus pour la première fois l'impression d'appartenir à un clan universel ; car la culture de ce pays ne se contente pas de tolérer les relations sexuelles entre hommes, elle exige de chacun qu'il ait un compagnon, quel que soit le nombre de ses épouses ou de ses conquêtes féminines. On n'imagine pas ce que cela représentait pour moi de vivre au sein d'une société où, sur ce plan, je ne différais en rien des autres.

J'avais été contraint de fuir mon pays, ma culture, ma famille avant de trouver la reconnaissance et l'entourage affectif indispensables à ma paix intérieure, pourquoi ? Pourquoi ne pas m'avoir dit plus tôt que je n'étais pas seul ? Pourquoi ce sentiment de culpabilité qui me taraudait en permanence ? Que connaît-on lorsqu'on est hétérosexuel de la vie d'un homosexuel – de sa souffrance, de sa frustration à devoir cacher en permanence son vrai visage ? Qui peut savoir ce que l'on éprouve à toujours agir dans l'ombre ? Il ne me viendrait pas à l'idée de nier la compréhension, l'affection, l'ouverture d'esprit, la tolérance, la complicité, la sympathie, la compassion dont mes amis proches m'entourent. Je ne pourrais me passer d'eux ; ils sont mon réconfort. Mais ils ne savent rien de cette forme particulière d'hypocrisie et de douleur, de cette façon de se sentir toujours sur ses gardes, de cette peur continuelle de provoquer le rire, la moquerie ou la haine, de susciter la répulsion ou la colère. Peu me chaut que les comportements soient en train d'évoluer. L'important, c'est que j'aie prêté le flanc à cette intolérance et traversé la vie comme un paria. Même si je suis reconnaissant à mes amis de leur compréhension, elle ne sera jamais totale ; de même que je ne pourrai jamais comprendre réellement ce que c'est que d'être femme, hétérosexuel, noir, chinois, hindou ou asmat, ils ne pourront jamais concevoir ce qu'est un homosexuel. Mais quelle relation, amoureuse ou amicale, peut se vanter d'être en ce sens jamais parfaite ?

— Imagine, m'expliqua plus tard Kokorai, que tu es dans la jungle. Tu tombes sur un œuf de casoar. N'y touche pas. Tu t'échappes en courant et tu agites les mains autour de ta tête comme pour chasser des abeilles. Alors, tu peux revenir le ramasser. Si tu oublies, l'œuf sera pourri.

Dans la pirogue, Amer fit un geste en direction de la berge. Noir, impassible, il y avait là un immense oiseau, un casoar. Bondissant sur mon appareil-photo, je mitraillai ce volatile dont la taille avoisinait un mètre cinquante et qui restait sourd au déclic de l'obturateur. Soudain, il avait disparu et je me rendis compte que je n'avais rien vu autrement qu'au travers du viseur. J'étais furieux contre moi-même et mon appareil. Je le fus plus encore quelques mois plus tard lorsque j'appris que dans ma hâte, je m'étais trompé d'exposition et d'ASA.

Peu familiarisé avec la région, j'ignorais que le secteur kamur, où nous nous trouvions, n'était qu'une infime partie du village d'Otsjenep. Je m'en rendis compte lorsque je repris la route, chassé par des odeurs de chairs putréfiées et des jérémiades. Un vieil homme venait de décéder. Sa mort avait été annoncée au milieu de la nuit par les cris, les pleurs et les hurlements des femmes qui partageaient son feu. Je ne savais pas qu'il était malade mais j'appris que depuis quelque temps il avait de la fièvre et des frissons. Si, au lieu de succomber à la maladie, il était mort de manière accidentelle ou violente, ses proches se seraient rassemblés autour du cadavre pendant que le chef de famille menait l'interrogatoire. Je fus, l'année suivante, témoin de pareille scène après le décès d'un homme du nom de Waikar dans le village de mon ami Akatpitsjin. On étendit son corps sur une natte, la tête posée sur les genoux d'Omah, un beau-frère. Une dizaine d'hommes se massèrent face à lui, en demi-cercle. Isimi, le chef de famille, oncle paternel de Waikar, brandit une sagaie en effleurant le front du mort avec la pointe d'une griffe de casoar.

— Qui t'a tué ? Ton meurtrier venait-il du village de Basim ? Venait-il de Japtambor ? de Sanatambor ?

Isimi avait marqué une pause après chaque question, escomptant mais en vain une quelconque réaction de la part du mort. Ayant épuisé sans plus de succès la liste des villages voisins, il passa en revue les différentes maisons du hameau.

— Habite-t-il la maison de Sai ? celle de Kuit ?

Si le cadavre s'était manifesté à la mention de l'une de ces maisons, Isimi aurait cité tous ses habitants un par un. Changeant de tactique, il lui demanda s'il n'avait pas mangé une nourriture taboue.

— As-tu mangé du crabe sasor alors que tu savais que c'était interdit ? demanda-t-il finalement.

Un soubresaut agita le cadavre, semant la panique dans les rangs. Je ne me souviens pas d'avoir vu Isimi le pousser ou le soulever et je ne sais ce qui provoqua cette convulsion. Les hommes entrechoquèrent leurs sagaies en poussant tous un grand cri : WHUH ! Puis, tout le monde détala vers la rivière en criant : C'est fini ! Ne vous affolez pas ! Il a mangé du sasor !

A Otsjenep, les proches parentes du mort grimpèrent à l'échelle. Arrachant leur jupe, elles se jetèrent nues dans la souille pour s'y vautrer. La boue, qui en séchant laissait des traces presque blanches sur leur peau sombre, masquerait leurs odeurs corporelles et les protégerait des mauvais esprits qui se tenaient peut-être à l'affût.

Le matin, les hommes de sa famille construisirent une plate-forme en branchages qu'ils fixèrent sur des pieux à deux mètres du sol. On y étendit la dépouille après l'avoir lavée à grande eau et enveloppée dans une natte en feuilles de pandanus. Les femmes trépignèrent, s'accrochèrent aux pieux, et firent lentement le tour du catafalque en courbant l'échine. Elles se mirent à hurler, gémir, et se roulèrent de nouveau dans la boue. Le deuil et les jérémiades allaient durer des semaines entières et j'en eus vite assez vu ou entendu.

Lorsque, au bout de quelques jours, les tissus commencèrent à se nécroser en répandant une odeur insoutenable, je décidai qu'il était temps de partir. Les cadavres pourrissent rapidement en Asmat car l'air y est humide et les températures élevées. Les miasmes putrides qui émanaient de la dépouille du vieil homme attiraient les chiens et les animaux sauvages. Afin d'éloigner les charognards, des jeunes veilleraient sur ses restes jusqu'à ce que les chairs se décomposent naturellement, dévorées par les asticots, aboutissement logique de tout un cycle de vie.

Peu de temps après mon départ, alors que j'étais venu rendre visite à Kas, je vis un parent du mort découper des quartiers de chair dans la cuisse et les empiler sous la nuque. Kas m'expliqua que les nerfs et les muscles cervicaux étaient les plus coriaces et donc les plus longs à pourrir. En plaçant les chairs plus tendres de la cuisse autour du cou, on accélérait le processus de décomposition.

La famille attendait de récupérer le crâne, que l'on ne pouvait séparer du squelette que s'il se détachait spontanément de la colonne vertébrale. D'où l'entassement des chairs à la base du cou. Une fois la première vertèbre rompue, il reviendrait à l'aîné des enfants, une fille en l'occurrence. La famille le révérerait, s'en ornerait, coucherait auprès de lui, le décorerait, le rangerait soigneusement et attendrait une grande occasion ou un fléau national pour l'exhiber à nouveau. L'esprit du mort les protégerait toujours.

Le crâne, une fois blanc et propre, serait décoré, les orbites et les fosses nasales obstruées avec de la cire d'abeille, des graines de coix et d'abre, les fruits du coix ou larmes de Job étant de petites graines bleu-gris ou bleu pâle qui poussent sur une herbe pareille au blé, et l'abre une plante grimpante de la famille des pois dont les gousses contiennent des graines rouges. Le maxillaire serait maintenu en place avec un lien en rotin et le sommet du crâne tendu d'un filet décoré de plumes et de rangées de graines de coix. Les ossements seraient enveloppés dans des feuilles puis déposés en amont du fleuve entre les racines d'un banian, arbre magique censé abriter les esprits bénins et tutélaires.

C'est au moment de l'épidémie de choléra de 1962, après que le père van de Wouw, missionnaire du Sacré-Cœur sous l'épiscopat de Mgr Sowada, eut tenté de se débarrasser des cent vingt dépouilles que l'on avait exposées sur des plates-formes devant les maisons du village, que les rites funéraires commencèrent à évoluer à Otsjenep. L'odeur de putréfaction était si répugnante qu'il dut se retenir pour ne pas vomir. Il essaya bien d'enterrer quelques cadavres mais la boue les rejetait : des bras et des jambes refaisaient surface à marée haute et les chiens se promenaient avec des lambeaux de macchabée dans la gueule. Van de Wouw parlementa toute une nuit avec les chefs du village afin de trouver une solution. Il fit valoir que d'autres encore mourraient si les corps n'étaient pas totalement détruits. Au matin, aucune décision n'ayant été prise, il suggéra d'incinérer les cadavres, ce qui provoqua des protestations horrifiées. Brûler les morts allait à l'encontre des coutumes asmat car, en réduisant les os en cendres, on anéantissait les esprits en même temps que les chairs. Tout le monde souhaitait néanmoins mettre un terme à l'hécatombe. Les chefs voulurent consulter la population. A leur retour, ils lui expliquèrent que si le feu était le seul moyen d'enrayer l'épidémie, ils avaient l'accord des villageois, mais il devrait lui même allumer tous les bûchers.

Selon une infirmière qui travaillait à l'époque avec van de Wouw, des complots s'étaient tramés contre lui visant à le supprimer s'il mettait son projet à exécution. Indomptable, van de Wouw avait aspergé d'essence les cent vingt cadavres qu'il avait enflammés un par un avec son briquet. C'était le seul moyen de faire disparaître rapidement toutes les dépouilles. Les corps se dispersèrent dans les flammes et van de Wouw dut veiller à ce que des débris ne contaminent le fleuve en tombant. Durant cette terrible journée, l'infirmière ne cessa de se lamenter sur le sort du curé qu'elle tenait pour mort s'il ne fuyait pas. A la tombée de la nuit, le village avait disparu sous un nuage de fumée noire et la rumeur des lamentations était perceptible à des kilomètres à la ronde. Tout à coup, une clameur s'éleva dans les airs. Terrorisé, van de Wouw crut que sa dernière heure était venue et que les villageois s'apprêtaient à le trucider. Résister aurait été inutile. Mais ils célébraient tout bonnement la fin du fléau et du carnage. C'est depuis ce temps-là que beaucoup de villages ensevelissent leurs morts dans des cimetières de forêt.

6

Amer et Kokorai, qui étaient de tous les voyages, m'accompagnèrent à travers le marais de roseaux jusqu'au secteur principal d'Otsjenep. Nous pagayions debout dans la pirogue, bien que pour ma part je ne sache encore me tenir en parfait équilibre. Je les dépassais tous deux d'une tête, attribut qui suffisait en soi à susciter leur admiration. Malgré l'incongruité de mon corps dont la blancheur contrastait si vivement avec le terre de Sienne brûlée du leur, j'étais au comble du bonheur, participant de tous les êtres et de toutes les choses qui m'entouraient. Le soleil faisait scintiller la sueur qui perlait sur leur dos et leur poitrine. Pendant la nuit, leur corps noir avait viré au pourpre. En pleine lumière, il prenait des reflets presque roux. Leur teint changeait en permanence. Nous pagayions au milieu des volées de hérons et d'aigrettes. Les garçons chantaient et je chantais avec eux :

Sisi ya,
yuwa sisi ya.
Il y a des crevettes
Dans la petite rivière, il y a des crevettes.

Nous entendîmes bientôt un bruit de tambour, un martèlement régulier et monotone auquel nous accordâmes le rythme de nos mouvements. Surgissant de la masse verte de la forêt, je distinguai de surprenantes taches rouges, blanches et noires, et je compris, après un moment de surprise, qu'un bouclier nous faisait face, tenu par des mains invisibles. Les roseaux s'écartèrent, une pirogue vint à notre rencontre, ses occupants cachés derrière le bouclier, les pagaies seules visibles, se mouvant à l'unisson sur l'un des flancs. La vue des décorations sur le bouclier qui émergeait des roseaux avait manqué de me faire perdre l'équilibre.

Les pulsations du tambour dans la pirogue continuaient toujours. L'embarcation étant masquée par la végétation, il était impossible de dire combien d'hommes se trouvaient à bord. WHUH ! ce râle était celui de huit, neuf, peut-être dix. WHUH ! firent-ils à nouveau. WHUH ! WHUH ! WHUH ! Puis vint le claquement des pagaies sur le flanc de la pirogue, résonnant au fond de moi comme un écho.

La pirogue disparut dans les roseaux, fit demi-tour, réapparut et nous ouvrit le chemin. Les hommes avaient été avertis de mon arrivée. Quelqu'un était parti de chez Kas pour leur signaler mon départ et ils avaient dépêché une escorte.

Je pagayais toujours avec Amer et Kokorai. Deux des hommes nous rejoignirent dans la pirogue et le râle guttural reprit. A chaque coup de pagaie, ce n'était qu'un même souffle : WHUH ! WHUH ! WHUH ! Les hommes dansaient en tortillant des genoux. La pirogue bondissait. Puis il y eut une pause, les pagaies furent maintenues hors de l'eau et les hommes émirent un son vocalique qui me glaça le sang : E-é-é-é-é-é-é. Et à nouveau : E-é-é-é-é-é-é-é-é !

Les râles reprirent alors que nous poursuivions notre route : WHUH ! WHUH ! WHUH ! Il m'est impossible de décrire ce son qui résonnait au tréfonds de moi.

Tout à coup, la maison des hommes se dressa devant nous. Un nuage de fumée qui s'échappait du toit obscurcissait la scène mais j'aperçus des hommes qui dansaient sous le porche au son de quatre tambours. Les eaux de l'Ewta étaient si hautes que nous pûmes nous approcher de l'échelle de la maison des hommes à force de rames.

A l'intérieur du *jeu* enfumé, le bruit était assourdissant. La pièce, qui faisait facilement vingt mètres de long, vibrait sous la cohue des danseurs. Ils glapissaient en se trémoussant, chacun faisant cavalier seul, à rire et se déhancher de sorte que leur sexe claquait contre leur abdomen. La sueur inondait les corps, se répandait dans toute la pièce, luisant sur les torses, les bras, les cuisses, ruisselant le long des mollets. Dans la pénombre, les feux jetaient partout une lueur vacillante et incandescente. Au son des tambours se mêlaient des chants de chasse aux têtes, des chants qui disaient la guerre entre Otsjenep et Pirien et d'autres batailles encore, des chants de bravoure, des chants d'amour, des chants qui évoquaient les morts dont l'esprit avait été vengé et ceux qui attendaient toujours de faire le voyage vers Safan.

Il n'y avait pas de femmes. Aucune ne s'était manifestée à l'arrivée de la pirogue ni n'avait pénétré dans la maison des hommes. Ce n'est que lorsque la nourriture commença à circuler que je vis se presser sur le seuil des épouses, des sœurs, des filles qui apportaient du sagou, du poisson-chat et des crustacés. De jeunes enfants étaient assis avec leurs pères et se levaient fréquemment pour aller danser mais aucune fille de plus de cinq ans n'était tolérée dans le jeu.

En marge de la foule turbulente, frémissante et exaltée, de petits groupes de six ou sept hommes s'affairaient sur des boucliers de guerre. Installés en bordure du *jeu*, à proximité des murs ou des entrées, un bouclier posé sur les cuisses, ils en parfaisaient le relief à l'aide d'un minuscule ciseau sous l'œil du maître sculpteur. Malgré la frénésie des danseurs, ces hommes se concentraient sur leur ouvrage comme s'ils avaient été seuls dans l'immense pièce. Leur application me rappelait des juifs orthodoxes penchés sur le Talmud autour d'une petite table.

Quelques semaines plus tôt, lorsque les anciens avaient annoncé cette fête des boucliers, les meilleurs sculpteurs avaient été sollicités par les villageois qui désiraient commémorer le souvenir de proches récemment disparus. Avant de se mettre à l'œuvre, chaque sculpteur était parti dans la jungle pour faire provision de racines de rhizophore, une espèce de palétuvier. Pendant ce temps, d'autres hommes et femmes du village avaient arpenté la jungle, abattant des centaines de sagoutiers que les hommes avaient percés de trous où six semaines plus tard viendraient à maturation des larves de capricorne. C'est dans ces alvéoles que s'effectuerait la ponte des coléoptères dont les larves, dégustées vivantes ou cuites au feu de bois, figurent impérativement au menu de toute fête asmat.

Lorsque j'étais entré dans le jeu, les maîtres sculpteurs avaient terminé leur tâche. Les petits groupes d'hommes penchés sur les boucliers étaient des parents du commanditaire. Les proches ne participaient qu'aux travaux de finition et cette dernière touche de raffinement qu'ils apportaient aux reliefs ne manquait pas de susciter chez eux un sentiment d'accomplissement et de possession. Ils faisaient preuve d'une telle attention et déployaient une telle énergie mentale qu'ils pouvaient être aisément tentés d'en revendiquer la paternité. Cela devint toujours plus évident à mesure que je collectai plus d'objets : l'identité du sculpteur et de l'acquéreur se confondaient au fil des ans.

A la nuit tombée, une fois le travail achevé, les hommes rangèrent les boucliers sur le côté en les recouvrant de feuilles de sagoutier de peur que les esprits ne fuient avant que leur nom n'ait pu être gravé. Certains partirent rejoindre leur famille mais la plupart restèrent dans le *jeu*. Les danses continuèrent toute la nuit sur fond de tambour, s'intensifiant vers l'aube jusqu'à ce que les hommes, épuisés, s'arrêtent et s'allongent sur le sol pour dormir. Je m'endormis moi aussi quelques heures sur ma natte de pandanus aux côtés de Bawor, maître sculpteur.

Après le sagou du matin, les hommes découvrirent les boucliers et apportèrent des bols en bois contenant des poudres de pigments : une chaux blanche à base de coquilles de moules pilées et calcinées, un ocre rouge recueilli en amont du fleuve et du noir de fumée – les trois seules couleurs dont on disposait en Asmat. Je m'assis avec Bawor qui surveillait l'application des pigments, indiquant du doigt les zones méritant d'être rehaussées. On dilua chaque couleur avec un peu d'eau. Le blanc fut d'abord badigeonné sur toute la surface plane avec une étoupe en rotin ou en feuilles de sagoutier. Avant qu'il ait fini de sécher, le rouge fut appliqué sur les contours du haut-relief, puis travaillé au doigt ou à l'aide d'une brindille effilochée en guise de brosse. Enfin, les ressauts de chaque motif furent noircis.

A quelques pas, assis jambes croisées, des hommes confectionnaient des glands avec des feuilles de sagoutier qu'ils défibraient en les frottant contre leurs chevilles ou leurs cuisses. Ils les nouèrent ensuite dans les petites fentes ménagées sur la bordure des boucliers et à leur sommet, autour de la protubérance phallique, le pénis du bouclier. Pendant ce temps, les autres profitaient d'un moment de solitude, dansaient, bavardaient, apportaient du sagou. Deux d'entre eux s'étaient complètement isolés pour sculpter des objets qui n'avaient rien à voir avec la fête : une pagaie et un pilon à sagou.

Trapu, massif et râblé, Bawor était plus vigoureux que la plupart des Asmat. De minuscules boucles de poils recouvraient sa poitrine. Aux deux bras, il portait de larges brassards en sparterie, complétés au gauche par un bracelet de quatre paires de défenses de sangliers, preuve qu'il avait conquis quatre têtes de haute lutte. Autre témoignage de ses exploits, une bourse ornée de plumes qui pendait à son cou alors que les hommes moins importants la portaient dans le dos. La moitié supérieure de son visage était bariolée de peinture, ce qui ne permettait pas de distinguer ses véritables traits. Comme tous les autres hommes peints, il faisait l'effet d'un être féroce et démoniaque. Son front était barré d'une ligne blanche, ses yeux cernés du rouge des cacatoès en colère, le haut de ses pommettes, rehaussé de noir, ne faisant qu'accuser le contraste. Son nez saillait plus que de mesure et il le devait à la décoration nasale qu'il avait portée presque toute sa vie. Son septum percé était vide ce jour-là, et, de près, je pouvais voir au travers les hommes qui arpentaient le jeu. Ses cheveux se terminaient dans la nuque par un chapelet de glands de sagou. Le sourcil froncé, il m'expliqua d'une voix posée la signification des différents motifs qui ornaient le bouclier.

— *Bipane*, me dit-il en fouillant dans sa bourse pour en extraire sa décoration nasale, deux morceaux de coquillage, taillés en spirales contrariées et soudés avec un peu de cire d'abeille.

Il inséra l'une des extrémités du coquillage dans son septum et le fit pivoter plusieurs fois dans l'ouverture jusqu'à ce qu'il se loge bien au centre. Il l'extirpa en riant dans un mouvement de rotation et le posa devant moi. De son index droit, il suivit les contours du *bipane*, puis le tracé de la volute qui ornait le haut du bouclier pour mettre en évidence leur similitude. C'était un motif très courant en Asmat : un symbole de chasse aux têtes, recourbé à la manière des défenses de sanglier qu'il représentait. Il était censé terrasser l'ennemi. Sur le bouclier, les volutes étaient prolongées par ce qui ressemblait à de petites mains.

— *Tarep*, me dit Bawor.

C'était une patte de roussette, volatile frugivore, à l'instar du cacatoès noir, autre symbole de chasse aux têtes.

Bawor désigna un autre motif, deux spirales connexes, très semblables au bipane mais incurvées dans la partie médiane.

— Ça, c'est *ainor*, me chuchota-t-il à l'oreille avec autant de fierté que d'émotion.

— Qu'est-ce que c'est ? lui demandai-je.

— *Ainor*, c'est *ainor*, me dit-il, comme si la chose allait de soi. Il est terrible. Quand ton ennemi le voit, il est déjà mort. Quand il voit *ainor*, il a tellement peur qu'il lâche ses armes, son bouclier, sa sagaie, son arc et ses flèches. Il est incapable de fuir. Il tente de s'échapper mais il ne peut plus bouger. Il reste pétrifié et nous le capturons.

Je n'ai jamais pu trouver de traduction pour *ainor*. Partout dans le sud de l'Asmat, on m'en fit la même description. Lorsque l'ennemi se retrouve face à lui, il reste cloué au sol, paralysé par la peur. Il claque des dents et s'effondre, le souffle coupé. Son adversaire n'a plus qu'à le traîner jusqu'à la pirogue où on l'assoit, le corps penché en avant, ligoté à une traverse, la tête ballante. La pirogue s'arrête au détour d'un méandre, dans les remous qu'affectionnent les esprits et où l'ennemi est décapité.

Ne comprenant pas la signification exacte de ce symbole, je voulus savoir ce qu'il arrivait si deux combattants portant le même *ainor* sur leur bouclier tombaient nez à nez. Les hommes parurent surpris. Personne ne vit le sens de ma question ou ne tenta d'y répondre.

L'ancêtre qui donne son nom au bouclier peut très bien lui conférer un pouvoir plus grand encore que celui de ses ornements. Par sa présence, l'esprit du mort procure à son descendant l'audace et le courage de braver tous les périls, mais aussi l'omnipotence qui lui permettra de terrasser l'ennemi et de sortir vainqueur du combat.

Des sculpteurs de la trempe de Bawor sont traités avec le respect dû aux grands chasseurs de têtes. Il arrive même qu'ils cherchent à rivaliser en prestige, manifestant en partie leur autorité par le nombre de leurs épouses. Tous les hommes apprennent à fabriquer des pirogues, de simples pagaies, des bâtons à fouir, des arcs et des flèches et autres objets de la vie quotidienne. Mais pour ce qui est des boucliers, tambours, mâts d'ancêtres, figurines et tout autre objet rituel, on fait appel aux meilleurs sculpteurs. Ils ne sont pas payés au sens où on l'entend dans les pays occidentaux mais reçoivent de la nourriture en échange de leurs services. Le commanditaire a la charge de nourrir le sculpteur et sa famille pendant toute la durée du travail. Il faut parfois des semaines, voire des mois pour réaliser certains objets. Bawor, trop absorbé par la confection du bouclier, n'aurait pu subvenir aux besoins de son ménage, aller à la pêche ou à la chasse ou bien emmener sa famille dans les plantations de sagoutiers. Son client, outre les denrées de base telles que le sagou, l'avait comblé des mets les plus succulents, vers de sagoutier, bons morceaux de viande, et gratifié de tout le tabac qu'il avait pu se procurer.

Les fameux boucliers d'Otsjenep n'étaient pas tous destinés à un usage guerrier. La plupart s'échangeaient à Agats contre du tabac en particulier. J'étais surpris de la facilité avec laquelle les hommes se séparaient d'objets qui portaient le nom de leurs morts mais ils avaient réalisé depuis peu qu'il suffisait de sculpter des boucliers, de leur donner un nom et de faire une fête, pour apaiser la colère des ancêtres. Je me rendis compte par la suite que beaucoup restaient au village, servant de moyens de défense lors de guerres et de combats singuliers ou de protection contre les esprits malins. Couchés en travers du seuil des maisons, ils éloignaient les démons indésirables en l'absence des occupants.

Un matin, je me trouvai à l'intérieur du *jeu*, observant Bawor qui perçait des dents de chien avec un poinçon en os pour en faire un collier. Tout à coup, on entendit un grand cri et tout le monde se leva d'un bond. Pris de panique, les hommes se ruèrent vers la sortie. L'atmosphère joyeuse qui régnait dans la maison des hommes avait changé instantanément. Les hommes se poussaient, se marchaient dessus, hurlant de peur ou peut-être de colère, cherchant à tout prix à quitter le *jeu*. Terrorisé par ce tumulte soudain, je crus que les hommes de Pirien attaquaient.

Une horde de créatures peintes déboula par l'entrée du fond, en brandissant de longs couteaux, des sagaies et des flèches. Bien que pétrifié, j'aperçus des visages bariolés de blanc et de rouge, des nez décorés d'énormes spires de coquillage, des têtes hérissées de touffes de plumes blanches, dont la couleur et l'éclat rappelaient la fièvre des aigles et des cacatoès à l'attaque. Tout se mit à chavirer autour de moi et le sang me monta au visage, embuant mon esprit et ma vision. La meute des assaillants, peut-être une centaine, passa à l'offensive, insultant les hommes, les lardant de coups de couteau, les frappant avec des bâtons à fouir, les bombardant de projectiles, visant le dos, les bras, les jambes, les rouant de coups de poing, harcelant tous ceux qui passaient à leur portée. Les hommes détalaient comme des fous, entraient, sortaient, gémissaient, lançaient des obscénités, hurlaient de douleur. Le museau long et vicieux d'un poisson-scie s'abattit sur le dos d'un des fuyards et le sang jaillit instantanément de la rangée d'entailles laissée par les crocs. Des serpents portés à bout de bras au travers de la pièce furent jetés à la tête des hommes. Réfugié dans un angle, je me retrouvai rapidement encerclé. Je m'aperçus alors qu'il ne s'agissait pas des hommes de Pirien mais des femmes d'Otsjenep métamorphosées en harpies hystériques. Elles s'approchèrent, armées jusqu'aux dents, et enfoncèrent la pointe de leurs poignards acérés dans ma chair, hurlant de plaisir en voyant le sang jaillir sur mes bras et mes jambes. Puis, elles disparurent aussi soudainement qu'elles avaient surgi.

Elles venaient de se venger des brimades quotidiennes des dix derniers mois. A tort ou à raison, leurs maris les avaient battues, invoquant leur paresse, leurs piètres talents de cuisinières, leur imprévoyance, un flirt, ou un refus de coucher avec leur partenaire masculin. Qu'ils fassent exactement ce qu'ils leur reprochaient ne servait à rien. Elles avaient beau se rebiffer, elles ne pouvaient rivaliser de force avec un homme. En pareilles circonstances, les femmes avaient le droit de prendre leur revanche sans crainte de représailles et elles ne se faisaient pas prier. L'assaut pouvait être donné n'importe où et à n'importe quel moment comme l'expérience venait de me le prouver.

Le calme était revenu. Elles avaient déferlé dans la maison des hommes comme un ouragan, causant de véritables ravages sur leur passage, mais leurs maris semblaient s'en amuser, qui comparaient leurs blessures avec autant de fierté que s'ils les avaient essuyées sur le champ de bataille. En voyant mes plaies sanguinolentes, ils me donnèrent des tapes amicales dans le dos ou me serrèrent dans leurs bras, ravis qu'on ne m'ait pas épargné.

Quelques minutes plus tard, un homme du nom de Fire m'entraîna au-dehors où nous attendait sa femme, Jisi, un morceau de sagou à la main. Il effleura ses tétons pour m'inviter à les sucer. Ils avaient décidé de m'adopter bien que je ne me souvienne pas de les avoir déjà rencontrés. Je ne savais s'il s'agissait d'un geste spontané ou si la cérémonie avait été convenue depuis plusieurs jours. A l'avenir, ma famille adoptive serait tenue de me nourrir à chacune de mes visites à Otsjenep et il me faudrait en retour leur apporter des cadeaux. Fire était un homme peu attirant, exceptionnellement chétif et maladif. Son corps desquamé exhalait une forte odeur de teigne. Ses testicules, complètement déformés par la filariose, une maladie parasitaire, avaient quintuplé de volume et lui pendaient à mi-cuisse. Jisi, enceinte jusqu'aux yeux, était dotée d'une constitution plus vigoureuse et d'une poitrine plus généreuse que la plupart des femmes asmat. Elle paraissait prête à accoucher d'un instant à l'autre. Elle était plus jeune que Fire et son visage exprimait de la sympathie. Tous deux portaient des bandeaux de tête en couscou ornés d'éclats de nautile et de houppes en plumes de casoar, des décorations nasales et plusieurs colliers dont un en bambou refendu autour du cou de Fire, attribut du chasseur de tête. Du lait sucré jaillit des tétons de Jisi tandis que Fire pinçait les siens pour m'inviter à les prendre entre mes lèvres comme je venais de le faire pour son épouse. Il rompit un petit morceau de sagou qu'il frotta contre mon front humide et avala les boulettes au creux de sa main pour absorber un peu de moi-même. Jisi se contenta des dernières miettes. Il prit encore un peu de sagou qu'il mangea après l'avoir passé sous mes aisselles. Jisi rentra chez elle et je retournai avec Fire dans la maison des hommes.

En fin d'après-midi, on sortit les boucliers du *jeu* pour les aligner côte à côte sous le porche. Je sentais moi aussi l'énergie qui s'en dégageait. Ils paraissaient vivants, comme animés par la soif insatiable des esprits qui rêvaient de se venger du passé. L'alliance éclatante du rouge, du noir et du blanc encore frais les faisait vibrer dans la lumière du soir et tous irradiaient de l'intérieur une force infinie.

Les empoignant, les hommes se mirent à gesticuler et courir en rond, tandis que les femmes formaient leur propre cercle à proximité. Nous dansions dans la vase et nos corps grimés furent bientôt maculés. Nos peintures se mirent à dégouliner, nous donnant un air spectral et macabre. Armés de vieux boucliers, des hommes descendirent triomphalement le courant. Les longues gerbes de feuilles de sagoutier fraîchement cueillies qui ornaient les boucliers, les sagaies, les bras et les jambes flottaient dans le vent. Par le passé, une telle vision aurait suffi à glacer d'épouvante les cœurs et les corps de tous les spectateurs et, déjà, nos esprits tombaient sous l'emprise de leurs cris effroyables. Les hommes accostèrent et se joignirent à nous. De la mêlée humaine, émanaient des odeurs nauséabondes mais cela ne me gênait pas. Les anciens s'approchèrent pour recueillir ma sueur au creux de leurs mains et s'en enduire. Ils me pressèrent contre eux en frottant leur poitrine contre la mienne et, à mon tour, je m'imprégnai de leur transpiration que j'acceptai comme un gage de force. A la nuit tombée, les danses cessèrent. Les femmes disparurent et les hommes regagnèrent le *jeu*. Ils dansèrent jusqu'à l'aube au son du tambour.

7

Autrefois, les hommes auraient profité de l'obscurité qui précède les premières lueurs pour perpétrer leur crime et moissonner les têtes dont on avait besoin lors des cérémonies d'initiation. Leurs passions auraient été exacerbées par des chants martiaux et la longue psalmodie des noms des victimes immolées par les grands hommes du village et de ceux des ancêtres dont la mort restait à venger. Les femmes les auraient poussés à accomplir de hauts faits et le village tout entier aurait manqué de sombrer dans l'hystérie.

Lorsque la fête s'arrêta brutalement sans atteindre son paroxysme, les besoins inassouvis des hommes, privés de la violence d'une véritable catharsis, les plongèrent dans une apathie à laquelle le sommeil ne procurait qu'un palliatif temporaire. Certains restèrent assoupis jusqu'au matin suivant, ne se réveillant brièvement que pour s'alimenter. Le surlendemain, les visages étaient aussi inexpressifs. Leur indolence tenait moins à leur récente dépense d'énergie qu'au fait que leur corps et leur esprit ne pouvaient s'affranchir de la violence physique et émotionnelle à laquelle guerre et vendetta avaient toujours servi d'exutoires. Les missionnaires, cherchant à combler ce vide grâce à la religion, avaient substitué les confirmations aux cérémonies d'initiation, l'amour du prochain aux instincts vengeurs et promu le football comme moyen d'endiguer la colère et les rancunes. Mais la nostalgie du passé se lisait dans les regards vacants et les visages défaits de ces hommes dont les corps débiles, avachis comme des poupées de chiffon, réclamaient d'autres forces pour se mouvoir. Se rappelaient-ils l'époque des luttes au corps à corps ? Ne se sentaient-ils pas faibles et veules dès lors qu'ils ne pouvaient exprimer la force et l'intrépidité que, d'une certaine manière, l'on attendait d'eux et dont ils avaient toujours fait preuve au combat ?

Otsjenep, ce lendemain de fête, paraissait triste et désert. Lentement, les pirogues s'étaient chargées de pilons à sagou, de nattes de couchage, de sacs de portage, de filets de pêche, d'arcs et de flèches, de sagaies, de récipients en bambou, d'enfants, de femmes, de maris, de pères, de mères, de sœurs et de frères – ils étaient tous partis en forêt pour pêcher et extraire le sagou. Ils bivouaqueraient pendant plusieurs semaines au bord de petits cours d'eau où ils trouveraient une nourriture dont on se régalait rarement au village car elle restait inaccessible lors des expéditions de deux à trois jours. Ils connaîtraient une vie paisible et sans contrainte, un peu comme autrefois ; aucun missionnaire ou fonctionnaire ne serait là pour surveiller leurs faits et gestes. L'activité sexuelle serait fréquente et spontanée. Les amis intimes échangeraient leurs épouses ou bien feraient l'amour entre eux.

J'étais loin de soupçonner à l'époque combien je m'étais enrichi à Otsjenep, combien j'avais appris sans même poser de questions, en ouvrant simplement les yeux. Je ne réalisais pas que la tribu et ses hommes m'avaient révélé certains aspects de leur vie qu'ils avaient cachés aux étrangers. Ce n'est que huit ans plus tard que je commençai à y voir plus clair. J'étais trop excité par la variété, la qualité et le nombre des objets que j'avais collectés pour être totalement lucide. J'avais fini l'étiquetage et mon journal regorgeait de croquis et de notes explicatives. J'étais impatient de ramener mes trophées au musée d'Agats.

C'est Bawor lui-même qui choisit mes pagayeurs, des villageois qui partaient en ville pour y vendre leur production. Deux autres pirogues chargées de bois gravés nous accompagneraient.

Otsjenep n'avait eu que peu de contacts avec le monde extérieur à l'exception de quelques missionnaires, quelques voyageurs et l'équipe de tournage de *The Sky Above, the Mud Below*, un reportage sur l'arrivée au village des premiers étrangers. Les Asmat avaient acquis une réputation de farouches guerriers depuis la première tentative d'approche menée en 1770 par les hommes du capitaine Cook qui avaient quitté l'*Endeavour* à bord de deux chaloupes. On ne saura jamais si les Asmat voulurent accueillir ou repousser les explorateurs mais la boue magique qu'ils lancèrent en l'air ressemblait trop à de la fumée pour ne pas effrayer les Occidentaux. Croyant essuyer le feu ennemi, ces derniers ripostèrent sans attendre. Une vingtaine d'hommes d'équipage et un nombre inconnu d'Asmat furent laissés pour morts à l'embouchure du fleuve, baptisé plus tard fleuve Cook, et qui a retrouvé aujourd'hui son nom d'origine, le Kuti, à quelques kilomètres au sud d'Otsjenep.

A l'heure de ma première visite, toute la côte méridionale avait conservé la majeure partie de ses traditions culturelles. Elle était restée plus longtemps isolée que le nord-ouest dont les habitants avaient dès 1955 commencé à travailler pour le compte d'une société d'exploitation forestière hollandaise. Ce n'est qu'en 1979 que plusieurs villages du sud, dont Otsjenep, furent tentés de les imiter, séduits par les propositions des marchands et des fonctionnaires indonésiens qui leur promirent du tabac, des vêtements, des dagues ou même de l'argent en échange de leur labeur.

Répartis en équipes de six ou sept, les hommes abattaient des arbres et défrichaient les sous-bois afin de faire rouler les billes jusqu'à la rivière la plus proche d'où elles étaient flottées jusqu'à l'embouchure. Le train suivait ensuite le littoral de la mer d'Arafura jusqu'à l'estuaire du Betsj, un parcours périlleux et fatigant, qui prenait quatre à cinq jours, parfois plus selon le temps et les marées. Les hommes s'enfonçaient dans la vase jusqu'aux genoux et il arrivait souvent que les bûches s'enlisent. Parfois même, balayées par le courant, elles étaient emportées vers le large, laissant les hommes à la frustration de leurs efforts avortés.

Mouillant dans l'estuaire, un cargo taïwan ou peut-être coréen attendait son chargement pour faire route vers la Corée, le Japon, ou plus vraisemblablement l'Arabie Saoudite, où le bois servirait à construire des maisons. Ceux qui parvenaient à atteindre le grand bateau blanc recevaient peut-être vingt cents par bille, à condition qu'elles ne soient pas trop petites ou bien, lorsqu'elles étaient restées plusieurs mois en souffrance à cause des intempéries, simplement vermoulues. Le père van de Wouw avait eu beau les mettre en garde contre de tels aléas, les Asmat n'avaient pensé qu'au tabac et aux autres produits qu'ils recevraient en paiement. Les maigres rétributions, les nombreuses vicissitudes et la piètre qualité du bois eurent malgré tout raison de leurs efforts. Les régions littorales ne pouvaient rivaliser avec le nord-ouest du pays dont les forêts riches en essences à bois dur avaient attiré les sociétés hollandaises deux ans après la fondation de la mission d'Agats par le père Gérard Zegwaard, en 1953.

C'est à cette époque en effet que ce missionnaire hollandais de l'ordre du Sacré-Cœur avait fondé la première colonie permanente, à la suite de plusieurs expéditions en pirogue depuis Mimika, dans le nord-ouest de l'Asmat. Il avait bâti sa maison et son église à proximité du village asmat de Sjuru. Dans mon journal, en date du 1er juillet 1978, Jakarta, j'écrivais ceci : "De passage à la mission, je me suis soûlé à la bière avec le père Zegwaard. Nous avons fini par nous coucher lorsque l'électricité a été coupée. Il n'a pas cessé de parler de l'Asmat. Il répétait qu'il était devenu vieux et paresseux, et qu'il était trop tard, qu'il ne pourrait rien tirer de ses notes, mais qu'il serait content que quelqu'un d'autre en profite. Il reste l'homme vigoureux que j'ai rencontré il y a quelques années, grand, dans les un mètre quatre-vingt-dix, presque corpulent, toujours séduisant. Je lui ai montré plusieurs agrandissements de sujets asmat que je destinais au musée. En les voyant, il s'est mis brusquement à parler de Michael Rockefeller. Il est persuadé que les habitants d'Otsjenep l'ont tué pour venger la mort de trois de leurs chefs guerriers, assassinés par un fonctionnaire hollandais du nom de Lapre. Lapre les aurait exécutés à la suite d'un raid sanglant afin de mettre un terme à la chasse aux têtes. Si l'on en croit Zegwaard, la mort de Michael est parfaitement logique, mais cela reste encore à prouver. Interviewé par Milt Machlin du magazine *Argosy*, il lui a fait ses confidences sous le sceau du secret. Mais Machlin n'a rien trouvé de mieux que de publier l'intégralité de l'interview, mettant Zegwaard dans une position fort difficile. Finira-t-on un jour par oublier cette histoire ? Il m'arrive à moi aussi d'en parler encore."

Au cours de cette soirée, Zegwaard m'avait raconté ses débuts et comment il s'installait dans son transat pour fumer sa pipe :

— Il n'y avait pas de sentiers à l'époque, voyez-vous, rien que de la boue. Je m'installais dans ma chaise longue, un peu comme un transat, vous savez, ces chaises en toile. Un vieil homme venait toujours s'asseoir à côté de moi et lorsque je tapotais ma pipe contre le pied de la chaise, il récupérait le tabac et les cendres, puis, lentement, il sortait une feuille pour se rouler une petite cigarette. Il venait tous les jours, et chaque fois que je débourrais ma pipe, il ramassait les restes de tabac. Fidèle à mes habitudes, j'avais aussi ma chaise longue à Sjuru. Les hommes bavardaient dans mon dos comme si je n'existais pas, mais ils savaient que je les entendais et que je ne perdais pas un mot de leur conversation. C'est une bonne chose d'avoir du tabac, disait l'un d'entre eux. Un autre revenait à la charge : Le tabac, c'est bon, et si j'en avais, on pourrait fumer. Cela pouvait durer des heures, jusqu'à ce que je cède. C'était drôle de les voir faire. Ils s'imaginaient qu'ils m'avaient dupé alors qu'ils savaient bien que j'en avais de reste et que je finirais par leur en donner.

Avant l'arrivée de Zegwaard, un fonctionnaire hollandais du nom de Félix Maturbongs avait essayé de s'établir dans la région, d'abord à l'intérieur des terres, puis, sur la côte, dans un village que les habitants nommaient Akat, ce qui veut dire "bon" en asmat, et dont Agats n'est qu'une déformation récente. Maturbongs jugea le climat débilitant et les difficultés qui se présentèrent insurmontables. Mais il ne resta pas totalement insensible aux charmes de la région si l'on en juge par le nombre de familles qui portent son nom. Il quitta le village en 1942 lorsque les Japonais envahirent Mimika.

L'ancien directeur de la société d'exploitation forestière hollandaise me rendit un jour visite à New York à la faveur d'un de mes longs séjours. Il avait obtenu mon adresse par le truchement du Club des Explorateurs.

— C'est moi qui ai pacifié ces sauvages, me déclara-t-il de manière présomptueuse. C'est moi qui ai mis un terme aux beuveries et à la chasse aux têtes. J'ai empêché les habitants de s'entretuer afin de pouvoir faire sortir le bois du pays.

Je me gardai de rétorquer que la chasse aux têtes n'avait peut-être pas totalement disparu, tout au moins dans l'un des villages qui faisait autrefois partie de son secteur. Mais je ne pus m'empêcher en l'écoutant de repenser aux événements de 1975. J'explorais la région en compagnie de Jerry Thaar, lorsque nous apprîmes que les hommes de Sagapu avaient décimé le village de Bifako sur le fleuve Wasar, à quelques kilomètres au nord de l'endroit où nous nous trouvions.

Jerry avait été le premier Croisier à m'inviter en patrouille. Je l'avais rencontré, comme tous les autres missionnaires catholiques, au tout début de mon premier séjour, alors que je logeais encore à la mission, avant d'avoir ma propre maison pour mon propre confort et celui des Croisiers. Il habitait Komor, sur l'Unir, un grand fleuve asmat, et possédait son propre *mappi*, une embarcation de dix mètres de long, ainsi baptisée car le premier bateau à moteur introduit dans le sud de la Nouvelle-Guinée par les Hollandais avait été utilisé sur le Mappi.

Voyager avec Jerry était relativement aisé ; en comptant les deux passeurs, nous n'étions que quatre. Plus tard, lors des excursions avec l'évêque, il y aurait au moins deux autres pères et trois passeurs, sans oublier Manu Lamera, cuisinier et homme à tout faire, soit huit personnes au total. Le *mappi* n'était pas l'embarcation rêvée pour voyager pendant plusieurs semaines avec autant de monde à bord. Le moteur, recouvert d'un immense capot cubique, se trouvait au centre et vibrait si férocement que nous devions hurler pour couvrir le tintamarre. Les trois Asmat dormaient à l'avant ; j'installais généralement ma natte entre les machines et la cloison de tribord où j'étais tellement à l'étroit que je devais me lever pour changer de côté. Manu dormait sur un banc en poupe, juste devant le foyer métallique arrimé à l'arrière du bateau. L'évêque et les deux abbés, quelque part entre Manu et le moteur, manquaient à tel point d'espace qu'il était pratiquement impossible d'empêcher les liens de leurs moustiquaires de s'emmêler. Le matin, il fallait les démonter une par une afin d'éviter les nœuds. Ce genre de désagrément ne se produisait jamais lorsque je voyageais avec Jerry puisque nous disposions à nous seuls de toute la partie centrale et arrière du *mappi*.

Nous nous trouvions à Tomor, au confluent de l'Unir et du Dumas, en compagnie de l'instituteur du village, Dajir, un protestant d'origine asmat, lorsqu'un chasseur de crocodiles indonésien s'approcha pour nous annoncer le massacre de Bifako. Mais avant même que nous puissions le questionner, il avait remis les gaz et disparu brusquement. Dajir fit mine d'ignorer l'incident et continua à nous entretenir de l'abattage du bois, un problème que, depuis longtemps déjà, les Croisiers évoquaient en privé et qui suscitait, à dire vrai, une profonde inquiétude chez la plupart des missionnaires de la région.

— Les gens se sont enfuis en entendant le bruit de votre moteur, nous dit-il. Ils vous ont pris pour des agents du gouvernement et ont cru que vous alliez les obliger à retourner dans la forêt. Ils sont partis en pirogue chacun de leur côté pour éviter qu'on les suive. Ils en ont marre de couper du bois. Tout ce qu'ils veulent, c'est qu'on leur fiche la paix.

Dajir mesurait près d'un mètre quatre-vingts, ce qui est grand pour un Asmat. Il avait les cheveux courts et une petite barbe. Il portait une chemise en batik à manches longues et un pantalon, de la même couleur brunâtre que l'eau du fleuve dans lequel on les avait lavés. L'Unir, soudainement en crue après les orages qui avaient éclaté en amont, charriait des alluvions, des troncs d'arbres ainsi que des branches qui servaient de perchoirs à de petits oiseaux blancs. Dajir ne ressemblait guère à un Asmat. Son nez, droit et fin, n'était pas percé comme celui de la plupart de ses congénères dont le septum avait été poinçonné dès l'enfance avec la pointe d'une flèche en bois de palmier. Si l'on faisait abstraction de sa couleur de peau, il aurait pu être originaire de presque n'importe quelle partie du globe. Il était né près de la côte, dans un village où l'on avait cessé le perçage des nez à l'arrivée des missionnaires et des catéchistes. Ces derniers, qui avaient suivi Zegwaard depuis Mimika, s'étaient moqués d'une pratique qu'ils qualifièrent de barbare et mirent sur le compte des *orang hutan*, les hommes de la jungle. En même temps, ils encouragèrent les Asmat à adopter une de leurs propres traditions qui consistait à se limer les dents à l'aide de pointes acérées.

— Le gros problème, ce sont les enfants, poursuivit Dajir. Ils ne veulent pas venir à l'école. Ce n'est pas surprenant. Tous les Asmat aiment se balader dans la jungle lorsqu'ils n'ont rien à faire. Finis les enseignants, les missionnaires ou les fonctionnaires. C'est ainsi que nous avons toujours vécu.

"La plupart du temps, les écoliers suivent leurs parents dans la forêt. Je ne leur en veux pas. Je faisais la même chose quand j'avais leur âge. Nos vieilles habitudes sont incompatibles non seulement avec le rythme scolaire mais avec l'école elle-même. Nous nous levions tôt pour aller chercher notre pitance matinale au bord du fleuve, des moules, des crabes ou des crevettes. Aujourd'hui les jeunes viennent à l'école sans avoir eu le temps de trouver leur nourriture. Ils doivent attendre l'après-midi. Ils arrivent en classe le ventre vide et sont incapables de se concentrer. Les parents s'en vont dans la jungle pour extraire le sagou et les enfants sont livrés à eux-mêmes. Mais ils sont trop jeunes pour dénicher autre chose que des crustacés, ce qui est loin d'être suffisant."

Nous faisions face à la rangée de maisons qui bordent la rivière, toutes délabrées à l'exception de celle de Dajir. Comme tous les instituteurs asmat, il exigeait de la nourriture et de menus services en guise de paiement.

— Je leur fiche une raclée lorsqu'ils ne répondent pas bien aux questions ou lorsqu'ils font l'école buissonnière pendant plusieurs jours, plusieurs semaines, parfois plusieurs mois. Ils préfèrent suivre leur famille et manger plein de bonnes choses. J'ai beau expliquer au camat, l'administrateur régional, que les enfants se nourrissent mal lorsque les parents partent couper du bois, il me regarde et me répond que les hommes doivent ramener encore plus de bûches.

"Les filles, on s'en doute, ne viennent presque jamais. Elles doivent s'acquitter des tâches ménagères, pêcher, couper du petit bois, piler le sagou et s'occuper des plus jeunes. Les garçons d'un certain âge ont une vie plus facile, ils partent en pirogue avec leurs lignes et leurs hameçons et rapportent du poisson, mais ils sont trop jeunes pour abattre des sagoutiers et, sans sagou, ils ont faim et sont malheureux. Parfois, tout le monde disparaît dans la jungle et je reste seul des semaines entières, avec à peine de quoi manger. Alors, de temps en temps, je les accompagne."

Dajir avait la langue bien pendue. Les mots venaient seuls comme s'il avait enfin trouvé son vrai public. Le curé ne passait jamais au village et cela faisait longtemps que l'on n'avait pas vu le *camat*.

— Le *camat* explique aux parents que leurs enfants doivent rester au village et venir en classe et qu'il faut leur laisser de la nourriture. Mais, lorsque c'est le cas, les garçons mangent tout d'un coup ; ils savent que le sagou ne se conservera pas plus d'une semaine ou deux. Les seuls à rester au village, ce sont les vieux et eux aussi meurent de faim. Ils sont trop faibles pour extraire le sagou.

"Autrefois les gens passaient une partie de l'année dans la jungle. Ils pêchaient, chassaient et cueillaient selon leur bon plaisir. Ils chassaient le sanglier, le casoar ou le couscou, cueillaient des kom, des pousses de pandanus, de nipa ou de palmier et faisaient tout ce qui leur passait par la tête. En forêt, ils étaient libres d'agir à leur guise. Maintenant que le gouvernement les oblige à travailler dans la jungle, ils ne peuvent plus faire comme avant.

— Il a raison, déclara Jerry. Le gouvernement refuse d'aborder le problème et nie même son existence. Lorsque les gens s'en vont couper du bois pendant plusieurs mois, ils ne se nourrissent pas de manière suffisamment équilibrée pour rester en bonne santé. Bien entendu, ils n'ont jamais eu conscience de ce processus. Leur corps, d'une certaine manière, manifestait automatiquement ses besoins.

— Je comprends ce que vous voulez dire, répliquai-je à mon tour. Il y a plusieurs années de cela, j'ai travaillé comme technicien radar sur la base aérienne d'Elmendorf, en Alaska. Pendant les cours d'instruction, le prof nous avait prévenu que l'hiver, aussi saugrenu que cela puisse paraître, nous aurions des envies irrépressibles de chocolat car notre organisme, réagissant au froid polaire, réclamerait sa ration énergétique de sucre. Eh bien, croyez-moi si vous le voulez, quelques semaines plus tard, j'achetais deux ou trois plaques de chocolat par jour, ce qui ne m'était jamais arrivé auparavant.

— Eh oui, voilà, reprit Jerry. Couper du bois suppose que l'on reste trop longtemps sédentaire pour trouver le gibier ou les fruits nécessaires à une alimentation normale. Bien sûr, les Asmat ne se soucient pas de problèmes de vitamines ou de protéines. Ils ne sont contents que lorsqu'ils ont le ventre plein. Mais ils ont toujours bénéficié d'une alimentation savamment équilibrée, ce qui explique leur semi-nomadisme d'autrefois. Ils se déplaçaient régulièrement d'une plantation de sagou à une autre et mangeaient tout ce qu'ils trouvaient en chemin. Leurs migrations n'obéissaient à aucune règle si ce n'est celle de ne jamais franchir les limites des terres ancestrales ou celles des territoires ennemis. La violation des frontières reste encore une des principales causes de conflits. En fait, si on regarde autour de soi, on s'aperçoit que la nourriture est beaucoup plus variée qu'il n'y paraît. Outre l'inévitable fruit de pandanus ou de nipa, on trouve également des jaques qui poussent à l'état sauvage dans cette région, le taro (un tubercule riche en fécule) et des bananes. Il y a aussi les oiseaux de rivière, les perroquets, les poules sauvages et les chouettes ; sans oublier les crocodiles, plusieurs espèces de marsupiaux et d'insectes comestibles, les œufs d'oiseaux, les escargots, les termites, le miel, les larves, les lézards, les rats, les roussettes, les cochons sauvages, les ignames, plus tout ce que nous ne soupçonnons pas.

Je savais que les Asmat ne se mettaient pas en quête de nourriture tous les jours mais qu'ils attendaient d'en ressentir le besoin ou de se trouver au bon endroit au moment propice pour cueillir des fruits mûrs ou savourer quelque autre friandise. Peut-être se lassaient-ils rapidement de l'ordinaire pour partir ainsi à la recherche d'aliments qui assuraient leur survie, car ils avaient toujours réussi à se maintenir en relative bonne santé, palliant les carences en glucides et protéines grâce à d'autres agents nutritifs.

— Lorsqu'ils abattent du bois, poursuivit Jerry, ils se nourrissent exclusivement de poisson et de sagou pendant deux, trois, voire quatre mois. Ce n'est pas une alimentation suffisamment variée pour rester en bonne forme physique.

“Bien sûr, une fois dans la jungle, ils peuvent toujours mourir de vieillesse, de maladie ou par accident, sans compter ceux qui se cassent un bras ou une jambe. C'est inévitable. Mais j'ai entendu récemment le père Fraser affirmer que le taux de mortalité avait grimpé depuis qu'ils s'étaient mis à couper du bois. Ils sont pris de vomissements et de diarrhées que nous ne pouvons soigner faute de médicaments. Ce n'est pas le choléra, même si les symptômes sont identiques. Mais notre principal souci à l'heure actuelle, c'est le béribéri. Les gens se plaignent de douleurs dans les doigts de pieds, les mains et toutes les extrémités, les chairs perdent leur élasticité. C'est la première fois que cette maladie touche notre région. A l'origine, une simple carence en vitamine B1, mais les malades sont si faibles que leur organisme est incapable de se défendre contre les maladies opportunistes. Le paludisme étant toujours présent à l'état endémique, l'action combinée des deux est presque toujours fatale. La filariose, ou l'éléphantiasis si vous préférez, est également une maladie endémique. Vous avez déjà vu, je suppose, ces scrotums ou ces jambes gonflés..."

Nous longions la berge en direction du *mappi*.

— Dajir affirme que la population de Tomor dépasse tout juste la centaine. Cela représente une chute considérable par rapport aux deux cents habitants que j'ai recensés il y a deux ans. "Autrefois, la chasse aux têtes, les guerres, les épidémies de choléra et de dysenterie décimaient une bonne partie de la population, mais le nombre des habitants restait stable. Aujourd'hui, malgré la disparition de la chasse aux têtes et l'efficacité de certains médicaments comme la Nivaquine pour soigner le palu, l'arrivée des étrangers dans la région a provoqué une régression démographique. Je sais que la population augmente sur la côte sud, mais ce n'est pas une région boisée et les autochtones ne sont pas forcés de vivre dans la jungle pour y couper des arbres."

Dajir nous rejoignit sur le *mappi* pour un déjeuner composé de porc en conserve, de haricots sauce tomate et de macédoine de fruits en boîte. La conversation prit un tour nouveau.

— Il y a quelques jours à peine, murmura-t-il en jetant des regards inquiets autour de lui, on a aperçu un corps décapité à la dérive.

Il était bien décidé, semblait-il, à nous parler du massacre des habitants de Bifako.

— C'était un habitant de Jeniseko, en aval de l'Unir, vraisemblablement poignardé avec une dague en os par un mari jaloux qui l'a précipité dans le fleuve. Un habitant de Tomor a dû le repêcher, lui couper la tête et le rejeter à l'eau. Ici, on a vu le cadavre à deux reprises, puis, quelques heures après, on l'a aperçu à Manu, et enfin à Komor où la rumeur a couru que l'homme avait trouvé la mort dans un raid.

Qui que soit l'individu, habitant de Tomor ou d'ailleurs, qui avait récupéré la tête, il l'avait certainement préparée selon le rite asmat et transformée en pendentif qu'il arborerait en signe de bravoure.

J'avais tout d'abord cru que Dajir faisait allusion aux événements de Bifako mais il était évident que cet incident n'avait rien à voir avec le massacre. Je l'écoutai distraitement, espérant que la conversation porterait sur un sujet dont je ne savais s'il convenait ou non de l'aborder.

Dajir se retourna à nouveau en frissonnant. Il rapprocha sa chaise et, à la manière occidentale, porta son index devant sa bouche pour nous intimer le silence. Nous étions seuls : Domin et Johannes, nos passeurs, s'étaient mis en quête de nourriture, de potins ou des plaisirs de la chair.

— Je dois vous raconter ce qui s'est passé là-haut.

Dajir éprouvait un plaisir manifeste. Ses gestes, ses yeux enflammés, sa façon de remuer la tête ou les lèvres, en un mot tous les mouvements de son corps rappelaient les mimiques d'un acteur qui s'apprête à réciter son monologue.

— Bifako n'existe plus ! Ils sont tous morts ! Assassinés par ceux de Sagapu !

Il se leva, s'approcha du bastingage, scruta le courant, traversa le pont et jeta un dernier coup d'œil sur le bord opposé avant de se rasseoir. Il avait l'art de ménager ses effets.

— Samsu, le chasseur de crocodiles, nous avait déjà annoncé la nouvelle, nous dit-il en posant une main sur mon genou et l'autre sur celui de Jerry. Ils sont tous morts. Ils leur ont coupé la tête, hommes, femmes, enfants, ils les ont tous mangés. Je sais ce que je dis car Bifako n'existe plus. Il n'y a plus de village. Tous les riverains du Wasar ont peur des gens de Sagapu parce que ce sont les plus forts. Les habitants de Ti se sont enfuis dans la jungle pour se cacher.

— Allons-y, Jerry, m'exclamai-je. Allons voir ce qui se passe.

— Euh, me répondit-il, pris de cours. Euh, je ne sais pas. Domin et Johannes ne nous suivront jamais.

Il hésita un moment :

— Et puis nous n'avons pas assez de carburant.

Il hésita à nouveau avant de conclure :

— De toute façon, je dois être de retour pour la messe de dimanche prochain.

J'étais déçu. C'était l'occasion rêvée d'obtenir des renseignements de première main sur les vendettas et la chasse aux têtes, à condition toutefois que la rumeur soit fondée. Une heure plus tard, nous redescendions le fleuve en direction de Komor, d'où je poursuivis sur Agats.

8

L'extermination des habitants de Bifako me hantait. Le travail au musée était passionnant certes, mais mon esprit remontait sans cesse le cours du fleuve. Le seul moyen d'oublier cette histoire était d'y retourner. Plusieurs mois plus tard, Jerry accepta lors de la patrouille suivante de pousser aussi loin que possible, aussi loin que le tirant d'eau permettrait au *mappi* d'éviter l'enlisement ou les écueils.

A deux heures au nord de Tomor, nous aperçûmes des bivouacs des deux côtés du fleuve : une manière de case cérémonielle sur la droite et deux ou trois cases en construction et de dimensions plus modestes sur la gauche. Nous fîmes halte afin d'entreprendre les habitants. Il n'y avait pas de femmes. Peut-être se trouvaient-elles en forêt ou s'étaient-elles réfugiées dans les cases en nous voyant. Nous apprîmes plus tard qu'il s'agissait des clans erok et piu, qui avaient quitté Sagapu.

— Tous partis, répondirent-ils lorsque nous mentionnâmes Bifako. Tous morts. Tous malades et tous morts.

Ils paraissaient nerveux et tendus. Ils étaient incapables de nous dire à quelle maladie ils avaient succombé et ce qu'il était advenu des cadavres. Ils nous indiquèrent simplement un autre village un peu plus haut sur le fleuve. Nous comprîmes vite que nous avions commis une erreur en mentionnant Bifako si rapidement et nous reprîmes la route.

Le fleuve charriait des amas de détritus. Nous passâmes un premier méandre, un deuxième, puis un autre encore. Le jour déclinait presque lorsque vers six heures nous arrivâmes à Sagapu. Tant bien que mal, nous aperçûmes une dizaine de cases alignées sur la berge, qui disparaissaient dans la pénombre de la nuit tombante, enveloppées dans un nuage de fumée, bas et long, qui filtrait au travers des toits. A l'intérieur, autour des foyers, on grillait du poisson, du sagou ou peut-être même de la viande. Le village se trouvait à l'endroit précis qui figurait sur la carte de 1969, bien que ses habitants aient déménagé plusieurs fois depuis, se déplaçant d'un champ de sagou à un autre selon la tradition.

Les hommes firent claquer leur pagaie contre les pirogues en gloussant, s'approchèrent du *mappi*, grimpèrent à bord et se mirent à escalader et se faufiler partout. Une fois à terre, ils nous entraînèrent vers la maison des célibataires où un long chapelet de gris-gris pendait à la poutre maîtresse : des panaches de plumes de pigeon à couronne bleue, des pennes jaune paille de paradisiers apoda-apoda, des squelettes vrillés de jeunes serpents et une rangée de mâchoires de cochons sauvages assortie des poignards de bambou qui avaient servi à les égorger.

Ayant pris place autour du foyer central, nous mangeâmes du sagou, des crevettes et distribuâmes du tabac. Ce n'est que bien plus tard que nous fîmes allusion à Bifako.

— Tous morts, répondirent-ils. Nous ne savons pas qui a fait la magie qui les a tués. C'est sûrement ceux de Ti. Ce sont des *orang hutan*, des hommes de le jungle.

— Nous avons entendu dire, intervint Jerry, que ce sont les hommes de Sagapu qui les ont tués.

Indignés, ils froncèrent les sourcils.

— On n'a tué personne ! Ils sont morts de maladie !

Ils se mirent à rire, ne laissant rien paraître de plus. Dans un ou deux ans, ils admettraient peut-être leur forfait, évoquant avec fierté le nombre d'hommes et de femmes qu'ils avaient massacrés. Il était encore trop tôt ; nous aurions très bien pu avertir le gouvernement.

J'échangeai des haches et des couteaux contre des boucliers, un tambour et une pagaie dont le bord supérieur était filigrané de têtes de cacatoès noirs et le plat gravé d'un motif de papillon. A cette hauteur du fleuve, on ne sculptait plus de personnages.

Ayant quitté Sagapu à 8 h 45, nous atteignîmes l'embouchure du Wasar à 10 h 15. Le fleuve était étroit et le faible courant, qui laissait présager des eaux profondes, propice à la navigation. Eu ! Eu ! crièrent nos passeurs, Domin et Kaspar, en désignant le sable désert d'une berge où, quelques instants auparavant, se prélassait un crocodile, dérangé par notre présence. Ils firent mine de le tuer en mimant un arc et des flèches. Ni Jerry ni moi-même n'avions eu l'œil assez vif ou perçant pour voir quoi que ce soit. A 12 h 30, le fleuve se rétrécit encore. Nous passâmes deux pirogues à la dérive qui traînaient dans leur sillage leurs amarres en rotin.

Les passeurs s'excitèrent à nouveau : Eu ! Eu ! lorsque deux crocodiles se laissèrent choir dans le fleuve en glissant sur la vase. Un peu plus haut ils crièrent : *Biawak !* en désignant un lézard qui, la tête hors de l'eau, nous précédait à la même vitesse comme s'il nous remorquait. Il disparut bientôt. Nous vîmes une tortue, un nouveau lézard et deux autres crocodiles. En quelques heures, nous avions rencontré plus d'animaux que depuis notre départ d'Agats, dix jours plus tôt. Des calaos voletaient d'une berge à l'autre, des cacatoès blancs prenaient leur essor et tournoyaient dans les airs, guettant le moment où ils pourraient se reposer dans les arbres. Surprises dans leur sommeil, des roussettes s'enfuyaient en poussant des petits cris perçants puis revenaient se percher dans les arbres déplumés. Le fleuve charroyait de grosses branches et des arbres déracinés.

Nous cherchâmes en vain le village de Bifako à l'endroit où il figurait sur la carte. Il n'en subsistait aucune trace. Des troncs immergés, entraînés par le courant, heurtèrent la coque avec un bruit sourd qui nous fit tous sursauter. Un objet lourd vint butter contre la quille et s'accrocha dans l'hélice en faisant caler le moteur. Kaspar manœuvra jusqu'à la rive où il amarra le bateau à un arbre. Il se déshabilla et plongea à l'avant. Refaisant surface au bout d'un moment, il plongea à nouveau. Après plusieurs tentatives, il finit par crier : *Nder momo !* Quelques secondes plus tard, une énorme branche surgie des profondeurs s'éloignait en dansant et disparaissait silencieusement au détour d'un méandre. Kaspar remonta à bord, Domin lança le moteur qui se remit en marche, et le voyage reprit.

A 3 h 30, nous vîmes deux hommes sur la rive droite en train de gesticuler sur un tronc d'arbre à moitié immergé dans le courant et qui criaient en agitant les bras. Ils étaient entièrement nus. Ils avaient le regard de ceux qui n'ont jamais vu d'étrangers : les yeux écarquillés, curieux, insistants, ouverts sur le monde nouveau que nous incarnions. Ils avaient entendu parler des hommes blancs et de leurs grands bateaux et il n'y avait aucune crainte à avoir : ils savaient que nous pratiquions le troc et que nous n'étions pas armés.

Les deux hommes dévalèrent le tronc et sautèrent dans une pirogue. L'un d'eux brandissait un régime de bananes qu'il voulait échanger contre du tabac : *Isap ! Isap !* Ils attachèrent la pirogue à l'un des flancs du *mappi* et grimpèrent en proue où Jerry et moi les attendions, empêtrés dans la chaîne d'ancrage. Plus petits que Kaspar et Domin ou que les Asmat de la côte, ils avaient le teint plus pâle, presque olivâtre, la mâchoire moins carrée et un menton finissant presque en pointe. Leur nez fin était percé de petites piques et orné d'un morceau de bambou au travers du septum. D'ossature beaucoup plus frêle que les Asmat que je connaissais, ils ne s'apparentaient en rien aux habitants courtauds et massifs des régions montagneuses de l'est et du nord. Bras tendu, ils nous indiquèrent le haut du fleuve : Kopa ! Kopa ! un village que ne mentionnait aucune carte. Nous y arrivâmes trois quarts d'heure plus tard, après avoir passé trois méandres.

Deux femmes, haussant les bras pour dissimuler leur visage ou leur bébé de crainte que nous ne leur jetions un mauvais sort, échouèrent leur minuscule pirogue et détalèrent jusqu'au sommet d'une berge abrupte pour se réfugier dans l'une des trois cases. On ne les revit plus. Les hommes déboulèrent prestement la pente et se mirent à sautiller, glousser et iodler en tortillant des genoux. Sur une dizaine environ, deux portaient des shorts. Je me demandais où ils avaient bien pu se les procurer. Ayant jeté l'ancre au milieu du fleuve, nous gagnâmes la berge en compagnie des deux hommes qui nous avaient accostés. Trop étroite pour que l'on puisse s'y asseoir, leur pirogue était, à notre goût, trop instable pour s'y tenir debout. Je me sentis un peu ridicule avec mes fesses qui dépassaient de chaque côté.

Nous nous installâmes sur un plancher en écorce, tendu de nattes de sagoutier, le dos calé contre un mur lui aussi revêtu d'écorce. Les feuilles de liège craquaient au moindre mouvement. Au-dessus de nos têtes, des panaches de plumes de pigeons couronnés, des mâchoires de cochons sauvages et plusieurs poignards en bambou hérissés selon des angles variés pendaient à la poutre maîtresse. Les hommes se rapprochèrent, bourrant leurs pipes avec le tabac que nous leur avions donné. Les pipes étaient constituées de deux sections, la plus longue un morceau de bambou d'une vingtaine de centimètres, l'autre, plus courte, une fine tige de roseau. Le tuyau en bambou était bourré, en guise de filtre, de feuilles de sagoutier déchiquetées et le tabac, une fois roulé, introduit à l'extrémité du roseau. Les deux parties devaient être abouchées des deux mains. Celle en bambou avait été gravée de simples motifs linéaires à l'aide d'une dent de rat, celle en roseau ne comportant aucun ornement. On fit circuler la pipe et je toussai légèrement à la première bouffée.

Tard dans la nuit, après avoir bourré chacune des trois pipes à cinq ou six reprises, nous abordâmes le vif du sujet.

— Morts.

— Partis.

— Mangés par ceux de Sagapu.

— Mbimawe va vous raconter.

Mbimawe, âgé de dix-neuf ou vingt ans, s'était tenu en retrait derrière ses aînés. Il s'avança.

— C'est ceux de Sagapu, déclara-t-il simplement. Tous tués. C'est Sagapu. Ofak était là aussi. On les a vus couper la tête de Djorot et de sa femme et on s'est échappés. Maintenant, je vis ici. Ofak est avec ceux de Ti dans la jungle. Ils ont peur et ils se cachent. Tout le monde a peur.

Il ne semblait ni en colère, ni troublé ou affecté. Il racontait simplement ce qu'il avait vu. Ce n'était certainement pas la première fois, et puis, il était habitué à la mort et aux massacres. Il nous fixait sans sourciller, le regard presque absent, et je me dis que dans sa tête, il devait remuer des pensées et des souvenirs que je ne pouvais imaginer.

J'avais souvent entendu l'évêque et les fonctionnaires affirmer que la chasse aux têtes et le cannibalisme avaient complètement disparu en dépit de certaines rumeurs généralement moins alarmantes cependant que dans le cas de Bifako. Il arrivait que des individus disparaissent. Les militaires, pas plus que les policiers, ne voulaient se déplacer de peur de se faire eux-mêmes trucider et manger. Il était donc peu probable que les autorités entendent jamais parler de Bifako. Pourtant, jusqu'à mon départ, nombreuses furent les histoires d'assassinats qui parvinrent à nos oreilles.

En octobre 1982, Trenk rentra à Agats avec des nouvelles qui surprirent et choquèrent tout le monde, à l'exception des Indonésiens, convaincus depuis toujours que les Asmat n'étaient qu'un peuple barbare et primitif. Il n'était plus le même homme. Ses cheveux avaient complètement blanchi et il avait doublé d'embonpoint depuis notre première rencontre, en 1973. Avec l'âge, il devenait plus nerveux et irascible, parfois incapable de faire face aux difficultés. En société, il se montrait toujours aussi amical et sympathique, mais ses relations avec ses frères Croisiers et, avouons-le, avec certains Asmat, étaient de plus en plus tendues. Je commençais à croire que je pouvais mesurer l'ampleur de ses états d'âme au nombre de chocolats qu'il ingurgitait et à l'épaisseur de son tour de taille. Son état empirait proportionnellement à son estomac. On ne peut nier cependant que l'histoire de ces trois petites filles violées, puis assassinées avant d'être mangées, était pour le moins macabre.

Deux familles du clan manep de Manep-Sipi étaient parties dans la jungle pour y pêcher et faire des provisions de nourriture. Ils avaient passé la nuit au bivouac. Le lendemain, ils laissèrent seules au campement leurs trois fillettes, âgées de trois, cinq et six ans, pendant qu'ils allaient extraire du sagou. Cette pratique désormais courante n'était censée présenter aucun danger depuis que la chasse aux têtes avait disparu des préoccupations quotidiennes. De retour au bivouac dans l'après-midi, les parents constatèrent la disparition de leurs enfants. Ils partirent à leur recherche dans la forêt. Leurs efforts restant vains, ils rentrèrent au village pour demander de l'aide. Pendant plusieurs jours, la plupart des habitants tentèrent de retrouver les enfants. Mais elles avaient disparu sans laisser de trace.

A Agats, d'étonnantes rumeurs nous parvenaient par radio des quatre coins de l'Asmat et chaque pirogue nous fournissait de nouveaux détails. Aucune cependant ne reflétait la vérité telle qu'elle devait éclater par la suite. La thèse la plus plausible à l'époque était celle d'un assassinat commis par les gens d'Ipaer pour se venger d'anciennes tueries. Deux mois plus tard, de retour au village, Trenk fit toute la lumière sur les événements, si tant est que cela fût possible.

C'est Andreas Mossore, l'honorable directeur d'école de Manep-Simni, qui avait découvert la vérité. Il avait remarqué depuis peu un regain de tensions entre les deux moitiés du village. On se battait plusieurs fois par jour sans que la dispute soit jamais réglée. Les hommes s'insultaient à toute heure du jour et de la nuit, prenaient les armes, décochaient des flèches, lançaient des sagaies avant de finir par se calmer. Andreas interrogea son boy :

— Ceux de Manep en colère avec Simni parce que eux pas avoir payé pour les meurtres.

— Les meurtres ? Quels meurtres ? demanda Andreas.

— Le meurtre des trois filles, bien sûr !

Andreas tenta d'en savoir plus, approfondissant le mystère jusqu'à ce qu'on lui livre l'identité des six hommes du clan simni qui avaient trempé dans l'assassinat. Il les fit venir chez lui, et après maints propos contradictoires et dénégations, ils avouèrent leur méfait.

Les six hommes avaient quitté Simni dans leur pirogue pour aller faire un tour dans la jungle. Ils avaient vu les deux familles de Manep s'installer dans leur bivouac avec les trois enfants. Le lendemain matin, passant à proximité, ils s'aperçurent que les fillettes étaient restées seules. Passe, leur chef, sauta sur l'occasion :

— Si on s'amusait un peu avec les filles dans la forêt ?

Les autres acquiescèrent et les fillettes se laissèrent enlever sans protester. Une fois dans la forêt, chacun à leur tour, ils les violèrent toutes les trois. Ayant épuisé leurs ressources, ils réalisèrent en les voyant si faibles et mal en point que personne ne serait dupe et que leurs victimes n'hésiteraient pas à les dénoncer.

— Il n'y a qu'à les tuer et les manger, suggéra Passe.

Lorsqu'ils eurent terminé, ils enfouirent les restes.

Quand Andreas voulut savoir où ils avaient enterré les cadavres, ils lui répondirent qu'ils ne se souvenaient pas de l'endroit exact. Il leur demanda de ramener les corps. Ils se mirent en quête et trouvèrent trois squelettes. Andreas constata immédiatement qu'il s'agissait de ceux de trois adultes. Après de nouvelles tentatives, ils rapportèrent des ossements qui, une fois de plus, ne pouvaient être ceux des enfants. Ils finirent par trouver trois squelettes à la bonne taille.

— Bien, dit Andreas. Nous avons retrouvé les trois filles, mais qui sont les autres ?

— Des hommes et des femmes de Manep, répondirent-ils. On les a tués pour les manger. Mais ça fait déjà longtemps.

La deuxième fois que j'entendis Trenk relater cette histoire, je repensai à l'époque de mes treize ou quatorze ans, à Brooklyn. J'allais souvent me promener au bord du Narrows lorsqu'il n'y avait plus de livraisons à faire au magasin ou que j'avais terminé mes devoirs. A marée haute, des nuées de capotes jetées dans les toilettes flottaient partout à la surface tandis que d'élégants voiliers blancs faisaient voile au loin. A marée basse, la grève rocailleuse s'étalait à découvert. Des adolescents se jetaient des pierres ou faisaient des ricochets dans l'eau. Elizabeth, la sauvageonne, était toujours au rendez-vous. Elle portait des cheveux courts, en bataille, et toujours la même robe en haillons. Elle devait avoir dans les dix ou onze ans. Les garçons se déshabillaient pour aller barboter. Ils la chahutaient jusqu'à ce qu'elle enlève ses guenilles. Elle ne portait pas de culotte. Nue comme un ver, elle entrait et sortait de l'eau en courant, brassait des poignées de capotes, puis retournait s'étendre le long de la jetée. Les gamins se plaçaient au-dessus d'elle, jambes écartées, pour la reluquer.

— Ouah ! Ouvre un peu ta chatte ! disaient-ils, le sexe déjà tendu.

Elizabeth se tripotait pendant que l'un après l'autre, ils s'agenouillaient. Ils la forçaient en se déhanchant et finissaient par décharger. Ils poussaient des hurlements et s'excitaient mutuellement. Il y en avait souvent une douzaine. Je les observai plus d'une fois mais ne participai jamais à leurs ébats.

Un après-midi, je ne vis plus Elizabeth. J'interrogeai quelqu'un.

— Quoi ? T'es pas au courant ? Elle est morte. Ouais, l'autre jour. Les mômes ont dû y aller un peu trop fort.

Andreas envoya les six hommes au commissariat d'Agats. Pendant trois semaines, on leur fit couper de l'herbe. Ils dormirent dans une cellule de fortune sans cadenas et se régalèrent de riz et de sagou avant d'être finalement relâchés. Nous apprîmes, peu de temps après, que les habitants de Buetkor, en amont de Manep-Simni, s'étaient livrés au mêmes pratiques, mais, lorsque je quittai l'Asmat au printemps 1983, nous n'en savions pas plus. En 1984, je reçus une lettre de l'un des missionnaires : “Que sera Noël pour les habitants de Pau et de Warse ? m'écrivait-il. Au cours d'une bagarre, le 21 octobre, un homme a été tué, ouvrant ainsi la voie à de nouvelles violences et de à nouvelles vengeances. Un autre village (Ao) vient de lancer un raid. Ils ont mangé leurs victimes. Nous en sommes conscients, la même chose ou pire encore pourrait se produire ici, en Asmat, dans n'importe lequel de nos villages malgré trente ans d'évangélisation.”

Ce même missionnaire m'écrivit à nouveau le 11 novembre 1985. "Noël, cette année, prendra pour moi une tournure un peu spéciale. Je commencerai mes «douze jours de Noël» le 17 décembre en me rendant dans un village aux confins de ma paroisse, à huit heures de route. L'endroit s'appelle Ao. Lors de ma dernière visite, il y a quelques jours à peine, j'ai découvert que 40 % de ce village de 350 habitants attendaient la rédemption sous la forme d'un *cargo cult.* L'un des villageois, qui s'est investi du rôle de prophète ou capitaine, a persuadé ses disciples qu'il suffisait de suivre ses instructions pour que Jésus leur apporte tous les biens matériels dont ils avaient besoin. Toutefois, quelques jours avant mon arrivée, ils ont connu quelques déconvenues en constatant que certains des objets qu'ils avaient réclamés n'avaient pas, comme ils l'espéraient, jailli du sol, autour de la sépulture d'un ancien chef de chasse aux têtes. J'ai déjà rencontré ce nouveau «prophète» et j'entends bien entretenir les relations avec lui et ses disciples dans l'espoir de les voir retourner vers le Christ qui leur donnera bien plus que des vêtements, du tabac et de l'argent."

9

Je me comportais différemment selon que je voyageais en solitaire ou sous la houlette des missionnaires. Lorsque je me retrouvais seul, hors de la présence d'un étranger, je me sentais enfin libre d'exprimer mes besoins et de poser les questions que les Croisiers semblaient éviter. Le reste du temps, je m'en remettais à eux et déférais à leurs volontés. Lorsque nous étions en patrouille, j'assistais plusieurs fois par semaine aux services religieux, de crainte que les fidèles ne soient troublés par mon absence. Les pères eux-mêmes n'en faisaient pas une obligation, mais il est évident qu'ils appréciaient ce geste fraternel.

J'avais pris l'habitude, au cours de la messe, de laisser vagabonder mon esprit. Je trouvais les offices ennuyeux, opinion que partageaient très certainement les fidèles qui ne comprenaient pas l'indonésien, la langue des instituteurs. En dépit de l'affection que je portais aux missionnaires, j'étais gêné de leur être personnellement redevable. J'avais besoin d'être seul et de pouvoir choisir de ne retourner à Agats que lorsque j'avais rassemblé suffisamment d'informations et d'objets pour continuer mon travail d'archives. La présence de Jerry, de Trenk ou de l'évêque me facilitait la vie car je n'avais pas à me soucier des repas, des itinéraires, ou de trouver une pirogue et des pagayeurs. Mais je préférais cependant voyager seul.

Lorsque nous arrivions dans un nouveau village, Trenk me présentait en ces termes :

— Tobias est juif, expliquait-il, de la même tribu que Jésus.

Ce qui ne manquait pas de semer la confusion dans l'esprit de nombre d'Asmat auxquels les catéchistes indonésiens avaient enseigné que les juifs, responsables de la mort du Christ, avaient tous été exterminés. Je ne sais, dans ces conditions, ce qu'ils pouvaient bien penser, mais de tels propos suscitaient invariablement un murmure indéchiffrable.

Souvent, en écoutant l'officiant, je pensais à mon père et tentais d'imaginer sa réaction horrifiée. Je me figurais le bras de Dieu, levé au-dessus de ma tête, qui me châtierait si j'osais prononcer une parole ou concevoir une pensée un tant soit peu chré-tienne. Je tremblais de crainte à cette seule idée, parfois même intimement convaincu que Ses foudres allaient s'abattre sur moi et m'anéantir. Il importait peu que l'Eglise et la liturgie se fussent détachées de la tradition : le seul fait d'entendre prononcer le nom de Jésus-Christ aurait dû me remplir de haine et, à la vue de la croix sur l'autel qui brillait de mille feux aux regards de tous les fidèles, j'aurais dû me tordre de douleur comme un vampire se convulse devant un crucifix. Pourtant, je restais là, assis, à observer.

Mon père était intolérant. Il n'avait jamais voulu comprendre que ses préjugés étaient à la mesure de ceux des antisémites qu'il pourfendait. Les ivrognes, les voleurs, les délinquants ou les meurtriers, pourvu qu'ils soient gentils, provoquaient inévitablement chez lui la même réaction :

— Que peut-on espérer d'autre d'un goy ?

Les exactions commises dans son village par des soûlards polonais lors des pogroms qui le forcèrent à émigrer étaient restées gravées dans sa mémoire. Ces pillages l'avaient meurtri dans sa chair et son sang sans que rien pût apaiser son tourment. Les morts se dressaient pour réclamer vengeance, œil pour œil, dent pour dent, mon père y croyait plus que jamais, bien qu'il ne déchaînât ses foudres que dans le cercle familial. En Asmat, les morts eux aussi réclamaient un œil pour un œil, bien que, depuis peu, les esprits vengeurs se fussent calmés : grâce aux influences extérieures, les ancêtres pouvaient en toute quiétude quitter le monde des vivants pour rejoindre le pays des morts. Cela ne servait à rien d'expliquer à mon père que tous les goyim n'étaient pas antisémites, que tous les pays ne ressemblaient pas à la Pologne de son enfance. Les juifs étaient capables eux aussi de se soûler, de voler, de tuer, mais c'était à cause d'eux. C'était de leur faute. Après les matches de boxe ou de lutte, il rentrait toujours en colère :

— Ces satanés négros ! Ils m'ont gâché ma soirée. C'est tout de même une *shandah* qu'on les autorise à s'asseoir à côté de moi.

Pauvre homme, je le revois à Georgetown, assis sur le bord d'une chaise, chez des amis qui m'avaient invité pour le week-end. Bernie l'avait emmené voir mon frère aîné et sa famille, et ils devaient passer me prendre en rentrant sur New York. Mes hôtes les convièrent à prendre le café. De mauvaise grâce, mon père entra pour la première fois chez un gentil, une charmante maison du XVIIIe sur la rue P. Il resta de marbre, ne voulant ni boire ni manger, posé en équilibre précaire sur le bord de sa chaise comme au bord d'une falaise, terrifié à l'idée que Dieu, le voyant là, ne le précipite inexorablement dans l'abîme. Dans la voiture, il me fit part de ses réflexions :

— Comment se fait-il que vous soyez amis ? Ils ne savent donc pas que tu es juif ?

Je me sentais plus proche de Trenk que des autres Croisiers, même si je les considérais tous comme mes amis. Et pourtant lorsque je voyageais en sa compagnie, je n'arrivais pas à établir avec les Asmat le même rapport d'intimité que lorsque j'étais seul. Sa présence m'inhibait, en partie parce que, me voyant flanqué d'un missionnaire, on m'associait automatiquement à l'Eglise et je me sentais obligé de désavouer certains rites qui se pratiquaient encore en secret. Je devais absolument me couper des missionnaires pour recouvrer ma vraie nature. Seul, je pouvais plus facilement me laisser aller, m'accoutumer à de nouvelles mœurs, obtenir les réponses aux questions que je me posais sur la symbolique, les fêtes ou la sexualité des Asmat. Allo Sockcemen, chef du village d'Ajam, dans la paroisse de Trenk, bien qu'il ait été son protégé et son secrétaire particulier, me parlait plus librement en son absence ou celle des autres frères. Lorsqu'il me me rendait visite à Agats, nous nous installions sous le porche, face au long sentier qui, depuis la jetée, longeait les deux magasins, les maisons, l'école primaire et le couvent, jusqu'à la cathédrale, où il bifurquait d'un côté vers le pensionnat, de l'autre vers le monastère et le musée.

Ce n'était jamais une mince affaire que d'obtenir des détails sur les pratiques sexuelles, surtout lorsqu'on abordait le champ de l'homosexualité masculine. Il fallait au préalable gagner la confiance, la considération et l'affection de son interlocuteur. Je connaissais Allo depuis huit ou neuf ans déjà lorsque je l'entrepris pour la première fois sur le sujet. Dans son esprit, il m'avait toujours associé à Trenk, mais il savait aussi que ma conception de la vie était fort différente. Il n'avait que vingt-trois ans, lorsque, en 1977, fort de son érudition, il s'était vu élire chef d'Ajam. Déjà très séduisant du temps de notre première rencontre, c'était aujourd'hui un fort bel homme, au corps longiligne et musclé, avec un nez aquilin et un sourire désarmant. Il était également doté d'une intelligence et d'une sensibilité qui lui jouaient parfois des tours. Il s'exprimait avec aisance et lisait tout ce que Trenk ou d'autres lui suggéraient. Trop intelligent pour ne pas comprendre ce que les autorités attendaient de lui, il hésitait cependant entre ses intérêts personnels et ceux de son peuple. Bien que, grâce à la mission, il ait quitté l'Asmat pour suivre une formation aux fonctions d'élu, il ne savait rien du monde et ce n'est qu'à force d'expérience qu'il sut reconnaître les tentatives de corruption dont il faisait l'objet. Des marchands lui proposaient des postes de radio, des hors-bord, de l'essence, autant de luxes que l'on avait rarement vus à Ajam. Ils attendaient en échange qu'il persuade les villageois de travailler pour les sociétés d'exploitation forestière. Un jour, il refusait ; le lendemain, il cédait.

Comme tous les autres Asmat, il ne s'était jamais libéré du monde des esprits qui l'habitait et dans lequel il vivait. L'éducation qu'il avait reçue dans les écoles publiques ou privées n'avait suffi à le délivrer ni de ses craintes ni de ses obligations envers les esprits qui l'entouraient. Lorsque l'administration ou les mercantis exploitaient les habitants d'Ajam de manière trop abusive, un *cargo cult* voyait le jour. Ce phénomène s'était propagé au cours de la Deuxième Guerre lorsque des Papous avaient vu des avions chargés de vivres et d'objets dont ils avaient appris à ne plus se passer. Le mot d'ordre était lancé par un pseudo-prophète qui prétendait avoir eu une vision ou un rêve et mener ses congénères sur la voie de l'abondance matérielle – fusils, tabac, vêtements, radios, haches ou dagues, et conserves. Lorsque, en 1980, les éléments irréductibles du village d'Ajam appelèrent la population à se soulever, le maître d'école, craignant pour sa vie et celle de ses proches, courut se réfugier à Agats. Allo était persuadé qu'il préviendrait la police ou l'armée et que l'on enverrait des troupes pour réprimer la révolte et capturer ceux qui avaient fui dans la jungle. On prépara alors une potion magique, à base de miel sauvage, de tubercule de taro et de jus de tabac, qui devait rendre invincibles tous ceux qui en boiraient. Censée protéger des balles, on en concocta suffisamment pour tout le village. On s'imaginait que des soldats du Mouvement de Libération de la Papouasie prendraient les armes pour s'associer à cette croisade anti-gouvernementale.

Allo m'expliqua que l'on avait projeté de sacrifier deux jeunes gens et de jeter leurs membres déchiquetés par une porte magique quelque part dans la forêt. Un flot d'armes et de richesses matérielles devait submerger en retour tous ceux qui attendraient devant la porte. Devant la gravité de la situation, le rituel du *papisj*, l'échange des épouses, devenait une absolue nécessité. L'équilibre des forces qui assurait la cohérence de l'univers étant rompu, il fallait en contrecarrer les effets émollients par un flot constant de semence. Seul un surcroît d'activité sexuelle pourrait permettre au monde de retrouver son équilibre premier. Toute forme de fornication était permise, y compris l'inceste. Tous ceux qui par leur réticence ne contribueraient pas à cette abondance de sperme seraient exterminés par le grand serpent qui rôdait à travers le village en reniflant les pieds des habitants. Si l'odeur d'un individu lui déplaisait, il ne faisait qu'une bouchée du malheureux. Une fois sa proie engloutie, il expulsait ses précédentes victimes dans une grande explosion de poussière et poursuivait sa route en flairant les pieds du reste des villageois.

Les différents clans se réunirent. Ils étaient tous décidés à se battre et mourir pour la liberté. Allo, tout aussi intrépide, contacta le représentant de l'administration à Agats grâce à l'émetteur radio de Trenk.

— Notre résolution est prise, déclara-t-il. Vous pouvez envoyer la police ou l'armée. Nous vous attendons.

— Chef, répliqua l'officier, est-ce que vous nous demandez de prendre les armes contre vous ? Vous voulez donc la guerre ?

— C'est exact, répondit Allo.

On fit circuler la potion magique et les hommes ingurgitèrent des herbes amères afin de se préparer au combat. C'est alors que Trenk entreprit de raisonner les villageois, leur demandant un par un s'ils étaient prêts à mourir et accepter que leurs enfants meurent aussi. Trenk, lui, ne se sentait pas préparé à une telle éventualité, leur confia-t-il. Les hommes comprirent vite qu'ils signaient leur arrêt de mort et vouaient le village tout entier à sa perte. Lentement, ils se dispersèrent et la rébellion fut matée.

Nous eûmes cette conversation au milieu de l'année 1982, deux ans après les événements. Je me trouvais à New York à l'époque du conflit, mais Trenk et l'évêque m'avaient tenu au courant par courrier. Je venais de rentrer en Asmat pour six mois afin de mettre la dernière main au fichier. A son habitude, Allo avait paru ravi de me voir, comme si j'étais pour lui le moyen d'établir un lien avec le monde extérieur, d'accéder à une plus grande connaissance de la vie et à une meilleure compréhension des Croisiers, des Indonésiens, voire même de Dieu. J'extrapolais peut-être, car nous n'en avions jamais parlé. Il ne m'avait jamais demandé pourquoi j'étais là, ni posé de questions personnelles depuis qu'il avait appris, quelques années auparavant, que j'étais célibataire et sans enfants. De même, il n'avait jamais voulu savoir pourquoi les hommes du gouvernement battaient les Asmat lorsqu'ils refusaient de couper du bois ou comment on vivait en Europe ou aux Etats-Unis. Nous éprouvions le sentiment agréable d'une affinité mutuelle lorsque nous bavardions ainsi tous les deux, même si je l'ennuyais parfois avec des questions embarrassantes. Honteux d'avoir cru à ces histoires de rêves et d'esprits et à la magie qui devait définitivement débarrasser Ajam de l'oppresseur, il hésita d'abord à parler de lui. Lorsqu'il finit par se dérider, je compris que je pourrais passer du problème du *papisj* à la question de sa propre sexualité et de celle des habitants en général.

Il était formel, l'échange des femmes se pratiquait encore. Les partenaires d'échange ou *papisj* échangeaient leur femme lors de cérémonies rituelles ou dans les périodes de trouble, comme au moment de la rébellion. Il en avait toujours été ainsi et ce en dépit du père Trenkenschuh, dont les admonestations n'avaient eu pour seul effet que d'inciter les habitants à plus de discrétion. Pendant le soulèvement, rares avaient été les familles à refuser de se prêter au rite. La pratique du *papisj* impliquait par exemple que la femme d'Allo, ayant accepté de passer la nuit avec l'ami de son mari, se rende chez lui en fin d'après-midi. Là, elle préparait du sagou ou quelque autre plat pour son partenaire d'une nuit et ses proches. Pendant ce temps, la femme de ce dernier se rendait chez Allo, à condition d'avoir elle aussi accepté l'échange. A la fin du repas, la famille laissait le couple seul et partait dormir ailleurs, les hommes dans la maison des hommes, les femmes chez une parente. C'était une période de grande effervescence. Au matin, une fois les quatre couples sexuellement repus et satisfaits d'avoir œuvré, par le flux du sperme, au maintien ou au rétablissement de l'équilibre des énergies, les hommes paraient leurs maîtresses. Elles retournaient chez elles dès le lendemain ou le surlendemain, suivant les termes de l'arrangement. Le fruit d'une telle union était considéré comme celui du mari. Les circonstances qui entouraient cet acte rituel pouvaient varier et l'échange être consommé dans un bivouac de forêt.

Dès leur arrivée, les missionnaires s'étaient trouvés confrontés au problème, les Asmat n'ayant pas jugé opportun de cacher un acte qui participait de manière fondamentale à la vie. Il ne s'agissait d'ailleurs pas de la seule forme d'expression sexuelle. Toutes cependant furent bientôt vilipendées en chaire, certains curés allant jusqu'à interdire l'accès de l'église aux pécheurs, d'autres les privant simplement de l'Eucharistie.

Avec une population avoisinant deux mille habitants, Ajam fut jusqu'en 1983 le plus gros village asmat. Situé en amont de l'Asewetsj, au centre de l'Asmat, il comptait au nombre de ceux qui organisaient des cérémonies de mâts d'ancêtres, chaque région ayant ses propres coutumes festives. On connaît mal la sexualité des Asmat, que ce soit sous ses formes anciennes ou dans ses évolutions récentes. Trenk avait étudié le rituel de l'imu-mu qui "suppose une relation étrange entre un jeune garçon et un adulte. Dans ce cas de figure, les garçons, appelés imu ipitsj, sont soumis par leurs aînés à toutes sortes de facéties et brimades sexuelles. On les fait asseoir devant des vieillards auxquels on dit : Voici ta femme. Ils font preuve d'une grande familiarité physique – apparemment, tout au moins, pour les seuls besoins du rite. On n'a pu établir dans quelle mesure ce rituel comportait des pratiques homosexuelles. Les observateurs ne font état d'aucune relation de ce type."

Allo ne savait rien de l'*imu-mu* et n'en avait jamais entendu parler.

— Contrairement à d'autres, je n'ai jamais couché avec un homme, ajouta-t-il, et je ne connais pas les détails. Le mot qui sert à désigner les rapports sexuels entre deux garçons ou un garçon et un homme est *faper, fa* voulant dire cul, et *per* s'accrocher. Nous l'utilisons également pour décrire la manière qu'ont les animaux de s'accoupler. Rapprochés dès l'enfance par leurs familles respectives, les partenaires commencent à avoir des relations à l'âge de cinq ou six ans ; autrement dit, ils jouent avec le pénis de l'autre. Plus tard, ils font l'amour en introduisant leur sexe dans l'anus de leur compagnon. Lorsque l'un d'eux a joui, ils inversent les rôles. Cet équilibre doit absolument être respecté. On utilise l'expression *faper ameris.* En revanche, il n'existe pas de mots spécifiques pour qualifier l'homme ou le garçon qui est dessus et celui qui est dessous car un partenaire ne se cantonne jamais au même rôle. Les relations entre garçons et filles commencent habituellement lorsque ceux-ci sont capables d'éjaculer, donc vers l'âge de treize ans pour les garçons, cinq ou six ans pour les filles. Cette forme d'acte sexuel s'appelle *djimatsj*. Les rapports ont lieu dans la jungle, jamais dans une maison où vivent plusieurs familles. Ce n'est pas bien de faire l'amour devant les autres.

"Un homme ne suce jamais le pénis d'un autre, sauf au cours de certaines cérémonies mais l'on s'arrête toujours avant l'orgasme. On peut faire *faper* entre hommes, mais rarement après le mariage. Les hommes ne sucent pas le sexe des femmes et les femmes ne sucent jamais celui des hommes à moins qu'elle ne puissent faire l'amour de façon normale. Il n'y a pas de *faper* entre hommes et femmes, bien qu'avec tous ces policiers et ces militaires qui ont envahi l'Indonésie, il soit impossible de jurer de quoi que ce soit, même dans son propre village."

J'avais appris par mes lectures que les formes d'homosexualité masculine variaient selon les régions de Nouvelle-Guinée. Dans un ouvrage intitulé *Guardians of the Flutes*, Gilbert Herdt expliquait comment, chez les Sambia, la fellation était l'apanage exclusif des hommes. J. Van Baal dans *Dema* s'était intéressé à la sodomie chez les Marind. Les habitants du littoral méridional de l'Asmat vivaient à proximité des Marind, mais aussi des Jaqai et des Awyu qui pratiquaient autrefois et pratiquent peut-être encore une forme d'homosexualité rituelle, bien qu'un missionnaire m'ait affirmé, il y a de cela quelques années, avoir mis le holà aux relations sexuelles entre hommes. Chez eux, l'homosexualité rituelle était nécessaire à la production des grands guerriers. Sans la sodomie et l'insémination pratiquée par des hommes plus âgés, les jeunes ne pouvaient accéder à une totale virilité. A l'inverse, chez les Mimika, dont le territoire jouxte l'autre moitié du pays, les relations homosexuelles jouaient un rôle insignifiant. On pouvait donc s'attendre, comme je pus le remarquer au cours de mes voyages, à ce que l'activité sexuelle entre hommes soit moins répandue au nord et à l'ouest de l'Asmat qu'au sud, à mesure donc que l'on se rapprochait du Mimika. Ajam étant situé à mi-chemin entre ces deux régions, il n'était pas surprenant que l'homosexualité y soit modérément représentée, ce que confirmaient les informations fournies par Allo ainsi que d'autres habitants d'Ajam. Je n'obtins aucun renseignement sur la sexualité féminine. Les hommes réfutèrent en riant toute suggestion de lesbianisme et les rares femmes auxquelles je pus poser la question refusèrent d'évoquer leur comportement sexuel.

10

Peu après cette première remontée de l'Unir en compagnie du père Jerry Thaar, à la fin de 1975, l'année du massacre de Bifako, je répondis à l'invitation de Rob van Houten, directeur de la société séismologique qui prospectait dans le bassin du Brazza. Brazza, ce mot déchaîne en moi de véritables passions, car il me plonge sans transition dans l'univers de la chasse aux têtes et des traditions ancestrales. Jusqu'à l'arrivée de la société, toute la région du haut Brazza avait vécu dans l'isolement, si l'on exceptait de rares expéditions qui, dans le meilleur des cas, n'avaient réussi à établir que de maigres contacts avec les autochtones. Pour que ces derniers, terrorisés par ce qu'ils verraient et entendraient, osent enfin sortir des bosquets où ils se cachaient, il fallut qu'on envahisse leurs terres et confisque leurs biens. Le Brazza prend sa source dans les contreforts des montagnes Djajawidjaja, dont les habitants se battaient encore en 1983 avec des arcs et des flèches, des boucliers et des sagaies.

Van Houten était passé rapidement à Agats, le temps de discuter des conséquences des forages pétroliers sur les populations et le marais. Avec Jerry, nous avions fait sa connaissance sur l'Unir et l'avions convié à venir voir l'évêque. Quinze jours plus tard, un hélicoptère survolait la capitale à l'improviste et se posait sur le sentier devant la cathédrale. Toute la population s'était précipitée à la rencontre de van Houten qui n'était pas venu les mains vides : six caisses de bière, six bouteilles de Courvoisier et une armoire frigorifique pleine de steaks australiens.

— Il suffirait d'un seul accident pour anéantir toutes les ressources vivrières de la région, nous avait-il affirmé dans la salle de jeux de la mission. Sous l'action des marées, le pétrole, charrié par les rivières, se répandrait à la surface du marais et des terres. La nappe inonderait tout, provoquant la mort des poissons et des sagoutiers. La compagnie prétend avoir mis en place un système de prévention, mais nous ne sommes pas à l'abri d'une catastrophe.

Quelque temps après, le *mappi* devait faire route jusqu'au siège de la société séismologique à Senggo, d'où un avion transportant des techniciens, des ouvriers et des vivres assurait la liaison avec Port Moresby ou Darwin. Je profitai de ce que l'un des pères souhaitait reprendre contact avec un groupe de catholiques vivant dans cette région sous influence protestante pour l'accompagner.

Le *mappi* longea la rive droite de l'Asewetsj qui serpente à travers bois jusqu'au Siretsj. Ce dernier prend sa source dans les glaciers d'un relief montagneux orienté plein est par rapport à la mer d'Arafura, dans laquelle il se jette. Les neiges fondues donnent naissance à de petits ruisseaux et torrents qui dévalent les escarpements rocheux et plongent en cascades pour former les eaux claires du haut Brazza et les trois rivières qui alimentent le Kolff, affluent du Siretsj. Dans cette région, le lit des rivières est recouvert de pierres qui se prêtent à merveille de par leur forme et leur poli au façonnage des haches. Le cours inférieur du Siretsj se divise en deux bras dans lesquels se blottissent deux villages. L'un, le Betsj, fait près de trois kilomètres de large à son embouchure. Il se jette sur les hauts-fonds de la mer d'Arafura avec une telle impétuosité que les tourbillons d'eau et de vase rendent la navigation très difficile. Les Asmat, afin d'éviter la turbulence des remous, attendent généralement une accalmie ou traversent en amont dans des eaux plus calmes. C'est en essayant de franchir son embouchure que le catamaran de Michael Rockefeller avait chaviré. L'autre, le Wilderman, prend sa source au sud-est, en territoire mappi, et rejoint le Siretsj en aval du point de confluence avec le Brazza. Nous venions à peine de nous y engager que nous arrivions à Senggo, où j'appris la mort de quatre Indonésiens, assassinés en amont de Mascape, nom donné au campement du Brazza.

Quelques jours plus tard, je prenais le bateau de la société qui rentrait d'Agats. Au cours du dîner, van Houten commenta l'incident :

— Bon sang de bonsoir ! A la minute où on leur refile un fusil, il faut qu'ils s'en servent. Qu'est-ce que ces policiers foutaient là, je vous le demande ? Qu'est-ce qu'ils croyaient ? Ils ont quitté le chantier pour cavaler après un cochon. Les cons ! Ils pensaient peut-être que les gens allaient les laisser massacrer leurs animaux sans réagir ? Il fallait être stupide pour ne pas voir que c'étaient des animaux domestiques. Ils avaient les oreilles percées. Et ne me dites pas qu'ils étaient affamés ! Dieu sait que la nourriture ne manque pas ici et, en plus, quand on est musulman, on sait bien qu'on n'a pas le droit de manger de porc. Ce n'est pas étonnant que les gens d'ici prennent tous les étrangers en grippe.

Nous étions réunis autour d'une longue table dans la salle à manger qui servait aussi de salle de jeux. Mon assiette disparaissait sous un monticule de côtes d'agneau (plus ketchup), de purée de pommes de terre (plus ketchup), d'épis de maïs frais (plus beurre) et de haricots verts (plus beurre). Comme dessert, j'hésitai entre un gâteau au chocolat, une glace, des kiwis, des fruits de la passion, des oranges, des pommes, des bananes, du raisin blanc et des cerises, tout ce à quoi je n'avais plus goûté depuis mon arrivée en Asmat.

— Il ne se passe pas une semaine sans qu'il y ait une merde. Ces enfoirés m'en font voir de toutes les couleurs. Ils défrichent droit devant sans regarder où ils mettent les pieds. Je me tue pourtant à leur répéter: Ne détruisez pas leurs jardins, bande de cons. Faites le tour. Vous croyez qu'ils m'écoutent. Tu parles. Dès que j'ai le dos tourné, ils n'en font qu'à leur tête, comme si j'étais myope !

Il passa un bras affectueux autour du cou d'un jeune et beau Bulgare aux cheveux frisés, qui venait récemment d'émigrer en Australie.

— Kolcha vous fera voir le tableau. Il travaille sur le terrain et c'est mon meilleur ouvrier. Affaire conclue. Il va vous accompagner et vous jugerez par vous-même. Il connaît bien le topo.

La société des Occidentaux, leurs beuveries, leurs fumeries, leurs parties acharnées de Monopoly et de fléchettes, sans oublier les repas au réfectoire et le confort douillet des chambres individuelles finirent vite par me lasser. Van Houten m'avait laissé entièrement libre d'aller et venir à mon gré, d'emprunter le canot à moteur avec ou sans pilote ou d'utiliser l'hélicoptère pour me rendre sur les tranchées. Je profitai vite de l'occasion. Après avoir avalé des œufs brouillés au bacon, des frites, une pâtisserie et une tasse de café, je rassemblai mes effets, stockai quelques provisions et objets de troc dans le canot, fis faire le plein et partis seul à la recherche des riverains sanguinaires du Brazza. Enfin libre, je jouais les filles de l'air, poussé par les Parques qui connaissaient l'objet de ma quête.

Il n'avait pas plu depuis deux jours et, le niveau du fleuve ayant baissé, la rive surplombait de dix à douze mètres les eaux sombres et dormantes du Brazza, lequel, malgré son envergure et quelques échappées, tortillait le long de berges sablonneuses et de bouquets de graminées. Il allait pleuvoir pendant la nuit, sans trop de violence, mais les averses qui s'abattraient sur les reliefs du nord-est provoqueraient la crue soudaine du fleuve dont les eaux grossies dévaleraient vers la mer, charriant des alluvions et des détritus, m'obligeant à ne pas quitter l'abri forestier où je m'étais réfugié.

La forêt avait totalement changé de physionomie ; les mangroves et les marais de nipa du littoral avaient disparu depuis longtemps. On ne trouvait sur les berges que de rares jardins de bananiers et de taro. Nu au fond du canot, je me sentais libre et sans contrainte. J'avais appris au Pérou, au contact d'hommes vêtus de seules peintures, qu'il était plus facile de se faire accepter lorsqu'on libérait son corps et son esprit de leur gangue, preuve également que l'on était vulnérable et sans armes.

A deux heures en amont du campement, j'aperçus au travers d'un bosquet de jeunes bananiers la silhouette d'un homme ou d'un garçon et je virai de bord. Il s'agissait d'un adolescent d'une quinzaine d'années au grand maximum. Il se tenait à proximité d'un minuscule échafaudage de branches tendu d'écorce, une sorte de tente indigène réalisée avec les moyens du bord. C'était le premier des riverains du Brazza, cette tribu encore épargnée par la civilisation, que je rencontrais et je fus ébloui par son regard et ses décorations nasales. Il ne paraissait pas très différent des habitants du haut Unir, mais il y avait dans ses yeux une lueur plus sauvage et énigmatique. En dépit de son jeune âge, il faisait preuve d'une certaine arrogance dans sa manière de me toiser, le torse bombé, un arc et des flèches à la main. Il ne prit cependant aucun risque. Je compris à sa prudence et à sa nervosité qu'il ne se sentait pas vraiment en confiance. Il devait être intimidé car il ouvrait la bouche comme pour parler, mais les mots ne venaient pas. Je me demandais ce qui l'avait poussé à me faire front de manière si courageuse mais je ne connus jamais la cause de son intrépidité. Mes expériences futures me prouveraient combien il est long et difficile d'établir un premier contact.

J'appris bientôt qu'il s'appelait Yoshigipi. Son septum était orné d'une petite section de bambou ouvragé et ses narines d'os de roussette recourbés à hauteur des yeux. Pour tout vêtement, il portait une feuille verte nouée au prépuce, une ceinture composée de neuf festons en rotin et, en guise de collier, une tresse de fil électrique qui servait d'amorce aux dynamiteurs de la société séismologique. Marqué jusqu'au cou des anneaux de la teigne tonsurante, son corps entier se desquamait à l'exception du visage, demeuré intact. Lorsque je tendis le bras pour lui offrir un peu de tabac épicé, il sourit et sauta dans le marécage. Bien qu'enlisé jusqu'aux genoux, il progressait avec facilité. Il prit le tabac d'une main hésitante et amarra le bateau au tronc d'arbre auquel était attachée sa pirogue. Puis, il escalada la rive, s'enfonçant légèrement à chaque pas.

Quatre huttes sommaires, de trois mètres de long environ et un mètre de haut à l'aplomb du faîte occupaient le plat de la berge. De la fumée s'échappait des toits de chaume. Je me dirigeai vers l'une d'entre elles mais me figeai en entendant Yoshigipi pousser un cri. J'appris par la suite que cette hutte était occupée par les filles. Il se faufila dans celle qui surplombait le fleuve et je m'agenouillai pour jeter un coup d'œil à l'intérieur. Deux gamins de cinq ans, assis devant un petit feu, se tenaient blottis l'un contre l'autre, agrippés par les épaules. La morve leur coulait du nez et tombait dans leur bouche ouverte. Les yeux ronds de terreur, ils hurlèrent en me voyant et rampèrent à toute vitesse vers la sortie pour se réfugier dans la forêt.

Décrochant un filet de portage d'une potence placée sous le toit incliné, Yoshigipi y fourra le tabac et quelques feuilles qui serviraient à le rouler, de petits morceaux de sagou, une paire de minuscules outils en os et un crâne de bandicoot.

De retour à la rivière, il dénoua l'amarre en rotin de sa pirogue pour l'attacher au canot et monta à bord. Il effleura le métal, le fit sonner d'un revers de main, puis se pencha pour le lécher et le sentir. Grâce à ses indications, il nous fallut quelques minutes seulement pour atteindre une deuxième clairière, une énorme trouée que l'on avait ménagée à la hache de pierre en abattant une centaine d'arbres dont les troncs et les souches jonchaient le sol. La saignée était plus longue que large, une distance de trois cents mètres séparant le fleuve du rideau d'arbres dans lequel se nichait une immense case.

Yoshigipi escalada prestement la berge et commença à détaler au milieu des bûches et des branches qui pavaient le sentier. Il se retourna et s'arrêta en me voyant lambiner. J'avançai avec précaution le long des troncs qui, sous la semelle de mes tennis, ne me paraissaient pas plus larges qu'une corde raide, tout en essayant de maintenir ma mallette en équilibre sur l'épaule. Il prit la mallette, la posa par terre, étira son sac vidé de son contenu pour l'y faire rentrer, jeta ses effets pardessus et passa le bandeau autour de son front.

Montée sur pilotis à plus de dix mètres du sol et soutenue au centre par un énorme tronc d'arbre, la case, bien que très similaire aux deux maisons aériennes d'Otsjenep, était de dimension plus imposante et d'architecture plus solide. Il devait s'agir d'une habitation permanente. Sur le côté droit, inclinée par rapport au centre, une échelle menait à un porche si étroit qu'il suffisait d'un pas pour franchir le seuil. Une autre plateforme faisait saillie vers l'amont du fleuve. Les hommes s'en servaient de jour pour uriner, de nuit pour déféquer. Baissant légèrement la tête, nous entrâmes par l'ouverture située en aval et que seuls les hommes utilisaient. Il existait une deuxième entrée à l'autre bout du porche. Elle ne servait que très rarement et seulement aux femmes. En règle générale, ces dernières pénétraient à l'arrière au moyen d'une longue bûche entaillée qui facilitait en particulier le transport des bébés, du petit bois et du sagou.

Deux mères qui allaitaient leurs enfants s'enfuirent en hurlant dès qu'elles me virent entrer. Cela fit rire Yoshigipi . Autant que je pus en juger, nous étions seuls. La lumière filtrait au travers du plancher inégal et des murs en écorce. Les piliers du centre séparaient la case en deux sections, l'une réservée aux hommes, l'autre aux femmes. Personne ne franchissait cette limite, de jour autant que de nuit. Les rapports sexuels, je l'appris plus tard, avaient lieu dans la jungle. Neuf foyers étaient disposés entre les piliers et huit autres à l'opposé, près du mur du fond.

Des crânes humains noircis par la fumée pendaient aux montants des râteliers, lesquels contenaient du bois de chauffage, des petits crânes d'animaux, des squelettes de serpents et des arêtes de poisson.

Yoshigipi vint s'asseoir à côté de moi et, du plat de la main, malaxa une feuille à l'intérieur de sa cuisse. Lorsqu'elle fut suffisamment souple, il y roula du tabac et alluma sa cigarette à l'aide d'un brandon.

Un homme s'immobilisa sur le seuil et jeta un coup d'œil à l'intérieur avant de disparaître. C'est alors qu'ils arrivèrent, hors d'haleine, comme s'ils avaient couru, pressés de me voir. Ils s'assirent, me touchèrent, effleurèrent mes bras et mon torse, examinèrent la paume de mes mains et semblèrent même compter mes doigts et mes orteils. Si, par cas, l'on remarqua que j'étais circoncis, cela ne suscita à ma connaissance aucun commentaire. Les hommes me parlaient comme si je comprenais leur langue. Ils portaient tous des décorations nasales, que ce soient des morceaux de bois ou de bambou ou bien des os d'ailes de roussette. Leurs cheveux se terminaient par de longues tresses en fibres de sagoutier et ils portaient des protège-oreilles en bambou dans lesquels ils conservaient la mousse séchée ou les feuilles hachées dont ils se servaient pour faire du feu grâce aux anneaux en rotin qui leur ceignaient les bras. Deux d'entre eux portaient un étui pennien en calao, le bec pointé vers l'entrejambes, et maintenu en place par une ficelle nouée autour des testicules. Les autres se contentaient d'une simple petite feuille verte qui recouvrait l'extrémité de la verge. Leurs corps robustes étaient en général couverts de dermites ou d'ulcères et beaucoup étaient atteints par la filariose. Parmi eux, deux jumeaux albinos d'âge adulte paraissaient particulièrement maladifs avec leur peau dépigmentée grêlée de pustules rouges, leurs cheveux roux clair et leurs pupilles blanches.

Ils riaient, grognaient, passaient leur main sur mon dos et ma poitrine mouillés de sueur pour étaler ma transpiration sur leur torse et leur visage. Un ancien s'assit devant moi et me renversa sur le sol, mêlant ses jambes au miennes en m'enlaçant pour souder nos deux corps.

Tout à coup, un homme plus âgé s'avança. Il devait friser la cinquantaine. A son air autoritaire, je compris immédiatement qu'il était leur chef. Son corps était plus massif et plus musclé que celui de ses congénères. Il portait deux renflements à l'aine, signes avant-coureurs de l'éléphantiasis. Ses cuisses et ses tibias étaient couverts de plaies purulentes. Il avait sur la poitrine et dans le dos des cicatrices laissées par des flèches et des sagaies. Ses petits yeux cernés de profondes rides étaient surmontés de sourcils épais qu'il fronçait en m'observant. Ses cheveux et sa barbe, semés de fragments de feuilles et de miettes, étaient fournis et bouclés. Il ne portait aucun ornement ni cache-sexe, excepté un chapelet de graines de coix autour du front. Je voulus me lever ; il me fit signe de me rasseoir. Face à moi, il prit son pénis à deux mains et le secoua de bas en haut. Il s'approcha et agita à nouveau son sexe à moitié en érection sous mon nez, l'effleurant presque.

Les rires avaient cessé, l'atmosphère était devenue pesante.

Je ne connaissais pas la signification d'un tel geste ou rituel. Un Asmat de la côte suçait le pénis d'un autre homme pour sceller un pacte de paix ou assurer un ami de sa discrétion en entendant ses confidences. Un Dani des montagnes pouvait toucher ou agripper les testicules d'un visiteur en signe de bienvenue. Pris de cours, je me contentai de sourire mièvrement.

Au bout de quelques minutes, Derepen me tendit la main pour m'aider à me relever et me serra dans ses bras. Il avait voulu me mettre à l'épreuve et, apparemment satisfait, m'accueillait en ami.

Les hommes se mirent à glousser, les chiens à aboyer et la tension se dissipa comme s'il ne s'était rien passé. Tout le monde respirait la bonne humeur et les rires fusèrent à travers la pièce pendant qu'on préparait le repas. Yoshigipi m'offrit un petit morceau de sagou, puis tous l'imitèrent, chacun à leur tour. On me tendit de grosses crevettes, du taro, quelques fruits de la forêt et un légume long et étroit, légèrement amer, qui se présentait sous la forme d'un épi que l'on épluchait et grillait comme du maïs, mais qui ressemblait plutôt à une asperge.

Plus tard, allongé sur ma natte, blotti sous ma couverture avec Yoshigipi , j'observai les milliers de cafards qui grouillaient sur une poutre et repensai aux événements de la journée. Que signifiait ce geste ? M'étais-je montré à la hauteur ? Que serait-il arrivé si j'avais manifesté de la colère ? Que se serait-il passé si j'avais pris le sexe de Derepen dans ma bouche ? Je m'imaginai contraint de sucer tous les hommes, un par un.

Ce n'est que plusieurs mois plus tard que tout s'éclaira. Carleton Gajdusek avait décrit le comportement des hommes primitifs en les comparant aux autres primates : “Chez les singes-écureuils de type gothique, l'attitude exhibitionniste qui consiste à présenter son phallus en érection... est assimilable dans le cas de deux mâles à un acte d'agression car elle intervient au moment où l'un d'eux entend établir ou affirmer sa domination. Si au cours de la démonstration, le destinataire ne fait pas preuve de calme et de soumission, il risque d'être l'objet d'une attaque virulente." Mon sourire timide et mon hésitation s'étaient donc avérés appropriés.

Les femmes entrèrent à la tombée de la nuit pour apporter du bois. On les avait prévenues de ma présence avant qu'elles ne gravissent l'échelle. Elles portaient un simple cache-sexe en écorce. La plupart me tournaient le dos et plaçaient leur main devant les yeux de leurs enfants de peur que je ne leur jette un mauvais sort. Elles s'assirent à l'extrémité de la pièce dans l'indifférence la plus totale. Quelques missionnaires et voyageurs avaient vu des hommes en bordure du Brazza mais jamais de femmes et d'enfants. Je ne sais pourquoi, mais je fus autorisé à vivre en leur présence. Peut-être les membres de cette tribu étaient-il prêts à accueillir des émissaires du monde extérieur. Peut-être, se doutant que je transportais du tabac et des outils, attendaient-ils des cadeaux. A vrai dire, je ne vis jamais de filles entre trois et treize ans. Quant aux adolescents et aux célibataires, ils dormaient dans une petite hutte à l'endroit où j'avais rencontré Yoshigipi.

Yoshigipi, mon protecteur assigné, ne me quittait pas d'une semelle. Il me suivait partout, parfois à ma plus grande gêne. Il passa cette première nuit ainsi que les dix suivantes lové contre mon dos, le sexe bandé. C'était le seul célibataire autorisé à passer la nuit dans la case. Je ne m'inquiétai guère des risques de contagion, persuadé que le savon suffirait à protéger ma peau.

Tous les matins, escorté d'un groupe d'hommes et d'adolescents, je me dirigeais vers le fleuve où j'installais mon miroir de poche, savonnais mon visage et, rasoir en main, commençais à me raser, rituel qui ne cessa jamais de les fasciner.

Contrairement aux hommes, les femmes et les enfants mastiquaient du sucre de canne sauvage. Je vis parfois ces dernières procéder au séchage des feuilles de tabac. Elles les empilaient une par une sur un épais morceau de bambou auquel elles nouaient les tiges avec un brin de ficelle avant de le placer au-dessus du feu. Quelques heures plus tard, ces bouquets de quinze ou seize feuilles étaient réunis en une seule gerbe que l'on pendait à une poutre.

Les jours passèrent rapidement. Je recueillis des pipes, un tambour dépourvu d'ornement, de menus objets et des boucliers que je destinais au musée. Je n'avais pu découvrir où l'on conservait ces derniers, ce qui avait fini par piquer ma curiosité. Il me suffisait de prononcer le mot *djemesj*, bouclier, pour que les hommes tiennent un long conciliabule et qu'un groupe de jeunes s'éclipse dans la nature. Je n'avais jamais remarqué de boucliers à l'intérieur de la case. La première fois, j'attendis patiemment de voir ce qui allait se passer. Ils revinrent une demi-heure plus tard avec un bouclier dont la taille et les décorations différaient totalement de ceux de la côte. Ne se faisant pas prier pour accepter la hache et le parang que je leur proposai en échange, les hommes leur demandèrent aussitôt d'aller en chercher un autre. Ils réapparurent une demi-heure plus tard avec un deuxième bouclier. Lorsque, la fois suivante, je voulus les accompagner, on m'empêcha de les suivre. Je ne découvris jamais où les différentes tribus que je rencontrai au fil des ans conservaient leur précieux trésor.

Si les hommes se défaisaient sans hésiter de leurs décorations nasales ou auriculaires, ils restaient cependant très attachés à ces colliers que tout le monde portait, plastrons de dents blanches de cochon ou minces chapelets de dents jaunes de couscou. Comme les rangs de maxillaires de sanglier que tout le monde arborait avec ostentation, peut-être symbolisaient-ils quelque vertu guerrière, car, suivant en cela le sort des crânes humains qui disparaissaient à chaque fois que je les approchais de trop près, ils s'évanouissaient à la moindre tentative de troc. Ils devaient posséder l'esprit et la force mêmes des animaux.

Je conclus à quelques indices glanés ici et là que les Kodna, c'était le nom de la tribu, étaient responsables de la mort des quatre Indonésiens du campement séismologique : une paire de godillots déjà noircis par la fumée à proximité d'un feu et de quelques morceaux de sagou rassis, un sac duquel dépassait un pan de tissu qui ressemblait fort à une chemise, deux ceintures et une casquette portées par l'un d'entre eux. Je fis semblant de ne rien remarquer et n'en parlai à personne.

Souvent, alors que les hommes se reposaient et bavardaient à l'intérieur de la maison, je vis l'un d'eux tirer délibérément sur les cheveux d'un parent. Il rassemblait une bonne mèche entre le pouce et l'index et donnait un coup sec. Il recommençait l'opération jusqu'à ce qu'il ait fait un tour complet, soulageant ainsi un beau-frère d'un sévère mal de tête. Ailleurs, on traitait les céphalées en comprimant son front avec une ficelle en rotin et les autres types de douleur par des brûlures locales ou des saignées pratiquées avec le tranchant d'une palourde.

Un jour, en pleine jungle, je m'aperçus que mes jambes étaient couvertes de sangsues. Les hommes se contentent habituellement de les faire glisser avec une brindille car ils décèlent immédiatement leur présence. Mais elles avaient déjà eu le temps d'enfouir leur tête dans mes chairs et je me mis à saigner abondamment lorsque je les arrachai. L'un de mes compagnons disparut dans la forêt et revint rapidement avec des feuilles et des baies qui rappelaient celles du fraisier. Il en frotta mes plaies et le sang se coagula immédiatement.

Au bout d'une semaine, je commençai à broyer du noir, ne sachant plus ce que je faisais là. Passé le premier contact enivrant avec Yoshigipi, l'entrée en scène mystérieuse de Derepen, le charme d'une nouvelle rencontre avec des hommes qui n'avaient presque certainement jamais observé un étranger plus de quelques secondes, la satisfaction d'avoir fait une bonne moisson d'objets, qu'est-ce que je retirais de cette expérience ? Des informations, certes, mais elles étaient maigres. Des photos, alors. Peut-être, mais rien de plus.

Pendant deux jours, je mis à peine le nez dehors. Je passai des heures entières plongé dans mon Trollope en édition de poche. Par le passé, il m'avait suffi de dessiner les indigènes, leurs maisons, la forêt, mais cette fois, l'estomac noué, je souffrais véritablement dans ma chair. Je repensai à mes expériences antérieures, à mon séjour au Pérou et à la fois où je m'étais lancé sur les traces des Amarakaire. J'avais quitté seul la mission catholique et traversé pendant quatre jours la jungle de la Madre de Dios à la découverte d'une tribu dont les hommes avaient massacré tout un village à l'exception des femmes et des enfants qu'ils avaient enlevés. Je ne disposais pas de canot à moteur à l'époque, ni d'hélicoptère, je n'avais que mes jambes pour me porter avec mes quelques vivres. J'étais en quête de l'inconnu qui seul pouvait mettre fin à ma solitude et à mon désespoir, et calmer la souffrance qui trop souvent me minait. Je pensais rencontrer le "bon sauvage", même s'il avait du sang sur les mains. Je recherchais la paix et la virilité, et cette liberté qui me permettrait de connaître l'amour et la tendresse, la force aussi.

J'avais réussi à débusquer les Amarakaire tout comme je venais de le faire pour les hommes du Brazza, ces assassins que je trouvais si chaleureux. La rencontre avait eu lieu sur les rives du fleuve Colorado. Ils étaient assis sur des pierres à l'orée de la forêt. Ils avaient senti ma présence et ils m'attendaient, silencieux, immobiles, farouches. Lorsque je les vis, là, devant moi, aussi impassibles que les pierres posées sous leurs fesses, je fus incapable de détourner mon regard et je les dévorai des yeux. Je ne veux ni ne pourrais rationaliser le besoin soudain qui me vint d'être avec eux ; je succombai à cet instant de totale vulnérabilité, parcouru d'un vertige où la vie et la mort ne faisaient plus qu'un, me moquant bien de savoir à laquelle j'étais voué.

C'était la première fois qu'ils voyaient un étranger et le choc de la découverte fut réciproque. Je retins mon souffle, impressionné par leur corps peint, leur longue chevelure et la beauté de leurs traits. Je tendis la main, sentis la tiédeur d'un corps et soudain tous les hommes se pressèrent contre moi pour me palper, me caresser, m'effleurer, me fouiller tout comme je les palpais, les caressais, les effleurais et les fouillais en exultant de joie. Ce type d'accueil était-il universel ? Ces gestes de découverte et d'exploration du corps étaient-ils partagés par toute l'humanité ? Je chassai mes pensées et me livrai docilement à leur moindre désir.

J'avais beau avoir la trentaine, je n'étais encore qu'un enfant peu aguerri aux voies de ce monde. Je m'étais replié dans un cocon que j'avais moi-même tissé mais, au contact de mes amis amarakaire, la chrysalide que j'étais commença à se métamorphoser et je pus secouer mon enveloppe protectrice, du moins le temps que dura mon séjour. Ils ne me comprenaient pas mais m'acceptaient tel que j'étais. Je ne les comprenais pas mieux mais je voyais s'agiter, ne fût-ce qu'en surface, une vie à laquelle je pouvais participer. Je pouvais manger, dormir, chasser. Je pouvais toucher, caresser, m'envelopper de leurs bras, leurs jambes et me fondre dans leur existence ; l'absence d'échange ou de stimulation intellectuelle n'avait aucune importance.

Je participai un jour à un raid. On ne m'avait pas dit où nous allions mais, après une journée de marche, nous attaquions une tribu, massacrant des hommes et des femmes. Je compris soudain que je ne faisais qu'un avec les assassins. Qu'importe si au lieu de brandir une sagaie pour la plonger dans le corps d'un être vivant, je m'étais mis à vomir et trembler sous l'emprise d'émotions que je ne pourrai jamais élucider. J'avais subi une fantastique épreuve et ne serais jamais le même. J'avais cru que ma vie avait une épaisseur et que j'étais solide comme un roc. Et soudain toute mon existence volait en éclats, réduite à néant. Je quittai les Amarakaire peu de temps après et ma mémoire cherche encore à oublier la violence de cette aventure, s'attardant plutôt sur la beauté de notre relation. Je ne souhaiterais cependant pour rien au monde amputer mon expérience de l'intensité de ce moment.

Là comme ailleurs, je ne pus jamais me rapprocher des femmes. Tout aurait pu changer cependant le jour où mon ami Akatpitsjin – nous étions presque devenus amis intimes – me demanda de coucher avec sa femme. Il m'avait souvent appelé *mbai* en public et nous avions fréquemment passé la nuit ensemble : il venait me rejoindre dans ma hutte, tard dans la nuit, afin de ne pas réveiller les autres occupants. Il me prit par la main et me conduisit vers sa natte. Je me couchai contre elle mais je compris très vite que rien ne pourrait se passer. Les odeurs de son corps, sa timidité et mes propres craintes, peut-être tout cela suffit-il à me faire perdre mes moyens et provoquer ma gêne. Allongé près de moi, Akatpitsjin, se dressant sur un coude, posa sa main droite sur mon épaule et de la gauche explora mon entrejambes pour juger de mon excitation. Le feu aux joues, le cœur battant à tout rompre, j'eus conscience d'échouer à ce qui avait peut-être valeur de test, persuadé que si j'avais pu faire l'amour avec elle, je me serais rapproché de lui et nous aurions été liés jusqu'à ce que la mort nous sépare.

La lueur de l'âtre n'était pas assez vive pour lire sur son visage le moindre sourire ou reproche.

Et pourtant je sus qu'il ne m'en voulait pas. Je lui cédai ma place et il se substitua à moi. Je me sentis alors plus proche d'eux, comme si j'avais tenu mon rôle, de même qu'au Pérou, au cours du raid, un ami m'avait entraîné vers un cadavre et nos quatre mains s'étaient jointes autour d'une même sagaie pour l'enfouir dans un corps inerte.

A Kodna, au plus profond de ma déprime, j'envisageai la fin. Que faisais-je là ? Pourquoi y étais-je depuis toujours ? Pourquoi ne pas avoir choisi de m'installer à New York pour y peindre, écrire, aimer et être aimé ? Pourquoi, il y a de cela bien longtemps, ne pas être resté avec cet ami auquel j'avais juré fidélité, au lieu d'aller traverser le Sahara ? Quelles autres amours avais-je repoussées pour explorer des terres sauvages à la recherche de ce qui pourrait apaiser mes démons intérieurs ? Trouverais-je jamais un ami avec qui partager un sentiment d'amour, qui puisse changer ma vie et me faire découvrir le monde qui sommeillait en moi ? Avec le recul des ans, je vois aujourd'hui les hommes entraînés inévitablement dans la mouvance du monde, broyés par le choc des civilisations, le massacre de la nature, les grands bouleversements et la cupidité. En me retournant alors, je vis les yeux de Yoshigipi qui me souriaient, de la douceur et de la confiance aussi. Où serait-il dans dix ans ? Lorsque nous nous étions rencontrés, il avait déjà tout appris de la manière de survivre dans la jungle ; il connaissait les plantes comestibles, celles qu'il pouvait cultiver et qui donneraient une récolte, il savait se protéger et défendre son bien. Peut-être s'était-il battu et avait-il tué ? Où est-il maintenant ? A l'office du dimanche, en short et chemise ? Où sont sa force et sa sauvagerie ? Mes amis amarakaire avaient disparu quelques années après mon départ, tués par les voraces constructeurs routiers venus du Brésil et du Pérou. Qu'arriverait-il lorsque les sociétés d'exploitation forestière investiraient le Brazza, lorsqu'on érigerait des derricks, lorsque les Javanais et les Makassar viendraient exploiter la terre ? La mélancolie qui me submergeait se ramifiait sans fin et je finis par me considérer moi-même comme un spoliateur. N'étais-je pas venu pour voler un peu de leur vie en même temps que leur art ? Que recevaient-ils en retour hormis quelques objets d'acier, du tabac et un avant-goût de leur destinée ? Je ne savais que penser. J'étais plongé dans les ténèbres comme dans un cocon. Encore un ou deux jours, et je reprenais la route.

11

De retour au camp séismologique, je repris mon journal, me plongeai dans des romans à suspense et m'empiffrai de cuisine occidentale. Tous les Occidentaux furent surpris de me revoir sain et sauf ; ils vivaient dans la hantise des autochtones. Ils me demandèrent de leur rapporter un bouclier d'une prochaine expédition et il me fut difficile de refuser à tout le monde. Kolcha, lui, rentrait de vacances :

— Deux semaines de boulot et une semaine de farniente aux frais de la princesse. Le pied ! Et puis question baise, les nanas de Singapour, elles s'y entendent, lança-t-il en avalant d'un trait la moitié d'une canette de bière, la onzième depuis le début du repas.

A part les pilotes, trois vétérans du Viêt-nam, tous les autres étaient d'origine australienne. Il y avait les quatre contremaîtres du chantier, les employés de la base, les techniciens séismologues et les mécanos qui assuraient la maintenance des hélicoptères. Après le dîner, les conversations, lorsqu'on ne jouait pas au Monopoly, tournaient tous les soirs autour des mêmes questions rituelles : qui comptait le plus de filles à son palmarès, où trouvait-on les meilleures putes, qui était le mieux monté, combien chacun pouvait-il avoir d'orgasmes en une nuit. Les Australiens buvaient de la bière, généralement une caisse de vingt-quatre canettes par personne entre la fin du repas et minuit. Je ne compris jamais comment ils pouvaient ingurgiter autant de liquide sans avoir à se débraguetter toutes les deux minutes. Quant aux pilotes, en plus de la bière, ils sirotaient du whisky et fumaient du hasch, menus plaisirs qui, selon le règlement, devaient cesser à minuit s'ils étaient de vol le lendemain.

A la fin du mois de février 1976, lorsque Kolcha eut reçu sa dernière injection de pénicilline pour soigner la blénnoragie qu'il avait attrapée à Singapour, Brian, le pilote, nous déposa sur la ligne 6 Juliette, comme l'indiquait la carte de la société. Nous avions survolé le Kolff et le Modera avant de piquer sur l'héliport à la pointe du Weehuizen et de l'Eilanden. Nous étions certainement les premiers étrangers à nous rendre dans ce secteur. Une plate-forme en rondins de bois de six mètres sur six faisait office de campement. Un auvent en toile abritait les matelas, les moustiquaires, les tables et les chaises, la radio ondes courtes et le réchaud. Martin, notre cuisinier, originaire de Flores, l'avait monté avant notre arrivée. Dès que la nuit commença à tomber, il apporta la lampe à pression, la remplit de pétrole, versa de l'alcool dans la coupelle et pompa jusqu'à ce que l'endroit baigne dans une intense lumière blanche. Il nous servit des steaks bien cuits, exactement comme je les aime, des pommes sautées, des épis de maïs, de la bière et de la tarte au citron.

La ligne 6 Juliette était l'une des étroites saignées pratiquées à la machette par des Asmat de la côte ou des Indonésiens recrutés quelque part dans l'île. Cette technique d'exploitation était connue sous le sigle ARF : abattage, rentis, forage, rentis signifiant "prendre le chemin le plus court". Longues de quarante à cinquante kilomètres, les saignées étaient parfaitement rectilignes. Les hommes progressaient un peu plus chaque jour et rentraient à la tombée de la nuit. Des blocs de sciage étaient couchés sur le sentier et une simple main courante servait à faciliter et accélérer la marche. Lorsque les distances devenaient trop contraignantes, on établissait en tête un nouveau campement d'où l'on poursuivait l'abattage. Espacées d'une centaine de mètres, les laies suivaient des tracés parallèles. Une fois terminées, on en pratiquait de nouvelles, perpendiculaires aux précédentes, afin de former un quadrillage. Talonnant les ouvriers qui tailladaient la forêt, l'équipe de forage enfouissait des bâtons de dynamite de cinq cents grammes à intervalles réguliers. Le lendemain, une autre équipe, munie de sismographes, faisait exploser les charges de manière à enregistrer les ondes qui permettaient de mesurer la densité de la terre jusqu'à une profondeur de mille mètres. Les données étaient ensuite transmises à Jakarta pour y être interprétées.

Des pistes d'atterrissage bâties sur les chantiers facilitaient l'accès des hélicoptères qui assuraient la liaison quotidienne avec la base, le ravitaillement en glace, bière, steaks, légumes frais, œufs, pain et l'acheminement du courrier. Ils convoyaient les ouvriers indonésiens et leurs vivres et venaient les rechercher une fois leur tâche accomplie pour les conduire sur le nouveau chantier ou les ramener à la base. D'autres terrains d'atterrissage plus rudimentaires, construits à proximité, étaient l'œuvre des autochtones qui espéraient ainsi pouvoir attirer les hélicoptères et leur chargement de haches et de machettes.

M. Mladek, ingénieur-chercheur à Jakarta pour le compte de la compagnie pétrolière American Overseas Petroleum Limited (AMOSEAS), se rendait à Senggo pour une visite de routine des holdings indonésiens de la société lorsqu'un message radio nous apprit que les Koroway avaient abattu des arbres en travers de l'une des saignées. C'est l'AMOSEAS qui avait eu recours aux services de l'ISSA, Indonesian Surveys, SA, la société séismologique que van Houten dirigeait sur le terrain. Détenue à part égale par la compagnie californienne Standard Oil et la Texaco, elle opérait en Asmat conjointement avec d'autres sociétés afin de réduire les frais d'exploitation. Les Koroway avaient tendu un chapelet de crânes humains, de flèches et de sagaies de part et d'autre de la saignée. Ces gris-gris étaient censés terrifier l'ennemi qui s'apprêtait à détruire les jardins et les cases avoisinantes. Je me trouvais sur place avec Kolcha lorsque les Koroway, réalisant que leur magie n'avait eu aucun effet dissuasif sur les hommes blancs, commencèrent à décocher leurs flèches. Dissimulés derrière les fourrés et les arbres, ils demeuraient invisibles. Les flèches semblaient pleuvoir de tous les côtés. Terrorisés, les policiers indonésiens ouvrirent le feu à l'aveuglette en direction de la forêt. Instruit de mes liens amicaux avec les habitants de Kodna, Mladek me demanda par contact radio de faire de mon mieux pour pactiser. Un hélicoptère transportant des machettes, du tabac, des haches et des vêtements arriva dans l'après-midi.

Depuis cette macabre découverte, les ouvriers avaient cessé le travail. Lorsque j'arrivai le lendemain matin, les bras chargés de cadeaux, ils tremblaient littéralement de peur. Je m'aventurai seul dans les jardins de bananiers et de taro, mais rien, pas le moindre son ou mouvement, ne trahissait leur présence. *Ndein !* criai-je, en plein cœur de la forêt. *Ndein !* criai-je à nouveau et encore en me tournant dans toutes les directions. *Sini dasan ! Sini dasan !*

J'utilisais le langage des riverains du Brazza sans savoir si les Kokorai me comprendraient : Venez ! N'ayez pas peur !

Personne ne répondit. Pas même un oiseau, un animal ou une feuille. On aurait dit que mes cris réduisaient au silence tous les êtres vivants, balayés par l'écho qui les entraînait dans sa course. Telle une pierre trouant l'eau, je lançais des ondes de silence, qui vibraient, s'élargissaient et faiblissaient en s'éloignant de leur source.

J'empruntai un sentier au travers d'un jardin. Le sol était ferme sous mes pieds. J'arrivai devant trois maisons sur pilotis. Beaucoup plus petites que celles du Brazza, elles reposaient sur de fins piliers sans étai central. Une simple bûche entaillée servait d'échelle et permettait d'accéder au porche. Je me déchaussai et tant bien que mal calai mes pieds dans les encoches. L'endroit était désert, seules quelques fumerolles restaient accrochées au-dessus d'un feu ; les occupants avaient dû s'enfuir au son de ma voix.

La pièce était coupée en deux par une cloison en écorce destinée à séparer les hommes des femmes et des enfants. Elle était trop haute pour que l'on puisse regarder par-dessus mais une petite ouverture permettait aux hommes de surveiller ce qui se passait de l'autre côté. J'explorai les lieux en espérant que quelqu'un finirait par se manifester. Je me sentais déchiré entre deux mondes : d'un côté, des hommes qui n'attendaient qu'un signal de ma part pour détruire les maisons et les enclos ; de l'autre, des indigènes dont l'unique désir était qu'on les laisse cultiver la terre, chasser et vivre en paix dans la forêt.

Un bouclier posé dans un angle protégeait les lieux de ses ondes bénéfiques. Des haches et des herminettes de pierre étaient plantées dans les montants des murs. Décoré de vestiges d'animaux, l'atap en feuilles de sagoutier qui ornait le plafond était une véritable œuvre d'art et je ne pus m'empêcher d'effleurer cette toile de symboles fétichistes, de l'inhaler, me laissant envahir par les esprits qui s'épanchaient en moi. L'agencement des plumes, des crânes et des ossements atteignait la perfection. Des mains géniales avaient piqué au centre deux douzaines de plumes de pigeons couronnés, du même bleu et de taille identique, que bordaient une douzaine de crânes de roussettes. Venaient ensuite des crânes de rats et de bandicoots, disposés selon leur grosseur, et des rangs serrés de plumes noires de casoars alternant avec des pennes de perroquets jaunes. Celles plus sombres du casoar femelle formaient un rang à elles seules, entourées de chaque côté de plumes de paradisiers, de poules sauvages et autres volatiles. L'ensemble était complété par des squelettes de reptiles et des arêtes de poisson parfaitement intacts, maintenus par des clous en bois. Sur un des côtés, disposés une fois de plus selon la taille, trois chapelets de onze mâchoires de sangliers chacun. Les Koroway ne sculptaient pas d'objets, seulement des boucliers qu'il aurait été aisé d'échanger. Ce plafond n'en demeurait pas moins l'œuvre fascinante d'un véritable artiste.

Je secouai la torpeur dans laquelle j'étais en train de sombrer et déposai sur le plancher deux machettes, deux haches en acier et plusieurs carottes de tabac. Je retournai ensuite au chantier. A ma demande, Kolcha accepta d'attendre vingt-quatre heures, afin de voir si les hommes accepteraient mes présents et reprendraient leurs reliques. Mais j'en doutais.

Cette nuit-là, profitant du chant des cigales et de la plainte des autres insectes, je partis me baigner avec Kolcha dans un cours d'eau limpide et glacé, à quelques minutes seulement du campement. Kolcha était un garçon un peu fruste mais attirant : d'épais sourcils, des lèvres charnues et sensuelles, des traits bien dessinés. S'il manifestait beaucoup de gentillesse à mon égard et celui de Martin ("C'est le meilleur cuisinier de la société"), il restait cependant intraitable avec les ouvriers. Il fit glisser la tunique qu'il gardait habituellement pour dormir. Son corps était couvert d'une épaisse toison de poils bruns sous laquelle on devinait aisément des muscles fins et fermes. Il ne cessait tout en se savonnant de se tourner vers moi et il éclata de rire lorsqu'il me vit frissonner en entrant dans l'eau glacée.

— Dis-moi, Tobias, me dit-il en détachant les syllabes, To-bii-as, à la manière des Indonésiens, comment fais-tu, question baise, lorsque tu restes coincé aussi longtemps dans la jungle ?

Je n'eus pas l'occasion de répondre car nous vîmes arriver trois policiers munis chacun d'une serviette, d'un morceau de savon et d'une mitraillette.

— Quelle bande d'enculés ! s'exclama-t-il. Ils se baladent en permanence avec leurs putains de flingues. Ils les trimbalent même aux chiottes. Je commence à en avoir ras le cul.

Nous dormions sur des lits de camp, emmitouflés sous d'épaisses couvertures. Je repensai aux Koroway et au corps nu de Kolcha et m'endormis sans savoir si la question qu'il m'avait posée au torrent avait pour but de nous rapprocher.

Dès les premières lueurs, nous retournâmes en tête de ligne, suivis par les ouvriers. On n'avait pas touché aux présents mais des sagaies étaient fichées dans le tabac, preuve que les indigènes ne souhaitaient pas nous rencontrer. Kolcha ordonna à ses hommes de reprendre le travail, anéantissant tous mes espoirs de les voir contourner les jardins et les habitations.

Les ouvriers mentionnèrent plus tard une hutte perchée beaucoup plus haut que toutes celles que nous avions vues jusque-là. Déprimé par la destruction des autres maisons, je me lançai à sa recherche. Les hommes m'avaient montré le chemin et un quart d'heure plus tard, j'arrivais au pied de cette surprenante construction juchée sur un tronc d'arbre. D'après un rapide calcul à l'aide de l'appareil-photo, le plancher devait se trouver à près de vingt-cinq mètres du sol. L'échelle de corde fourchait à une hauteur de quinze mètres, menant d'un côté à ce qui était probablement l'entrée des hommes et de l'autre à celle des femmes. Le balancement rendait l'ascension périlleuse. A l'intérieur, je trouvai un squelette humain, une pipe joliment décorée et un autre assemblage étonnant d'ossements et de plumes.

Sur le chemin du retour, je tombai nez à nez avec deux adolescents. Ils portaient tous les deux une ceinture en sparterie, des décorations nasales terminées par des pennes d'oiseaux-rhinocéros et, sur les oreilles, des tresses de plumes de casoars, de becs de perroquets et de fourrure de couscou. Courbés sous le poids d'un régime de bananes, il leur était difficile de voir où ils allaient et ils se mirent à trembler à la minute où ils m'aperçurent. Ils voulurent s'enfuir mais hésitèrent en voyant les couteaux et le tabac que je leur tendais. Ces cadeaux ne suffirent pas cependant à dissiper leurs craintes et ils finirent par décamper. Renonçant à les suivre, je décidai de mettre un terme à toute tentative d'approche des Koroway.

La mine réjouie, Kolcha m'apprit le soir même que les trois huttes avaient été détruites sans que personne ait tenté de s'interposer. Les ouvriers les avaient pillées de leur contenu : sagaies, haches, herminettes, bols et sacs de portage. Il voulut me faire présent du bouclier mais je m'empressai de refuser.

Un soir, au campement, j'étais en train d'écouter Stan vanter les mérites de la fiancée qu'il avait laissée à Waco tout en mastiquant une côte d'agneau. C'était un homme de taille moyenne, maigre et nerveux, cheveux blonds et courts, rasé de près, traits carrés. Chaussé en permanence de bottes en cuir, il avait les jambes arquées, bien qu'il se soit toujours défendu d'être jamais monté à cheval. Il avait un œil redoutable aux fléchettes.

Soudain, Brian arriva en trombe.

— Tiens-toi bien, mec, me dit-il, je viens de voir un truc sensas. Sen-sas. Une hutte en construction. Elle doit faire plus de soixante mètres de long. Il y a un tas de gus dans les parages et d'autres maisons aussi. Tu veux aller y faire un tour ? Je peux t'y laisser.

Je n'avais pas besoin de me faire prier.

— Hé, minute, ajouta Stan, j'y vais aussi.

Brian ressemblait à Stan, mais en plus lourd. Il marchait en chaloupant et je l'imaginais bien faisant claquer une cravache contre ses bottes, à la Douglas Fairbanks Jr. Il se tourna vers Stan, puis, après une seconde d'hésitation :

— D'accord, mec, ça marche. On peut pas le laisser partir tout seul. Il faut quelqu'un pour le protéger.

Mes rapports avec Stan s'étaient toujours limités aux banalités de la conversation. L'idée qu'il m'accompagne ne me plaisait guère : non seulement, je préférais être seul, mais surtout, il n'affichait que mépris pour les Indiens et les Indonésiens, qu'il tenait pour des êtres inférieurs. Je ne lui en voulais pas spécialement, je ne l'aimais pas, c'est tout. Je me demandais comment il allait réagir face à une tribu qui n'avait jamais vu d'étrangers. Je me gardai bien de donner mon sentiment.

— Il faudra que vous sautiez de l'hélico car je n'aurai pas la place de me poser.

L'expédition eut lieu deux jours plus tard, après le travail. Il nous fallut remonter le Brazza, virer à l'ouest et traverser le fleuve Amitié avant de faire face aux montagnes. Nous survolâmes un petit lac dont les abords paraissaient déserts : pas la moindre trace d'habitation, de pirogue ou de matériel de pêche, mais, en direction de l'ouest, nous aperçûmes au milieu d'une vaste clairière une maison longiligne et deux plus petites.

— C'est là, cria Brian.

Pris de panique, les habitants détalèrent le long des bûches et se sauvèrent de tous les côtés. Les hommes semblaient vouloir se réfugier dans la grande maison, les femmes, elles, couraient se cacher dans la jungle avec leurs enfants. Les pales du rotor soulevaient le toit de chaume et je craignais qu'il ne soit emporté par le souffle.

Nous avions démonté les portes de l'hélicoptère afin de pouvoir sauter plus facilement. Au-dessous de nous, la clairière était jonchée d'un fouillis de troncs d'arbres, de souches, de branches et de broussailles. Il était impossible de poser l'appareil.

A quatre ou cinq mètres du sol, je larguai le sac contenant les coutelas, les haches et le tabac que je comptais troquer. Je ne savais que faire du magnétophone, trop fragile pour être jeté et trop lourd pour que je le prenne avec moi puisque je portais déjà en bandoulière un appareil-photo et une caméra Super 8. Je le laissai dans l'appareil.

Je sautai le premier, entièrement nu à l'exception d'une paire de tennis aux pieds. Stan portait un jean et des bottes. Brian reprit de l'altitude. Il devait comme convenu se tenir à distance respectable tant que nous ne serions pas fixés sur les intentions des indigènes. En cas d'hostilité, il nous suffirait d'agripper l'échelle de corde.

Nous attendions que les hommes quittent leurs cachettes ou la maison dans laquelle ils s'étaient réfugiés, mais en vain ; les seuls bruits ou mouvements provenaient de l'hélicoptère et il était clair que nous ne pourrions rien espérer tant que Brian resterait dans les parages. Je lui fis signe de s'éloigner et de nous laisser seuls.

Nous vîmes aussitôt les premiers habitants sortir timidement de la grande maison. Ils nous observèrent d'abord sans bouger. J'attrapai une machette que je tendis vers eux. Alors les hommes se mirent à avancer, reculer, courir à petites foulées et sautiller en décochant des flèches. Certains lançaient des nuages de chaux blanche en soufflant dans des tubes en roseau. D'autres s'époumonaient, poussant des cris et des hurlements stridents. L'atmosphère était soudain devenue électrique et enivrante.

Ils s'avançaient en courant, puis se dérobaient. J'agitai ma machette, comme pour défier les audacieux : *Ndein ! Ndein !* Ils se rapprochaient, s'enfuyaient, pointaient leurs flèches et leurs sagaies qu'ils décochaient au-dessus de nos têtes. Le vacarme était assourdissant. Je fis une nouvelle tentative : *Ndein !* Venez ! Venez !

L'excitation était à son comble. Je hurlais aussi fort qu'eux, gagné par un sentiment d'exaltation et d'ivresse à chaque fois qu'ils se montraient plus entreprenants. Je distinguai bientôt les bûchettes serties de graines de coix qui ornaient leurs narines.

Soudain, quelqu'un bondit pour s'emparer de la machette et courut se réfugier auprès des autres comme s'il avait peur que je lui reprenne son trophée. J'éclatai de rire en trépignant. Ils se rapprochèrent en hurlant, houpant tous en chœur :

— *Whuh ! Whuh ! Whuh !*

Les hommes étaient si près que nous nous sentions enveloppés par ce râle qui résonnait contre les murs de la forêt et dont l'écho ajoutait au vacarme. Nos regards se croisèrent, nos mains et nos corps se touchèrent.

Cet immense choral endiablé s'apaisa bientôt, les voix et les rires retrouvant leur timbre habituel. Je surpris tout à coup un cri étranglé sur ma droite :

— Tobias ! Tobias ! Foutons le camp ! Ils vont nous faire la peau !

Un instant plus tard, la même voix ajoutait :

— Putain ! J'ai chié dans mon froc !

Le soir venu, nous nous retrouvâmes, Stan et moi, entièrement nus, sur des nattes de pandanus dans l'immense maison des hommes qui était en cours de construction. Stan, après avoir fait un brin de toilette et lavé son jean, se sentait mieux. Nous avions pris place autour du foyer central et les hommes nous apportèrent du sagou et de la viande de porc. J'avais réussi à obtenir un bouclier et deux tambours, les échangeant chacun contre des outils et du tabac, dont je laissai quelques prises sur le sol pour les autres membres de la tribu. Les hommes bavardèrent toute la nuit tandis que l'un d'eux chantait les événements de la journée et retraçait aussi, selon toute vraisemblance, les hauts faits d'un passé glorieux. Stan affirmait n'avoir jamais eu aussi peur, même au Viêt-nam, et ne comprenait pas comment j'avais fait pour garder mon sang-froid.

— C'est bien des flèches qu'ils nous tiraient dessus avec leurs putains d'arcs.

L'accueil des Asmat, car il s'agissait bien d'Asmat, s'était avéré exceptionnellement fougueux mais, en dépit d'une certaine violence, il ne différait en rien de celui que réservaient aux étrangers les habitants de la côte : mêmes rites martiaux, même cérémonial de flèches décochées en nombre compté.

— Oui, c'est vrai. Ils ont certainement eu peur de l'hélicoptère. Puis, nous sachant seuls et sans armes, ils ont vite réalisé que nous étions à leur merci, même s'ils se méfiaient de nos pouvoirs magiques.

J'admets qu'ils ont mis du temps à venir chercher la machette, mais une fois passé ce cap, ils paraissaient contents de nous voir et satisfaits de nos cadeaux. C'est sûr, ils pouvaient nous faire la peau à tout moment, mais la curiosité a été la plus forte.

Stan avait apporté sa contribution en fournissant plusieurs rouleaux du fil de cuivre qui les fascinait tous.

Plus tard, il extirpa d'un air penaud un petit revolver d'une de ses bottes.

— J'avais tout prévu. Je l'avais glissé là en cas de pépin et je m'en serais servi si j'avais eu le temps d'y penser. Je me payais une telle frousse que j'ai complètement oublié. Je l'ai retrouvé en enlevant ces putains de bottes.

Allongé sur ma natte, j'essayai de trouver le sommeil, mais au lieu de passer en revue les événements de la journée, je repensai à nos deux réactions face à une même situation. J'avais participé à l'hystérie collective comme à une grande fête rituelle, tandis que Stan, peu familiarisé avec la région et la tête pleine d'histoires de coupeurs de têtes et de cannibales, avait eu peur de se faire décapiter. Je tentai d'imaginer l'arrivée du capitaine Cook en Asmat. Peut-être lui avait-on réservé le même accueil. Peut-être les occupants des deux chaloupes s'étaient-ils mépris, tout comme Stan, sur les visages peints, le tumulte, les arcs, les flèches et les sagaies.

Nous fûmes réveillés toutes les deux minutes par des battements de tambours, des chants et des danses. Brian revint deux jours plus tard et les hommes disparurent à la vue de l'appareil. Il lâcha une corde à nœuds et nous grimpâmes à bord.

Au campement, Stan tint l'affiche pendant près de deux mois avec le récit de notre expédition. Il expliqua en détail comment, de peur, il avait fait dans sa culotte. Il était fier de cet exploit qui permettait d'apprécier le péril de la situation.

Instruite par les experts sismographes de l'existence d'un gisement de pétrole à la confluence du Kolff et de l'Eilanden, l'AMOSEAS construisit une ville à air conditionné dans une région où les autochtones avaient rarement vu d'étrangers et restaient attachés à leur mode de vie traditionnel. On installa de grands projecteurs et les foreuses travaillèrent sans relâche de jour comme de nuit. A mille cinq cents mètres, on ne trouva que de l'eau. Six mois plus tard, la ville était démantelée et la nature reprenait ses droits.

12

Aux confins du Brazza ou des autres affluents du haut Siretsj, je fus sujet à de continuelles sautes d'humeur. Obsédé par mes recherches, j'étais devenu possessif et me gardais bien de faire partager aux autres mon plaisir à dénicher des boucliers ou glaner des renseignements sur leur symbolique. L'évêque m'accompagnait parfois, troquant son aube et sa mitre contre un short rouge et un casque en sola qui le rendaient méconnaissable. Il recueillait lui aussi des informations sur les différentes peuplades et constituait des glossaires. Je faisais souvent les frais de son humour vif et cinglant. A Ketta, en voyant les Awyu affublés d'un nez anormalement long qui rappelait les lèvres des négresses à plateau et qui pouvait contenir jusqu'à trois morceaux de bambou, il s'était exclamé le plus naturellement du monde :

— Enfin quelqu'un qui a un plus gros pif que Tobias !

Les pièces que je rapportais de mes expéditions étaient souvent réparties entre le musée d'Agats, le musée asmat des Croisiers à Hastings dans le Nebraska et un couple d'Allemands, Ursula et Gunter Konrad, des amis de l'évêque qui étaient devenus les miens par la même occasion. Ils avaient fréquemment séjourné en Asmat et comptaient parmi les premiers explorateurs du Brazza. Bien que leur premier voyage ait eu pour but de ramener divers spécimens d'oiseaux et d'animaux à l'université de Heidelberg, ils avaient très vite manifesté un intérêt scientifique pour les peuplades indigènes, collectionnant, au fil des ans, des boucliers et des objets qui sont actuellement exposés dans un des musées de Heidelberg construit à cet effet. Avec beaucoup de générosité, ils envoyaient toujours un cadeau de Noël à tous les missionnaires. Ils avaient même offert un équipement de radiographie à l'hôpital, remplacé l'appareil-photo qui avait malheureusement coulé avec ma pirogue et fait don au musée d'Agats de nombreuses pièces inestimables, dont une collection d'animaux empaillés : un couscou, des cacatoès et des calaos. Quiconque se rendait en Allemagne était toujours le bienvenu chez les Konrad qui réservaient à leur hôte un accueil chaleureux et lui faisaient visiter Heidelberg et ses environs.

Bien que très avide et d'abord enclin à croire que tout ce que je trouvais m'appartenait, je compris rapidement que je ne retirais aucun plaisir de la possession mais que j'attachais plus de prix à la découverte d'une cinquantaine ou soixantaine d'objets à chacun de mes voyages. De retour à Agats, je ne voyais aucun inconvénient à ce que beaucoup quittent l'Asmat, à condition toutefois qu'ils ne fassent pas l'objet d'une exploitation financière. L'amitié réservant parfois quelques surprises, il m'arrivait de souhaiter qu'ils soient expédiés à Hastings plutôt qu'à Heidelberg. Le musée possédait maintenant des exemples représentatifs de la quasi-totalité de l'art asmat et la réserve était pleine. Je ne m'intéressais plus qu'aux bois gravés susceptibles de parachever la collection.

Mon rôle d'archiviste suscita parfois de fâcheuses tensions entre Bram, le conservateur, et moi-même. J'étais à ce point accablé par cette rivalité que je me soumettais de bonne grâce à la moindre de ses critiques. Peut-être me montrai-je à mon insu trop arrogant ou trop imbu de mes fonctions. Bram ne m'en fit jamais directement le reproche mais il se désintéressa de la collection pour se consacrer aux autochtones. Outre sa charge de conservateur du musée, il était également prêtre laïque du village de Sjuru, où il possédait une belle maison, à quinze minutes de marche lorsqu'il faisait beau. Il passait plus de temps avec ses paroissiens qu'à son bureau et il arrivait souvent que les sculptures de la réserve, infestées de poissons d'argent, de blattes ou autres vermines, s'effritent entre mes doigts, comme le cheval de Troie. Il étudiait la théologie à Merauke lorsque l'évêque s'était mis en quête d'un conservateur. L'archevêque de Merauke avait proposé le poste à Bram, qui avait accepté immédiatement de suivre des cours à Honolulu et à New York après l'obtention de sa licence en théologie. Bram étant un Muyu des montagnes et l'artisanat des tribus des hauts plateaux de Nouvelle-Guinée se limitant généralement à la confection d'arcs, de flèches et de sagaies, il n'était pas surprenant que l'art asmat auquel il n'entendait rien ne suscitât chez lui aucune passion. Ce désintérêt interférait avec son rôle d'administrateur du musée, car son sacerdoce prenant le pas sur la vie du musée – à juste titre peut-être –, son bureau, assiégé par les habitants de Sjuru, servait dans la journée de centre d'accueil des paroissiens.

Lors d'une réunion avec Eric Sarkol, son assistant, et Trenk, le conseiller du musée, Bram nous fit part de sa rancœur, expliquant que je l'avais évincé de ses fonctions, assumant à moi seul la responsabilité du musée. Trenk fit remarquer que dès le début, bien avant mon arrivée, il n'avait manifesté aucune motivation pour la sculpture, la mise en valeur des collections, l'administration ou aucune des charges de conservation auxquelles il avait été formé. Trenk souligna également que je m'étais tenu en retrait pendant les premiers mois afin de lui laisser le temps de mettre du cœur à l'ouvrage sans qu'il se sente brusqué et que c'était à sa demande que j'avais collaboré avec Eric à la mise en place de la collection lorsque toutes tentatives de nous assurer son concours étaient restées vaines.

Bram avait mal supporté que l'Eglise s'oppose à son ordination après son mariage. On l'avait averti lorsqu'il était encore novice que les prêtres catholiques faisaient obligatoirement vœu de célibat. Il s'était vu de nouveau rappelé à l'ordre lorsque, en arrivant au musée, il avait pris la décision de se marier. Malgré cela, il ne cessait depuis son mariage d'en vouloir aux Croisiers comme s'il tenait leur congrégation pour responsable d'un édit papal.

En dépit de tout, je restais fidèle au poste, même dans les moments difficiles. Je me consolais en dessinant les objets et en identifiant leurs symboles et leur village d'origine. J'éprouvais une immense satisfaction à orienter un bouclier contre un rayonnage de manière à faire apparaître en pleine lumière le détail des reliefs. J'en prenais les dimensions, les convertissais à l'échelle des fiches cartonnées, en ébauchais les contours et les motifs, puis repassais le tout à l'encre.

Le soir, j'allais parfois prendre une bière chez l'évêque dont la conversation était tonifiante et les plaisanteries toujours bien tournées. Nous parlions de Bram, déplorant tous les deux son incapacité à concevoir la nécessité de préserver l'héritage culturel des Asmat pour les générations futures. Profitant de mes absences, Bram se confiait à Eric, qui finissait toujours par me rapporter ses propos. Il s'en prenait généralement à mon fichier ou affirmait avec certitude que j'étais un espion à la solde de la CIA, rumeur qu'il avait lui-même lancée de connivence avec le camat. Je redoutai pendant un temps les réactions du gouvernement. Le bruit courut que j'allais être expulsé, mais il n'y eut pas de suite.

L'évêque lui aussi avait ses mauvaises passes. Il devait souvent gérer les tensions entre Indonésiens et Asmat ou entre ses Croisiers et lui-même.

Il me parlait de ses hommes en toute franchise et souhaitait connaître mon opinion sur les différends qui les opposaient ou bien sur des problèmes plus personnels. De tous les missionnaires, c'est lui qui manifestait – du moins en ma compagnie – la plus grande ouverture d'esprit et on ne le vit pas, contrairement au reste de la communauté, se lamenter amèrement lorsqu'il apparut que les villageois pratiquaient toujours le *papisj*. Il admit qu'il ne suffisait pas de quelques années pour désapprendre des coutumes ancestrales. De mon côté, je lui faisais part de toutes les informations que je recueillais. Loin d'être un puritain, il me demanda de rédiger un article sur la vie sexuelle des Asmat. Lorsque je lui affirmai que les Frères auraient du mal à accepter certaines notions et essaieraient même de mettre un terme à quelques pratiques s'ils apprenaient leur existence, il me suggéra de contribuer à une revue anthropologique suffisamment obscure pour qu'on n'en entende jamais parler en Asmat.

J'aimais l'évêque et j'étais heureux de pouvoir voyager avec lui. J'éprouvais en outre un réel plaisir à l'appeler par son prénom. Sur le fleuve, il ne perdait jamais son sens de l'humour et, tel un sage, passait son temps à enrichir son savoir. Nous avions parfois des discussions passionnées sur le langage et les évolutions culturelles. Au cours d'une expédition en compagnie des pères Ed Greiwe et Virgil Petermeier, nous passâmes une nuit dans un village où se déroulait une fête *basu suangkus* dont j'avais assisté au coup d'envoi quelques semaines plus tôt. Je tenais absolument à la prononciation et à l'orthographe du mot comme suit : *suangkus* ; lui prétendait que la combinaison consonnantique “ngk” n'existait pas en asmat. A l'occasion de cette fête, les villageois sculptaient des bûches ornées de têtes aux deux extrémités et j'avais traduit *basu suangkus* par “la manifestation visible des têtes de guerriers morts au combat”. Après avoir entendu une demi-douzaine d'hommes prononcer le "g" du milieu, il admit son erreur. Il revint cependant à la charge un peu plus tard lorsqu'il rencontra Yoshigipi sur le Brazza.

— Mais non, affirma-t-il. Son prénom est Yoshigipi. Qu'est-ce que vous avez dans les oreilles ? Nom d'une pipe, il lui manque les dents de devant. Vous ne voyez pas qu'il zézaye !

Tout penaud, je dus me rendre à l'évidence.

Bien que sensible à l'action remarquable menée par la mission qui avait ouvert un musée à Agats pour les seuls Asmat sans se soucier des touristes dont le nombre était fort négligeable, je n'adhérais pas toujours à sa politique, de même que les missionnaires devaient eux aussi avoir des réserves sur mon comportement, ou tout au moins ce qu'ils en voyaient, plus que ce qu'ils en savaient.

Nous nous arrêtâmes un jour à Tiau, sur le Dairam, pour présenter nos respects au pasteur hollandais. L'évêque eut avec lui une longue discussion sur la répartition des territoires sous contrôle catholique ou protestant, cherchant à déterminer dans quelle zone d'influence devaient entrer telle population ou telle région lacustre. Je dus relâcher mon attention car à un moment donné je crus entendre : Je vous donne les populations du Brazza, si vous me laissez les Kombai entre le Dairam Hitam et le Dairam Kabur. Cela me rappela les accords de Yalta ou l'histoire de ce missionnaire qui affirmait qu'à Jakarta l'Irian Jaya avait failli être divisé entre huit généraux qui entendaient chacun exploiter leur territoire à leur manière.

J'irritais parfois tout le monde par mon enthousiasme.

Sur le *mappi*, j'avais pris l'habitude de me lever tôt, lorsqu'il faisait encore nuit et que tout le monde dormait encore. A l'arrière du bateau, je pouvais me livrer à mes ablutions en toute quiétude, sans avoir à rougir de certains bruits. Je me rasais dès la première lueur.

Calé sur la plante des pieds, les fesses au-dessus de l'eau, je me trouvais confortablement assis au creux de l'obscurité, lorsque sur ma gauche la forêt se mit à clignoter de centaines, de milliers de lucioles qui s'allumaient et s'éteignaient en parfaite harmonie. J'avais déjà assisté à pareil spectacle et un entomologiste à qui j'avais rapporté la chose m'avait affirmé qu'il cherchait en vain depuis des années à assister à ce phénomène de parfaite synchronie. Je tentai de prévenir les autres mais j'étais tellement excité que ma voix s'étouffa plusieurs fois dans ma gorge avant que je puisse articuler un son.

— Vite, tout le monde, levez-vous ! Des lucioles ! Les mêmes qu'à Atsj ! Des milliers ! Dépêchez-vous, bande de fainéants ! C'est merveilleux !

— Oh, taisez-vous, pour l'amour du Ciel !

— Fichez-nous la paix !

— Dors et arrête de nous emmerder !

— *Ngetot !* (Va te faire enculer !)

L'aube pointa et les lucioles disparurent. J'accrochai mon miroir à un clou et commençai à me raser.

13

En 1978, je reçus d'Europe une lettre de Jorgen Heuter me demandant de lui servir de guide dans les territoires inexplorés du haut Brazza qu'il souhaitait découvrir avec un de ses amis. C'était un colosse d'une quarantaine d'années dont l'énorme bedaine ne semblait pourtant pas le gêner dans ses mouvements. Nous avions été amis, autrefois. Nous nous étions rencontrés au sommet d'une pyramide, à Uxmal, alors qu'il faisait un périple des vestiges maya et que j'explorais les sites du Yucatan avant de traverser à pied toute la péninsule, de Campeche à Bacalar et Chetumal.

Dans sa lettre, Jorgen proposait de prendre tous les frais à sa charge, mais il n'avait pas les moyens de me rémunérer. L'évêque pensant que c'était là une excellente occasion d'œuvrer pour le musée, je répondis favorablement à son projet et confiai à Manu Lamera le soin de trouver des canots, des moteurs hors-bord et de préparer les équipements et les provisions nécessaires. Deux mois plus tard, Jorgen débarquait avec son ami Bruno Teller. Ils étaient l'opposé l'un de l'autre, Jorgen, blond, corpulent, toujours à sourire et cligner des yeux apparemment en signe de bonne humeur, Bruno, petit, brun, sculptural, du genre ténébreux, se réfugiant souvent dans le mutisme le plus complet.

Nous disposions de deux canots, équipés chacun de moteurs Yamaha. Jorgen, Bruno et moi-même avions pris place dans celui qui contenait les réserves d'eau et quelques vivres tandis que Nor et Paskalis, deux parents de Manu parmi les plus doués, pilotaient le deuxième où se trouvaient entreposés bidons d'essence, cartons à provisions et matériel de camping. Les deux premiers jours, nous dûmes affronter une pluie battante et nous arrêter brièvement dans deux villages désertés par leurs habitants partis couper du bois pour Fajar Harapan, une des sociétés d'abattage. A Wooi, Nor et Paskalis échouèrent leur canot et furent chargés de veiller sur les vivres et le carburant tandis que nous emportions des provisions pour une dizaine de jours et poursuivions notre route jusqu'à Senggo. C'est là que nous passâmes la nuit, plantant notre tente sur un des trains qui seraient flottés jusqu'à l'embouchure du Siretsj à l'arrivée d'un cargo. Une fois obtenue l'autorisation officielle de remonter le fleuve, nous fîmes route vers Tiau, sur le Dairam, où nous arrivâmes en début d'après-midi.

Mme Schoeldhof, la femme du pasteur hollandais avec lequel l'évêque avait conclu le fameux accord concernant les riverains, se tenait sur la berge, en robe imprimée fanée, bas et chaussures. Elle nous accueillit d'un signe de tête et nous fit comprendre que son mari était trop occupé pour nous recevoir.

— Il est en train de rédiger son prochain sermon et il n'a pas de temps à perdre.

Son visage était fouillé de profondes rides d'amertume.

Jorgen sauta du canot et fondit vers elle d'un pas décidé.

— On ne vous demande rien. On se passera de vous.

M. Schoeldhof apparut soudain derrière elle et insista aussitôt pour que nous venions prendre le thé. Sa femme cria bien quelque chose en hollandais, mais il nous fit signe de le suivre. Malgré son antipathie, elle nous servit du thé et des petits gâteaux, qui semblaient fort délicieux, à les voir, car nous nous gardâmes bien d'y toucher. Schoeldhof s'avéra plus affable et nous donna de précieux renseignements sur la région que nous avions l'intention d'explorer. Ils feuilletèrent tous les deux mon carnet de notes avec intérêt lorsque je mentionnai mes dessins de boucliers et mon lexique.

— Toute la région comprise entre le Dairam Hitam et le Dairam Kabur, nous expliqua Schoeldhof avec un fort accent hollandais, s'appelle Tajan. Elle est peuplée d'un millier d'autochtones qui vivent dans des maisons aériennes. Rares sont ceux avec lesquels nous avons pu établir le contact. Nous sommes partis en hélicoptère et leur avons laissé des haches, des coutelas, du fil de pêche et des hameçons. Nous avons retrouvé nos cadeaux près du fleuve, attachés à des arcs et des flèches, ce qui signifie : Laissez-nous en paix ! Nous ne voulons pas de vous ici ! Mais nous ferons certainement une autre tentative très bientôt.

Bruno demanda très impoliment si nous pouvions passer la nuit chez eux mais il n'obtint pas de réponse.

Tandis que nous remontions dans le canot, un jeune Indonésien vint à notre rencontre et salua Manu par son prénom, comme s'ils étaient de vieilles connaissances. Agé d'une vingtaine d'années, petit, trapu, il avait un corps musclé et mobile. Son visage était encadré de lourdes boucles et ses dents de devant, immenses, semblaient suivre l'alignement de ses lèvres charnues.

Manu fit les présentations.

— Voici Idris, mieux connu sous le nom de Nyong. Il travaille pour Fajar Harapan. Il veut nous accompagner. Il dit qu'il parle le kombai.

— Non ! m'écriai-je immédiatement.

Jorgen fut malheureusement presque aussi prompt :

— Mais bien sûr ! Nous avons besoin de quelqu'un qui parle la langue.

Bruno, qui avait gardé le silence, voulut connaître les raisons de mon refus.

— Nous pouvons nous passer de quelqu'un qui fait de l'abattage. Je ne tiens pas à être responsable de l'exploitation des gens du Brazza ou d'ailleurs.

Jorgen, dont ce n'était pas le premier voyage dans ce pays, connaissait suffisamment l'indonésien pour s'entretenir avec Nyong. Ce dernier lui jura de ne pas souffler mot de son travail. Il voulait simplement nous aider et ne réclamait pas d'argent.

— Ecoute, Jorgen, je ne suis pas du tout convaincu. Je peux me tromper, mais nous allons rendre visite à des gens que je connais. Et même s'il ne dit rien, il apparaîtra comme mon protégé et on lui fera confiance. Il coupe du bois ici pour Fajar Harapan, il voudra faire la même chose en amont. Jusqu'à présent les Indonésiens ont eu trop peur pour s'aventurer aussi loin. Le prendre avec nous serait scandaleux et immoral.

Jorgen préféra écouter Nyong, espérant que grâce à son entremise, nous pourrions établir un contact plus rapide avec les riverains.

A l'issue d'un vote rapide qui tourna en ma défaveur, Nyong partit chercher ses affaires. Il revint un instant après, accoutré d'une chemise en batik, de pattes d'éléphant, et de chaussures. Un parapluie roulé dans du plastique dépassait de son sac de couchage qui lui servait de baluchon.

Nous venions à peine de démarrer que Jorgen commençait à s'énerver contre Bruno.

— Qu'est-ce qui t'a pris de leur demander s'ils pouvaient nous héberger ? Nous ne voulons rien devoir aux missionnaires.

Ils échangèrent des remarques désobligeantes tout au long de la soirée.

Le lendemain matin, ils se querellaient encore mais pour un autre motif.

— Est-ce que tu avais besoin de lui donner tant d'argent ? insista Bruno, en faisant allusion au maître d'école chez qui nous avions passé la nuit.

— Radin, fut la réponse de Jorgen.

Sur les berges du Dairam Kabur, le Dairam Blanc, nous passâmes des maisons désertes juchées dans les arbres, puis d'autres avec de la fumée qui filtrait par les toits.

— Arrêtons-nous ici, dit Bruno.

— Non, on continue, répliqua Jorgen.

— *Scheisse* ! répondit Bruno.

— Tu nous emmerdes, Bruno ! Nyong dit que les gens sont plus intéressants un peu plus loin.

Ils cessaient automatiquement de se chamailler lorsque nous nous retrouvions en présence d'indigènes. Nous étions tous si fébriles et absorbés par le maniement de nos appareils-photo, que nous n'avions pas le loisir d'écouter nos humeurs. Nous fîmes halte à Sagis, un petit village de quatre ou cinq maisons exiguës bâties en bordure du fleuve. Ils étaient onze à nous attendre sur la berge.

Nous déchargeâmes rapidement les mallettes et les objets de troc afin de les mettre à l'abri dans la hutte désertée par l'instituteur. Les hommes nous observèrent et nous aidèrent à transporter les coutelas et les haches, s'extasiant sur leur tranchant. Lorsque nous eûmes terminé, ils se groupèrent soudain en phalange et se mirent à arpenter la berge sablonneuse. Après une trentaine de mètres, ils firent demi-tour et se rapprochèrent d'un pas plus rapide en émettant des grognements : *Whuh ! Whuh ! Whuh !* Le chef de file brandissait un bouclier au-dessus de sa tête. En bout de berge, ils exécutèrent un autre demi-tour et se mirent à courir en modulant quatre notes plaintives. Leur gémissement se transforma à nouveau en grognements à deux voix : *Whuh ! Whuh !* poussés successivement par deux groupes différents. Ils se mirent bientôt à bondir dans les airs, jambes repliées, les mains sur les genoux ou les cuisses. Eclatant ensuite en petites formations, ils défilèrent en zigzags, bondissant, courant, grognant ou hurlant.

De retour à la hutte de l'instituteur, les hostilités reprirent au moment de préparer le repas et d'installer les moustiquaires. Manu s'en prit à Nyong sous prétexte qu'il mettait des heures à laver le riz. Jorgen s'emporta contre Manu, qui selon lui n'avait pas à donner d'ordres à Nyong. Bruno affirma que Manu, en qualité de cuisinier et de responsable du matériel, avait tous pouvoirs sur Nyong. Les hommes de Sagis nous apportèrent du sagou et des crevettes que nous échangeâmes contre du riz et des sardines chaudes à la tomate. Nous apprîmes que les Kombai vivaient à quelques heures et certains acceptèrent de nous servir de guides.

Le lendemain matin, les hommes se mirent à danser et chanter sur la rive tandis que nous prenions place dans le canot. Dix minutes plus tard, nous l'abandonnions sur une grève avant de pénétrer dans le couvert du marais.

Pendant la première demi-heure, il nous fallut patauger, de l'eau jusqu'aux genoux, au milieu d'un véritable roncier. Puis, il y eut un brusque changement de décor. Nous progressions bientôt sans difficulté sur la terre ferme au travers d'immenses formations de sagoutiers roux, fort différents des variétés d'épineux que nous avions rencontrées plus bas. Ils grimpaient jusqu'à cinq mètres de hauteur avant de s'épanouir en ramures. Nous avions pénétré en territoire kombai.

Le hameau d'Amarou se réduisait à quatre maisons, plantées à inégale distance aux quatre coins d'une immense clairière. Montées sur mâts et pilotis à une douzaine de mètres du sol, on y accédait par un tronc entaillé derrière lequel un homme semblait se cacher pour nous épier. Il s'enfuit dans les bois et poussa un cri. Quelqu'un répondit à son appel. Puis ce fut le silence. Il n'y eut pas le moindre bruit d'aile ou de course pour troubler le calme qui régnait dans la forêt.

Nous restâmes parfaitement immobiles, scrutant néanmoins l'épais rideau d'arbres dans l'espoir de voir apparaître quelqu'un. Dans un froissement de feuilles sèches, un homme surgit qui nous observait au milieu des branchages en louchant. Son nez était encadré de trois longues nattes terminées par des dents d'hommes ou d'animaux. Le reste de sa chevelure, coupée en boule avec une frange sur le front, était tressé de feuilles de sagoutier. De longues brindilles pareilles à des fétus de paille dépassaient des ailes de son nez. A ses oreilles pendaient cinq ou six anneaux en penne de casoar. Son regard était si perçant qu'il aurait suffi à trouer le rideau d'arbres. Malgré la distance qui nous séparait, nous pouvions voir ses lèvres agitées d'un tremblement. Il répondit à nos appels : Yuh ! Lorsqu'il me vit brandir du tabac et un coutelas, il se manifesta à nouveau. Je m'approchai et il s'avança dans la clairière. S'emparant de la machette, il l'examina soigneusement, faisant courir sa langue le long de la lame en la reniflant. Lorsque je le vis grimper dans la maison, j'hésitai à le suivre, mais j'avais retenu de mes précédentes expéditions qu'en calant l'arête du pied dans les encoches, l'ascension ne présentait aucune difficulté.

Terrifiés, les habitants du hameau s'étaient réfugiés dans la jungle d'où ils pouvaient en lieu sûr épier nos mouvements. Aucune femme ni enfant ne se montra, mais six hommes s'approchèrent, dont deux munis de boucliers gravés de motifs qui rappelaient exactement ceux des boucliers tjitak. Ils étaient à ce point identiques que je les soupçonnais d'avoir été effectivement sculptés par les Tjitak, puis troqués au Kombai.

Je les échangeai contre les objets habituels et appris que les motifs en spirale tout comme chez les Tjitak représentaient des remous. Après avoir passé le plus clair de la journée à glaner des informations, nous retournâmes à Sagis.

Quatre habitants d'Emembi s'y étaient arrêtés pour la nuit avant de gagner Djawok où ils devaient couper du bois pour Bahar, un employé de la société Fajar Harapan. En entendant ce nom, Nyong pouffa de rire et se lamenta sur le temps et l'énergie perdus.

— Bahar ne vous paiera jamais. Vous vous faites avoir.

Il fut interrompu par des cris et des glapissements. Jorgen et Bruno se baignaient en compagnie de deux hommes qui avaient fait le voyage avec nous depuis Amarou.

— Vous devriez couper du bois pour moi. Demandez aux gens de Senggo, à ceux de Tiau et de Mbinerbis. Vous ne verrez jamais la couleur de votre argent. Vous allez travailler dur et pour quoi ? Une paire de shorts et un peu de tabac. Vous devriez plutôt me vendre le bois.

Un des hommes d'Emembi voulut acheter une chemise avec une pièce de vingt-cinq roupies, soit environ deux cents.

— Vous voyez ! Vous voyez ! Ça ne vaut rien. Ils se sont moqués de vous. Cela n'arriverait pas si vous ne coupiez du bois que pour moi.

Après la baignade, Jorgen, qui avait écouté la discussion, me lança :

— Comment peux-tu donc lui en vouloir, lui qui essaie de leur enseigner la valeur de l'argent ? Dès l'instant où ils coupent du bois, autant qu'ils travaillent pour lui. Au moins, il ne les escroquera pas.

Il était inutile de discuter. Le lendemain matin, nous ne fûmes tirés de notre sommeil par aucun des bruits habituels. Personne pour quémander sa pitance ou nous regarder nous raser. Manu s'aperçut très vite qu'il manquait huit coutelas et que tous les gens avaient disparu dans la jungle. Chacun accusa l'autre de ne pas avoir été suffisamment vigilant pendant la nuit.

En dépit de cette mésaventure, la moisson allait bon train. Nous avions déjà rassemblé onze boucliers et étions convenus de répartir les objets en quatre lots. Dans le meilleur des cas, Jorgen, Bruno et moi-même prendrions six boucliers chacun, le reste du butin étant destiné au musée.

J'avais emporté la liste de cent mots kombai dressée par l'évêque lors de nos expéditions antérieures dans la région. Ce lexique s'avérait indispensable pour collecter des informations. Je tentai de le compléter sans rien attendre de Nyong qui avait exagéré ses compétences linguistiques.

Je crus bien qu'à Tajan, le différend entre Jorgen et Bruno finirait par éclater. Nyong, dès le départ, avait été aux petits soins pour Jorgen. Il s'était rapidement insinué dans ses bonnes grâces et avait fini par se désintéresser du reste d'entre nous. Il gonflait son matelas pneumatique avec la pompe à pied, montait sa moustiquaire, lavait ses couverts, rangeait ses affaires, et en règle générale, faisait en sorte de lui rendre la vie plus agréable. J'étais habituellement le dernier à éteindre la lampe-tempête et à me glisser sous ma moustiquaire.

Il était impossible de convaincre Jorgen que Nyong faisait du racolage au beau milieu de la nuit. Je me réveillais presque à chaque fois pour l'entendre promettre des haches, des coutelas, des vêtements et du tabac aux hommes qui couperaient quelques arbres pour lui mais Jorgen ne remarqua jamais qu'il se levait subrepticement pendant la nuit et ne regagnait sa couche qu'un peu plus tard. Jorgen et Bruno avaient le sommeil trop lourd pour être dérangés par le moindre bruit ou mouvement.

Un soir, nous passâmes la nuit chez Lamalo. Comme ses deux femmes et son enfant, il fut fasciné à la vue du matelas pneumatique qui prenait forme et intrigué par les moustiquaires. Tous se firent un plaisir de goûter et partager notre nourriture. Chacun s'endormit immédiatement sur les nattes de sagoutier qui nous servaient de lit. Je venais moi aussi de trouver le sommeil lorsque j'entendis des craquements et des bruits de pas.

Les maisons kombai sont très frêles : elles oscillent sous l'effet du vent et craquent au moindre mouvement. Elles n'en sont pas moins solides pour autant. Disons que j'avais le sommeil léger.

Je fus réveillé à nouveau avant l'aube par les sons étouffés d'une conversation. En me concentrant légèrement, je reconnus la voix de Nyong qui essayait d'expliquer à Lamalo en quoi consistait l'abattage du bois. Ce dernier semblait heureusement n'y rien comprendre. Je fus tenté de crier pour réveiller Jorgen et démasquer le coupable mais Nyong aurait certainement prétexté un besoin pressant.

Les semaines passèrent, les problèmes restaient insolubles. Nous remontâmes le cours du Brazza et du Kolff, celui du Modera et du Steenboom. Il fallait parfois une journée de marche avant de rencontrer de nouvelles peuplades.

J'en voulais énormément à Nyong qui se faisait des amis partout où nous passions. Nous le quittâmes finalement à Wooi avant de regagner Agats. Jorgen lui offrit un matelas pneumatique, une radio et quelques conserves mais il exigea un salaire en échange de ses services. Bruno se mit en colère et lui rappela qu'il avait promis de ne pas réclamer d'argent. Je ne fus pas surpris lorsqu'il obtint gain de cause.

De retour à Agats, Jorgen et Bruno venaient à peine de nous quitter que Manu scandalisait toute la ville avec le récit de nos disputes. Quelques mois plus tard, en apprenant que les gens du Brazza coupaient du bois pour Nyong, l'évêque pointa sur moi un doigt accusateur :

— Vous êtes le seul responsable.

J'étais horrifié, même si je m'attendais à cette réaction. Nous sûmes bientôt que Nyong avait été assassiné par ses ouvriers. Ce n'était que justice, pensai-je. La sœur de Nyong, apprenant que j'avais pris des photos de lui, me demanda de lui envoyer un cliché.

14

— Têtes de mules, s'exclama le jeune et fringant père Davidson. Vous ne voyez donc pas combien vous êtes anti-Indonésiens ? Est-ce que vous réalisez que vous ne tarissez jamais de méchancetés sur leur compte ? Pensez-vous vraiment qu'il n'existe pas de bons Indonésiens et qu'ils sont tous aussi pourris que vous voulez bien le dire ?

Le père Davidson avait quitté Minneapolis et le monastère des Croisiers pour venir encadrer une retraite. Une semaine après son arrivée à Agats, il avait annoncé un débat sur les pratiques et les comportements individuels des pères et des frères. N'étant ni de confession catholique ni membre de leur congrégation, je ne m'attendais nullement à être invité à leurs réunions. On m'avait pourtant demander d'assister à celle-ci. L'animosité que les Croisiers manifestaient à l'égard des Indonésiens était un sujet épineux qui ne manquait pas de soulever des controverses dans leurs rangs, les uns affirmant que pour servir au mieux la justice, il convenait de s'élever contre la corruption et l'arbitraire, que se taire était un péché, une faute par omission, les autres craignant d'être expulsés du pays s'ils n'arrivaient pas à maintenir en toutes circonstances un climat de confiance avec les autorités. Chacun avait conscience de ses préjugés et personne ne chercha à se disculper. On baissa les yeux, on remua sur sa chaise. Les quelques fumeurs allumèrent une cigarette. Après un long silence, le père Davidson leur suggéra de se livrer à un examen de conscience afin de faire taire leurs sentiments impies ; il faudrait également qu'ils envisagent de consacrer plus de temps aux Indonésiens qui pouvaient leur apporter quelque chose. Nous avions tous fait une différence entre Indonésiens et Asmat, alors que les Asmat étaient eux aussi des Indonésiens.

Au moment du déjeuner, j'allai m'asseoir à côté de lui.

— Dan, ne m'en veuillez pas d'ajouter mon grain de sel, mais tout le monde ici est unanime à propos des Indonésiens et je ne vaux pas plus cher que les autres. Je dois avouer à ma grande honte que je suis moi aussi plein de préjugés. J'y vois pourtant une raison mais elle n'engage que moi. N'allez pas croire que je cherche à me dédouaner, c'est seulement une explication.

— Je vous en prie, me dit-il lorsque je m'interrompis.

— Vous n'êtes ici que depuis quelques jours et vous n'avez pas encore été témoin de brimades ou entendu l'histoire de ce camat qui a criblé de balles les oreilles des hommes qui refusaient de couper du bois pour lui. Alors, soyez patient avec ceux qui vivent ces événements au quotidien. Je ne voulais pas intervenir devant les autres car je ne fais pas vraiment partie de votre communauté. Mais je pense malgré tout que ma propre expérience pourrait vous être utile.

Une fois terminée notre soupe de légumes, nous nous levâmes pour nous servir un peu de porc, des haricots verts et du riz. Comme dessert, il y avait de la tarte à la citrouille. J'attendis que nous soyons de nouveau à table pour reprendre la discussion.

— Cela fait des années que je viens en Indonésie et j'adore ce pays. Je n'oublierai jamais les six premiers mois. Je suis arrivé à Sumatra en prenant le ferry depuis Penang en Malaisie. J'ai fait le trajet en bus jusqu'au lac Toba, puis j'ai poussé jusqu'à Sibolga sur la côte ouest. De là, je me suis embarqué sur un minuscule rafiot pour l'île de Nias où j'ai passé un mois. Au retour, j'ai repris le même bateau. Je couchais la nuit sur des rouleaux de couchage infects. Mais il en aurait fallu plus pour gâcher mon plaisir. Ensuite, j'ai rejoint Padang en bus et me suis embarqué pour Jakarta. Le bateau est passé au large de Krakatao. Quels moments fabuleux ! Une autre fois, j'ai pris tout mon temps pour traverser Java avant de passer six semaines à Bali et, au cours de mon troisième voyage, si je me souviens bien, j'ai visité les Célèbes, vécu avec les Toradja au-dessus de Rantapoa, poussé à l'ouest jusqu'à l'île de Halmahera, puis au sud vers Bandaneira, capitale des îles Banda ou îles aux Epices, réputées pour leurs clous de girofle, leur muscade et leur macis. Ce fut à chaque minute le même enchantement. Partout, j'ai rencontré de superbes Indonésiens, et comment aurais-je pu leur en vouloir ou même les critiquer ? Ils n'appelaient que des louanges. Partout, j'ai succombé à leur charme, tellement ils étaient sensibles, hospitaliers et empreints de toutes ces qualités que l'on recherche chez un homme.

Aujourd'hui, je suis à même de voir les choses en face et d'affirmer que je suis anti-Indonésien.

Tout à l'heure dans la salle de jeux, en vous entendant fustiger notre attitude, je repensais à mes propres ressentiments envers les Allemands qui causèrent la mort de beaucoup de mes parents pendant la Deuxième Guerre mondiale. J'avais toujours cru au bien-fondé de ma haine jusqu'au jour où un ami m'invita à lui rendre visite à Cologne en apprenant que je comptais me rendre en Tchécoslovaquie pour y voir une tante par alliance. Son mari, le frère de mon père, était mort pendant la guerre dans un four crématoire et elle écrivait de temps en temps à mon père. Une fois par an, il lui faisait parvenir à sa demande plusieurs écheveaux de laine de couleur prune dont elle tricotait des pulls d'hiver pour toute sa famille. A la mort de mon père, j'ai retrouvé son adresse parmi ses papiers et je lui ai écrit. Elle m'invita à venir à Trebic si je devais un jour me rendre en Europe. Je décidai donc de faire le voyage.

C'est à ce moment-là que mon ami me proposa de passer le voir à Cologne. L'idée me répugnait. Mettre les pieds en Allemagne ? Côtoyer des Allemands ? Impossible ! Ma famille avait payé un trop lourd tribut, je ne comptais plus mes parents qui avaient péri en camp de concentration. Puis je m'aperçus que ma réaction était stupide. N'étais-je pas le premier à réprouver les préjugés chez les autres, à condamner la haine des culs-terreux envers les Noirs, l'antisémitisme, l'anti-catholicisme et que sais-je encore ? Alors je suis parti à Cologne où j'ai passé de très bons moments avec mon ami. L'Allemagne n'était pas aussi terrible que je l'avais imaginé, même si j'ai gardé l'estomac noué pendant tout mon séjour. Ce fut moins pénible la deuxième fois.

Et me voici confronté à un autre préjugé, contre les Indonésiens cette fois. Je m'en veux de réagir de la sorte. Vous n'avez pas tort, nous sommes bourrés de préventions et il faut que je prenne le temps de m'interroger sur mes motivations. Tout paraissait si clair dans le cas des Allemands. Mais pourquoi en est-il de même ici ? Pourquoi est-ce que je trouve les Indonésiens tellement abjects, grossiers et exaspérants ? Je crois pour ma part en connaître la raison.

Au cours de mes nombreux voyages dans ce pays, dans toutes ces contrées où j'ai connu la beauté, j'ai rencontré les gens de la terre, ceux qui plantent le riz, travaillent dans les champs, vivent au milieu des karbaus et des canards. Ce sont eux qui représentent la majeure partie de la population. Je n'ai plus eu affaire aux autorités ou à l'armée dès l'instant où j'ai quitté le service de l'immigration de l'aéroport et, soit dit en passant, la corruption peut affecter n'importe quel pays.

En Asmat, nous côtoyons une race particulière, une population qui n'a rien à voir avec tous les Indonésiens que j'ai pu rencontrer ailleurs. Les gens de la terre ne sont jamais venus jusqu'ici pour cultiver la terre ; d'ailleurs, il n'y a pas de terre, l'Asmat n'est qu'un immense marais. La plupart des habitants, des policiers, des soldats, des fonctionnaires, ont été affectés ici par le gouvernement contre leur gré. Ils ont l'impression de vivre dans un désert car il n'y a pas de cinéma, pas d'électricité, pas de boîtes de nuit, pas de bordels, pas de télévisions, pas même la nourriture à laquelle ils sont habitués, mis à part le riz importé grâce aux subventions du gouvernement. Tout n'est que marais.

Mais le pire, ce sont les mercantis et les commerçants venus faire fortune. Peu importent leurs méthodes, peu importe qu'ils exploitent les populations. Personne n'y trouve à redire, pas même les Asmat qui acceptent le joug qu'aurait pu leur imposer n'importe quelle tribu au temps des chasses aux têtes. Les Indonésiens sont des colonialistes de la pire espèce, comparables aux Américains avec les Indiens ou les Noirs, aux Australiens avec les aborigènes, ou aux Allemands en Afrique du Sud. L'histoire abonde d'exemples similaires. Les Indonésiens vous diront que les Asmat sont des animaux et qu'il n'y a donc aucun mal à les exploiter. C'est comme ça.

L'histoire s'est répétée si souvent qu'il paraît impensable que personne n'ait retenu les leçons du passé. On serait tenté de croire qu'après avoir vécu des années sous la tutelle hollandaise, les Indonésiens se seraient montrés plus accommodants et compréhensifs en pareilles circonstances. Mais il n'en est rien. Ce sont eux qui tiennent les rênes à l'heure actuelle, ce sont eux les colonialistes et ils tirent profit des hommes et de tout ce qui est en leur pouvoir.

Tout au long de mon discours, le père Davidson avait acquiescé de la tête. Il continua cependant, et à juste titre, d'inciter les siens à découvrir le bon côté des insulaires. Il apprit beaucoup de ses quelques semaines de voyage et prit connaissance des lettres que l'évêque avait envoyées à l'administration centrale pour dénoncer la corruption et les exactions commises contre la population. Il m'arrivait également de rédiger des rapports que l'évêque utilisait lorsqu'il le jugeait utile.

C'est le père John Fleischhacker qui le premier m'avait poussé à écrire, affirmant qu'il n'avait pas le temps de s'en charger. Nous voyagions souvent à travers sa paroisse et je m'efforçais de tenir un journal où je notai les événements marquants et des informations concernant l'art des sculpteurs asmat.

John n'était pas toujours facile à vivre, mais c'était un homme ouvert, intelligent, vif, impulsif, au point cependant de manquer parfois de discernement. Originaire tout comme l'évêque du Minnesota, il vivait en Asmat depuis onze ans lorsque je fis sa connaissance en 1973. Sa paroisse se trouvait dans le nord-ouest. Il habitait Jamasj, un gros bourg où la société d'exploitation forestière hollandaise s'était installée dix ans plus tôt. La plupart de ses paroissiens coupaient du bois depuis le milieu des années cinquante mais aucun n'avait encore appris à mesurer les bûches pour réclamer son dû car rares étaient ceux qui savaient lire, écrire ou compter l'argent.

Le premier voyage dont je fis le compte rendu eut lieu en janvier 1979. Nous avions été avisés que les habitants de quatre villages de la paroisse de John étaient rentrés chez eux après quatorze mois d'exil forcé dans la jungle où ils s'étaient réfugiés lorsque les fonctionnaires et les mercantis avaient voulu les contraindre à couper du bois. Grâce au *mappi* de John, nous remontâmes jusqu'à Ao, sur le Tsjetsj, à deux jours d'Agats.

Le village avait essuyé de violentes tempêtes et des pluies diluviennes pendant tout le temps où il avait été déserté et la forêt, recouvrant ses droits en l'absence de l'homme, avait pris l'offensive sur tous les fronts. Des lianes avaient démantelé les charpentes, des plantes grimpantes étaient montées à l'assaut des murs tandis que les arbres, les buissons et les lichens avaient tout recouvert, submergé, englouti sous des masses vertes, grises et brunâtres de feuillage, de ronces et d'écorce.

Les maisons penchaient toutes dans la même direction, comme poussées par quelque grand esprit de la forêt décidé à venger la mort et la destruction de ses anciens ferréols. Les toits tressés et les planchers d'écorce, soulevés par le souffle du vent, avaient été emportés. Les murs de l'église, témoins et victimes de la violence démoniaque de la nature, s'étaient effondrés puis éboulés, et le petit jardin luxuriant planté de bananiers offrait le spectacle affligeant de ses feuilles mutilées et déchiquetées, ses branches croulant sous le poids des fruits pourris ou ratatinés.

Il n'y avait pas âme qui vive.

— Les salauds, murmura John, plus pour lui que pour moi, en constatant que le village était désert. On aurait dû se méfier et s'assurer qu'ils étaient bien rentrés avant de se déplacer.

Mais ce voyage de quatre jours ne s'avéra pas inutile puisque Urbanus Umu apparut soudain en compagnie de deux de ses parents.

— Urbanus ! Urbanus Umu ! s'écria John en les voyant. En dépit de son embonpoint, il sauta prestement sur la berge marécageuse.

— Eh bien, mes amis ! dit-il en les serrant tous les trois dans ses bras. Ils échangèrent des tapes amicales. Les trois hommes lui donnèrent des coups de coude en riant et nous entraînèrent dans leur maison où nos passeurs s'affairaient déjà, déblayant un espace pour y installer notre matériel de couchage et de cuisine.

Peu après, nous prenions place sur le sol en compagnie d'Urbanus. Il nous raconta qu'il s'était installé dans ce qui restait de sa maison.

— On a essayé de convaincre les habitants des autres villages de nous suivre afin que nous puissions tous vivre en paix, sans avoir à craindre les autorités. On a emporté du sagou, du tabac et du poisson et remonté le Topap jusqu'à l'endroit où vivent les gens de Kapi. On leur a dit qu'il était temps de rentrer.

Mais les hommes se sont mis en colère : Qu'est-ce que vous venez faire ici ? On est très bien comme ça, on n'a aucune envie de rentrer chez nous.

Ils nous ont battus et ont réduit notre pirogue en miettes à coups de machette. On a pu passer la nuit chez eux, mais le lendemain matin, ils nous ont donné une pirogue cassée et c'est comme ça qu'on est revenus ici.

Urbanus semblait nerveux et inquiet. Sitôt accroupi, les coudes posés sur les genoux, il se dandinait, prenant appui sur un pied puis sur l'autre, ou s'asseyait, jambes croisées, en se retournant sans cesse vers ses deux acolytes, ne sachant pas ce qu'il devait dire à moins qu'il n'en ait déjà trop dit. Je compris qu'il redoutait nos questions sur l'assassinat des quatre Indonésiens tués quelques mois plus tôt à l'embouchure de l'Owap, probablement par des Asmat d'Ao.

Ses cheveux coupés très court, à la manière occidentale, faisaient ressortir son front haut, ses pommettes saillantes et sa puissante mâchoire. Je ne l'avais pas reconnu tout de suite car lors de notre première rencontre, il portait des cheveux longs et cordés. Bien que paraissant la quarantaine, il avait certainement dix ans de moins car son père m'avait expliqué un jour qu'il était né peu après que deux bombes japonaises furent tombées en Asmat sans exploser.

Ses lèvres s'agitaient nerveusement. Il promena son regard sur moi, puis sur ses deux compagnons avant de fixer John droit dans les yeux.

— Nous, les gens d'Ao, reprit-il après un silence, nous étions persuadés que Tuhan Jésus nous sauverait si nous quittions le fleuve Topap. Nous l'avons imploré dans nos prières. Il fallait qu'on voie le camat au poste d'Erma pour lui dire qu'on était revenus, mais on avait peur qu'il nous fasse du mal. On a quitté la forêt et on a passé la nuit ici. On a prié Tuhan Jésus. Le matin, lorsqu'on a vu un canot sur le fleuve, on a cru que c'étaient les soldats qui venaient pour nous tuer. Alors, on a pris nos armes, mais on s'était trompés, mon père, c'étaient nos amis qui étaient venus nous rejoindre. On s'est embrassés et on était très heureux parce que cela montrait que Tuhan Jésus était avec nous.

John, impatient de connaître la suite de l'histoire, s'agita sur son pliant en murmurant avec son accent du Minnesota :

— Allez, grouille-toi, merde !

— Et puis on est allés au poste, continua Urbanus en tremblant à la simple évocation de cette journée. Il avait la chair de poule.

— On avait peur. Les soldats nous ont encerclés et ont pris quatre otages. Ils ont demandé aux autres d'aller chercher les hommes, les femmes et les enfants. Le camat leur a crié que s'ils n'étaient pas de retour le lendemain, les quatre prisonniers seraient exécutés.

M. le curé sait que le fleuve Topap est loin. C'est impossible de l'atteindre en une journée. Il faut deux jours à marée haute pour arriver au bivouac et nos amis étaient partis à marée descendante. Puis il faut compter une autre journée pour le retour. Nous, les otages, on le savait bien. On savait qu'ils ne pourraient pas revenir le lendemain. Mais on voulait pas mourir, alors on s'est enfuis pendant que les soldats dormaient. On a en a ri toute la nuit, c'est si facile de rouler les Makassar (tous les Asmat s'imaginent que les

Indonésiens sont obligatoirement originaires de Makassar).

Lorsqu'on est revenus au poste, l'armée nous guettait. Les soldats étaient embusqués au bord de la rivière et nous tenaient en joue, prêts à faire feu. Certains ont tiré, mais ils ne savent pas se servir d'un fusil. On a sauté à gauche, puis à droite, puis on a plongé dans le fleuve.

Les trois hommes se levèrent et se mirent à caracoler, faisant des bonds, des cabrioles et des pirouettes en se tordant de rire, pour nous montrer comment ils avaient évité les balles des soldats.

— Qu'est-ce qu'on a ri ! On a sauté en l'air et personne n'a été touché. Puis le camat est sorti et la fusillade a cessé. Il nous a gardés toute la nuit pour nous interroger sur les meurtres du fleuve Owap, il voulait savoir qui étaient les assassins. On n'a rien dit. On avait peur qu'il nous exécute mais le lendemain matin il nous a relâchés.

Il nous fut impossible d'en savoir plus. Je remis un rapport circonstancié à l'évêque qui décida de prendre les choses en main lorsque, six mois plus tard, la nouvelle se répandit à Agats que les habitants étaient rentrés dans leurs foyers. Nous prîmes le chemin d'Ao en utilisant une fois de plus le bateau de la mission et ce fut une explosion de joie. Pour nous accueillir, on lança de la chaux blanche au-dessus de nos têtes à l'aide de longs tubes en roseau. Hommes et femmes s'étaient peint le visage et avaient fiché dans leur chevelure des plumes blanches de cacatoès. Ils dansèrent en gloussant avant de former une haie d'honneur pour nous serrer cérémonieusement la main.

On fit rapidement de l'ordre dans la maison de l'instituteur, lequel s'était installé à Agats après le départ des villageois et n'était toujours pas rentré. Les hommes nous y rejoignirent après un dîner composé de riz et de corned beef, et s'installèrent par terre pour fumer le tabac que nous leur avions offert.

Bien qu'il n'ait pas mis les pieds à Ao depuis deux ans, tous avaient gardé un bon souvenir de l'évêque et le respectaient, sachant qu'ils pourraient toujours compter sur son aide.

— Pour quelle raison êtes-vous remontés si loin ? Et pourquoi êtes-vous rentrés ? leur demanda-t-il.

Les anciens prirent tous la parole en même temps, mais ce fut Urbanus qui réussit à se faire entendre :

— On est rentrés parce qu'on n'était pas heureux loin de chez nous. On est rentrés parce qu'on avait envie de tabac et de poisson. On mangeait bien du sagou sur le Topap et le Tamai, et parfois du porc, mais cela ne suffisait pas, il n'y avait pas de poisson.

On entendit alors la douce voix de Seraipitsj. Nu, il semblait plus fort, plus soigné, plus distingué que nul autre de ses congénères. Il s'exprimait posément et ne manquait pas d'une certaine élégance dans sa façon de se tenir parfaitement droit. On ne pouvait pas en dire autant de ceux qui portaient des vêtements. Confectionnés à l'étranger, sur d'autres îles, ils n'étaient pas adaptés à leur morphologie ou à leur taille. Ainsi déguisés, ces hommes n'étaient plus habités par la grâce et la fierté qui faisaient autrefois leur démarche altière. Comment un simple morceau d'étoffe pouvait-il les dénaturer à ce point ? Comment se faisait-il que moi-même je me tienne différemment lorsque je renonçais à mes oripeaux ?

A mes yeux, Seraipitsj, par sa répugnance à modifier son mode de vie, appartenait à la race des héritiers de l'Asmat, héritiers d'un passé où le principal souci des hommes était de venger leurs morts. Il observait l'évêque comme s'il regrettait l'époque où il était normal de livrer un combat sans merci contre ses ennemis.

— Nous étions très en colère, Bapak Uskup, déclara-t-il avec force. Nous étions très en colère car nous avions travaillé dur pour couper du bois mais nous n'avions pas reçu d'argent en échange. Le chef Urbanus Umu est allé voir le camat à Erma mais celui-ci lui a répondu que nous devions attendre. Urbanus Umu est revenu le voir et le camat a dit d'attendre. Il est revenu encore et encore et toujours le camat répondait : Attendez. L'argent est à Merauke.

Nous n'avons jamais reçu d'argent. Deux fois, nous avons coupé du bois et deux fois nous n'avons pas été payés. Le camat Rupumbo se mettait en colère contre nous lorsque nous refusions de travailler pour lui. Tout le bois que nous avons coupé a été chargé sur l'*Isabella* et le *Darop II*. Le camat Rupumbo a déclaré que nous devions couper du bois pour le chef des services forestiers. Ils ne nous ont jamais rien donné, sauf du tabac avant de partir dans la forêt. On n'avait ni couteaux, ni haches, ni argent. Asis est arrivé. Il nous a battus avec son ceinturon. Il nous mettait en joue et tirait au-dessus de nos têtes lorsque nous ne voulions pas travailler. Ils sont arrivés et nous ont obligés à couper le bois. Ils ont débarqué avec leurs fusils, leurs ceinturons, ils ont pris notre bois et ne nous ont rien donné.

Amatus Dje l'interrompit.

— Nous étions toujours en colère lorsque le camat est arrivé pour nous dire : Maintenant, je veux que chacun coupe dix billes de ferréol avant la semaine prochaine. Urbanus lui a répondu que ce n'était pas possible. On est des êtres humains, a-t-il dit à Samat, pas des machines. Alors Samat nous a fait aligner et nous a battus avec la queue barbelée d'une pastenague. On avait le dos en sang. Il nous a battus et il a tiré des coups de feu. C'est alors qu'Urbanus a décidé d'écouter As Atat et Nakai qui nous avaient conseillé de remonter le fleuve pour nous cacher dans la forêt.

Samat est parti à Merauke mais les soldats sont restés là. Leur chef s'appelait Borlak. Le soir, ils emmenaient nos femmes et on n'était pas contents. Tous les soldats prenaient nos femmes mais on ne pouvait rien contre leurs fusils.

Borlak nous a fait venir un jour pour nous dire que l'on attendait les dix billes, avant quinze jours, à l'embouchure du Fai où se trouvait le grand bateau. Puis il nous a renvoyés dans la forêt pour chasser le crocodile alors que le gouvernement avait dit que c'était interdit. Borlak nous a demandé de revenir deux semaines plus tard. Les soldats sont restés au village et on est partis seuls.

Mais on les a eus, Bapak Uskup. Certains d'entre nous ont descendu le fleuve et les autres l'ont remonté. On s'est retrouvés le soir au bivouac sur le Potsj. On a ri tellement c'était facile de rouler les Makassar. On n'avait pas envie de chasser le crocodile ou couper du bois pour Samat ou Borlak.

Le lendemain, on est remontés vers le Topap. Quelques-uns sont partis vers Tamai. Comme on avait peur que le gouvernement envoie un avion pour nous retrouver et nous battre, on n'a pas bâti nos maisons au même endroit, mais une ici, au bord du fleuve, une autre là.

Mais on n'était pas bien, Bapak Uskup. On n'était pas heureux. On ne pouvait pas utiliser les barrages. Le niveau de l'eau ne changeait pas tous les jours comme ici. La mer ne remonte pas aussi loin. On ne le savait pas au début. Le niveau monte lorsqu'il y a de fortes pluies et que l'eau descend des montagnes. Il n'y avait pas de poisson et pas de tabac.

On savait que Tuan Silas était tout près, au village de Ndoema, où les hommes portent des étuis péniens et n'ont pas de pirogues ou de boucliers. On savait que Tuan appartenait à l'OPM.

Amatus Dje me rendait visite une fois par semaine à l'époque où il fréquentait le lycée catholique d'Agats. Il m'avait appris beaucoup de choses et en particulier sur ce Tuan Silas, personnage mystérieux, voire mythique, dont on disait qu'il était en Irian Jaya le chef d'une faction de l'OPM (Operasi Papua Merdeka), le Mouvement de Libération de la Papouasie. Deux ans auparavant, ses guérilleros avaient investi le village d'Akimuga, tué tous les Indonésiens non papous, et pillé les magasins. On n'avait fait aucun mal au pasteur hollandais mais sa radio avait été réquisitionnée. Amatus, comme beaucoup d'Asmat, soutenait que le pasteur, acquis depuis toujours à leur cause, avait joué un rôle appréciable dans l'aide alimentaire et médicale dont les rebelles de l'OPM avaient bénéficié.

— On est allés voir Tuan Silas, raconta Amatus Dje. Il nous a dit qu'on était des êtres humains comme tout le monde. Nous sommes des hommes à part entière, disait-il, au même titre que les Makassar. C'est ce que vous nous aviez toujours dit, Bapak Uskup. Nous sommes des êtres humains et pas des animaux comme les Makassar le répètent tout le temps.

Les Asmat se sont toujours considérés comme de "vrais hommes", de "vrais êtres humains", tous les autres étant élevés au rang d'êtres supérieurs ou relégués à celui de créatures inférieures. C'est ainsi que l'on pourrait traduire littéralement tous les noms de tribu asmat : Keenok, Kawenak, Keenakap. L'humiliation fut donc grande lorsque les premiers catéchistes indonésiens venus des îles Kei les traitèrent d'animaux sous prétexte qu'ils étaient nus et ne savaient ni lire ni écrire, et décidèrent de les convertir à la civilisation.

Ceci explique que tous les indigènes qui ont quitté leur tribu et se sont établis en amont ou en aval du fleuve pour former des tribus hétéroclites soient considérés avec mépris et traités de "bouffeurs de merde" alors qu'à son arrivée, au début des années soixante, l'évêque, alors pasteur des Keenakap du village de Sawa, avait été surnommé Ndatipisj, l'Homme Esprit, par les vrais hommes.

Amatus reprit son récit.

— Tuan Silas nous a dit que l'Irian devait évoluer comme le reste de l'Indonésie et que l'Asmat ne pouvait pas rester à la traîne. Il fallait aller de l'avant. Nous n'avons pas compris tout ce qu'il disait mais il a ajouté que des gens, à l'étranger, nous aidaient en envoyant de l'argent et des armes.

Il nous a montré un drapeau en nous disant que c'était celui de l'Irian. C'était un drapeau en papier avec un pigeon couronné, symbole de l'Irian. Il y avait aussi deux mains, une qui tenait le pigeon, l'autre une flèche.

— Est-ce que vous avez tout noté ? me demanda l'évêque en se tournant vers moi.

Je hochai la tête et écornai d'un coup sec les feuillets de mon journal pour lui montrer que tout y était, les noms, les lieux, les brimades, les bateaux, tout jusqu'au moindre détail. Il pourrait ainsi envoyer un rapport circonstancié aux autorités de Merauke. Au fil de la semaine, j'allais consigner dans mon journal une foule de récits presque identiques à celui-ci de la bouche des habitants de Kapi et As Atat.

L'évêque se retourna vers les hommes.

— Maintenant, reprit-il d'une voix grave, j'aimerais que vous me parliez de la mort des Makassar.

Les Indonésiens d'Agats avaient tremblé d'épouvante à l'idée que les quatre hommes assassinés à l'embouchure de l'Owap aient pu être tués par des membres de l'OPM prêts à fondre sur Agats. Des rumeurs faisant état de meurtres d'Indonésiens nous parvenaient plusieurs fois par jour des quatre coins du pays, dont l'une particulièrement persistante, selon laquelle l'évêque aurait caché dans les marais qui entourent la mission les têtes des victimes ainsi que leurs meurtriers auxquels il apportait des vivres pendant la nuit.

Les soldats et policiers d'Agats s'étaient mis sur le pied de guerre mais ils vivaient dans une telle hantise des Asmat qu'ils avaient refusé, bien qu'armés, de monter la garde sur le sentier dès la nuit tombée. Les marchands se regroupèrent et décidèrent de patrouiller en petites factions toutes les nuits pendant un mois le long des sentiers endigués. Ils firent feu à plusieurs reprises, certainement effrayés par les cris des animaux nocturnes, les roussettes qui volettent d'un cocotier à un autre en poussant leurs plaintes aiguës, les chats errants de l'hôpital qui chassent les rats et les petits marsupiaux qui nichent sur les berges, les chiens sauvages qui fouinent dans les ordures que les Indonésiens jettent sans scrupule par les portes ou les fenêtres. Un soir où je rentrais de la mission après minuit, je fus moi-même intercepté sans ménagements par une patrouille. J'avais cru que le faisceau de ma lampe-torche suffirait à éviter que l'on me prenne pour un terroriste, mais trois hommes pointèrent tout à coup leur fusil sur ma tempe avant d'allumer leur propre lampe et de se rendre compte de leur méprise. Il n'y eut aucun raid sur Agats et la vie reprit lentement son cours.

— Racontez-moi maintenant comment les Makassar sont morts, leur demanda l'évêque en provoquant des froncements de sourcil et des chuchotements parmi les hommes. Vous me connaissez, vous connaissez le père John et Bapak Tobias. Vous savez que nous ne répéterons rien à l'armée ou à la police. Je veux simplement savoir ce qui s'est passé.

— D'accord, Bapak Uskup, répondit Urbanus, comme si les hommes étaient convenus depuis longtemps déjà de tout raconter à l'évêque. Nous avons descendu l'Owap. Tuan Silas est venu avec nous. On ne voulait pas y aller mais il avait besoin de nos pirogues. Les gens de Ndoema n'ont pas de bateau et ne savent pas pagayer, alors on les a pris avec nous.

Les gens d'As Atat revenaient de pêcher en mer et ils ont vu les Makassar qui bivouaquaient à l'embouchure du fleuve. Ils se sont approchés et ont échangé du sagou contre du tabac. A leur retour, ils ont tout raconté à Tuan Silas. Alors, il a dit : Allons prendre leur tabac. Il faut leur faire peur et les chasser de notre fleuve. C'est Leo Akum et Ndatus Djiitsj de Nakai qui ont ajouté : On va les tuer.

On a accompagné les hommes de Ndoema. Ceux de As Atat pagayaient et aussi les gens de Kapi et de Nakai. Il y avait beaucoup de pirogues sur le fleuve. Les Makassar étaient toujours au bivouac, à l'embouchure. Il faisait nuit et tout le monde dormait. Un des hommes était malade et avait du mal à se tenir debout. Tuan Silas l'a tiré par une jambe en lui demandant de se lever. L'homme lui a répondu que non : Qui es-tu ? Je n'ai d'ordre à recevoir de personne. Tuan Silas l'a regardé : Je suis Tuan Silas de l'OPM. Il l'a transpercé avec son parang, puis il l'a éventré. Lorsqu'il a ressorti son couteau, il y avait du sang partout, sur le plancher d'écorce, sur les nattes en pandanus et sur les moustiquaires. Un autre Makassar a essayé de s'enfuir mais ils l'ont atteint au bras avec une flèche. Alors, il a arraché la flèche, mais il en a reçu d'autres à la poitrine et au ventre. Il est tombé et le sang coulait de sa bouche. Ils ont tué les deux autres avec leurs sagaies et leurs flèches. Ils ont jeté deux des corps dans le fleuve et brûlé les deux autres.

Ce sont les gens de Ndoema qui les ont tués. Nous, on attendait dans les pirogues. On n'est pas allés avec eux. Après, ils nous ont appelés et on a vu les corps. On a vu ce qu'ils avaient fait, Bapak Uskup, mais on n'a tué personne. On n'a pas touché aux cadavres et c'est pas nous qui les avons mangés. On est des chrétiens maintenant et on ne mange plus de chair humaine.

On a sorti toutes les affaires du bivouac pour les cacher sous les arbres. Tuan a pris les grands filets de pêche et tout ce qui restait. On a gardé un peu de tabac et on s'est cachés dans la forêt près du fleuve Topap. On voulait pas rentrer au village. Quand on voyait un avion, on avait peur et on se cachait derrière les arbres. On pagayait en petits groupes parce qu'on ne voulait pas que les avions nous voient. Maintenant qu'on est rentrés, on a peur que les soldats nous tuent.

15

— Mais on n'a pas arrêté de parler, Bapak Uskup, s'exclama Urbanus Umu. En voilà assez. Maintenant, c'est à votre tour de nous raconter une histoire.

— Voyons voir. Que diriez-vous de celle des Trois Petits Cochons ? me demanda l'évêque en fronçant le sourcil.

Je l'avais souvent entendu narrer des épisodes bibliques ou des contes pour enfants en les travestissant en mythes asmat.

— Bonne idée, répondis-je tout en me demandant comment il allait s'y prendre.

Il était plus de deux heures du matin à sa montre mais les hommes paraissaient toujours aussi vifs.

Vêtu d'un simple short pourpre, maculé de suie et de la chaux blanche avec laquelle on nous avait accueillis, l'évêque épongea la sueur qui coulait sur son visage. Son ventre, perlé de gouttes éparses, rebondissait au-dessous de sa poitrine nue et grisonnante. Jambes croisées, il était appuyé contre les quelques plaques de gabagaba, des morceaux de stipe, qui tapissaient les murs. A le voir assis au milieu de ces hommes, on aurait pu le prendre pour un Asmat, un albinos aux cheveux roux et aux yeux marron. Il promena son regard sur son auditoire.

Les anciens étaient nus, les jeunes avec leur short et leur chemise déchirés paraissaient gauches et indigents. Un anneau en coquillage ornait le nez d'un vieillard dont les joues caves étaient striées de fines rides comme le lit du fleuve après quelques jours de sécheresse. Un autre vieillard arborait un os humain gravé d'une racine de banian. Cet arbre sacré était censé absorber l'esprit malfaisant des femmes mortes en couches dont on déposait le corps entre les branches noueuses où il se décomposait à l'écart du village.

Les relents âcres des poutres putréfiées se mêlaient à la douce odeur du tabac épicée et à celle entêtante des corps, créant ainsi une atmosphère sereine de camaraderie.

— *Tare atakam*, commença l'évêque, en s'appliquant pour articuler chaque syllabe, autrefois vivaient un homme et une femme. L'homme s'appelait Sosoktsjemen et sa femme Tsjenakat. (Des noms tels que "Pénis Noir" et "Bon Vagin" sont monnaie courante en Asmat.)

"Sosoktsjemen et Tsjenakat vivaient il y a très longtemps. C'était l'époque de nos ancêtres, celle du Créateur, Fumeripitsj, qui utilisait encore des éclats d'os et de coquillage pour sculpter des figurines dans sa grande case cérémonielle."

"Sosoktsjemen et Tsjenakat habitaient tout là-haut sur le fleuve, poursuivit-il en tendant le bras gauche et en faisant claquer sa main droite sous son aisselle pour indiquer une grande distance. Ils habitaient au bord du Paii, dans le deuxième méandre, avant qu'il ne se jette dans le Djirep, là où les esprits se cachent dans les remous."

Il décrivit de la main un mouvement en spirale. Les hommes comprenaient ces gestes car ils faisaient partie de leur langage et l'évêque prenait toujours soin de mettre en scène des personnages ayant vécu en Asmat.

Ils avancèrent une fesse puis l'autre et tendirent le cou comme pour mieux se concentrer.

— Sosoktsjemen et Tsjenakat avaient trois enfants, Umpu, Wu et Sanau. Ils étaient très jeunes et ne portaient pas encore de vrais noms.

Le petit dernier venait tout juste de recevoir celui de Sanau car il commençait à marcher et ses parents avaient estimé qu'il était devenu maintenant un véritable être humain. Quant à Umpu, l'aîné, on ne lui avait toujours pas percé le nez, même si Sosoktsjemen disait qu'il serait bientôt temps.

"Sosoktsjemen et Tsjenakat n'étaient pas de bons parents. Ils gardaient pour eux presque toute la nourriture. Contrairement aux autres pères et mères, ils ne partageaient pas tout avec leurs enfants. Il était même rare qu'ils leur apportent du sagou ou de bonnes choses. Umpu, Wu et Sanau avaient donc toujours faim. Ils passaient leurs journées sur la berge à chercher de quoi manger même si Sanau pouvait tout juste marcher et commençait à peine à pêcher le crabe, les moules ou la crevette. Lorsque le fleuve était en crue, il devait rester à la maison car il aurait pu se noyer. Il était capable de se tenir debout dans une pirogue et d'utiliser la minuscule pagaie que Umu lui avait fabriquée, mais il ne savait pas encore nager.

"Souvent, Sosoktsjemen et Tsjenakat partaient plusieurs jours de suite très loin dans la forêt. Ils riaient, ils faisaient l'amour et ne pensaient plus à leurs enfants.

"Un jour, Sosoktsjemen prit sa hache de pierre, son arc et ses flèches, ses sagaies pour la chasse au casoar et au sanglier, et celles réservées aux oiseaux. Il emmena son chien Ser, auquel il avait donné le nom du poisson qu'il aimait tant. Ils emportèrent du feu et des pinces pour retourner les galettes de sagou. Et aussi des couteaux en bambou, des sacs de portage en filet et d'autres en feuilles de pandanus.

"Une fois dans la forêt, ils se mirent à extraire le sagou. Sosoktsjemen ôta les premières feuilles du palmier et fit un trou dans le tronc pour goûter le sagou. Le sagou était bon, alors il décida d'abattre l'arbre à la hache.

"Sur l'arbre, il arracha un peu de mousse et s'en frictionna les aisselles, l'anus et les testicules. Puis il la plaça dans le trou afin que l'esprit de l'arbre, lorsqu'il se mettrait à la tâche, reconnaisse son odeur au lieu de s'enfuir en laissant le sagou immangeable.

"Sosoktsjemen ne s'éloignait pas de Tsjenakat. Armé de ses sagaies, de son arc et de ses flèches, il guettait constamment l'ennemi. Il ne tenait pas à être mangé et ne voulait pas que Tsjenakat soit capturée ou tuée.

"Tsjenakat se mit à laver et rincer le sagou."

L'évêque, imitant les gestes de Tsjenakat, serra les poings qu'il fit pivoter dans un mouvement de torsion. Il pinça les lèvres en respirant bruyamment pour montrer qu'elle communiquait étroitement avec l'esprit de l'arbre.

— Elle serra pour faire couler le liquide dans une jarre.

"Ils construisirent alors un abri avec les feuilles du sagoutier. Tsjenakat entra pour préparer le feu et cuire le sagou comme Sosoktsjemen l'aimait. C'était une bonne épouse. Elle cuisinait bien et ne refusait jamais, comme le font certaines épouses lorsqu'elles sont en colère, de coucher avec son mari."

L'évêque s'interrompit pour allumer une cigarette. Les hommes, captivés par son récit, en avaient oublié de fumer. Un à un, ils tendirent le bras vers le petit tas de tabac au centre du cercle. Les plus jeunes en roulèrent dans des feuilles de nipa tandis que les anciens bourraient leurs pipes en bambou ouvragé. L'un d'eux sortit du feu un petit tison dont la pointe incandescente servit à allumer les pipes et les cigarettes. Puis les pipes circulèrent parmi les anciens qui collaient soigneusement leurs lèvres au tuyau de bambou, aspirant profondément et recrachant bruyamment la fumée en signe de satisfaction.

De toute évidence, l'histoire avait bien commencé, car les visages des hommes s'illuminaient au fur et à mesure qu'ils s'identifiaient aux protagonistes. Attentifs aux moindres inflexions de voix ou mimiques de l'évêque, ils écoutaient, bouche bée, retenant leur souffle ou respirant lourdement à l'idée de ce qui allait arriver. Leurs yeux scintillaient à la lumière de la lampe à pression suspendue au plafond.

— Le matin, Sosoktsjemen s'en alla chasser le sanglier et le casoar avec son chien Ser tandis que Tsjenakat partait à la pêche. Le soir, après une journée fructueuse, ils se gavèrent de viande, de poisson et de sagou, n'en gardant qu'un tout petit peu pour leur retour sur le fleuve Paii. Ils étaient gourmands et préféraient garder la nourriture pour eux."

Devant tant d'avarice, Urbanus Umu fit claquer sa langue en signe de réprobation. Ses compagnons opinèrent de manière unanime. Les Asmat partagent toujours leur nourriture avec les membres de leur famille.

A nouveau, les hommes se rapprochèrent en se dandinant sur les fesses. Le vent se leva et la pluie s'abattit avec force sur le toit de palme. Filtrant par un interstice, l'eau se mit à goutter sur la tête de l'évêque. Rapidement, on réajusta les feuillages afin de colmater la fuite. Chassé par les bourrasques de pluie qui s'engouffraient par l'entrée de la hutte, tout le monde se réfugia au sec. On alluma à nouveau pipes et cigarettes et le calme revint.

— Hélas, poursuivit l'évêque en hochant la tête, Sosoktsjemen et Tsjenakat n'emmenèrent jamais leur fils aîné Umpu avec eux, alors qu'il aurait pu aider à extraire le sagou et, en cas de danger, protéger sa mère, Tsjenakat. Jamais ils n'emmenèrent un de leurs enfants, même si Sanau têtait encore le sein de sa mère lorsqu'elle n'était pas occupée à ramasser du bois, cuisiner ou pêcher.

"Le Grand Esprit qui vit dans les tourbillons du fleuve Paii les connaissait bien et il était en colère : Qu'est-ce que je vois ? Sosoktsjemen et Tsjenakat sont de mauvaises gens. Je ne les aime pas et je vais leur donner une leçon.

“J'ai une idée, se dit le Grand Esprit, je vais changer leurs enfants en cochons.

“A leur retour, Sosoktsjemen et Tsjenakat appelèrent leurs enfants : Umpu, où es-tu ? Ils appelèrent encore : Wu, où te caches-tu ? Et encore : Sanau, montre-toi ! Mais personne ne leur répondit. Leur chien, Ser, se mit à aboyer alors qu'il n'aboyait qu'en présence d'étrangers. Sosoktsjemen et Tsjenakat tirèrent leur pirogue sur la berge.

“Ils entrèrent dans la hutte et sursautèrent en voyant trois petits cochons assis autour du feu qui cuisaient du sagou comme s'ils étaient des hommes.

“Sosoktsjemen et Tsjenakat étaient furieux et ils les chassèrent à coups de pied. Qu'est-ce que vous faites ici ? Cette nourriture est à nous, disaient-ils en s'acharnant sur eux.

“Terrorisés, les petits cochons les imploraient en se faisant tout petits : Mais nous sommes vos enfants ! Regardez-nous !

“Sosoktsjemen et Tsjenakat ne voulaient rien savoir. Regardez-moi ! insista le plus gros des cochons, en se campant sur les pattes arrière, les sabots sur les hanches. C'est moi, Umpu ! Et moi je suis Wu ! s'exclama le deuxième en se frappant la poitrine avec son sabot. Et moi, Sanau ! cria le plus jeune de sa petite voix en essuyant une larme qui roulait sur sa joue.

“Se tenant par le cou avec leurs pattes de devant, les trois petits cochons se blottirent l'un contre l'autre en criant : C'est nous ! C'est nous ! Ne nous frappez pas ! C'est le Grand Esprit qui nous a jeté un sort !

“Mais Sosoktsjemen et Tsjenakat ne voulurent rien entendre. Ils se mirent en colère. Disparaissez, grondèrent-ils d'une voix menaçante. Nous ne voulons pas de vous ici ! Qu'on nous rende nos enfants ! Nous voulons nos enfants et pas des petits cochons comme vous !

"Accablés de chagrin, Sosoktsjemen et Tsjenakat se jetèrent dans la vase sur les bords du fleuve Paii comme si leurs enfants étaient morts. Ils se vautrèrent dans la boue en signe de deuil, se barbouillant tout le corps. Ils sortirent de leur cachette les herminettes que Tsjenakat avait reçues en cadeau de noce et se mirent à courir et courir en rond, les haches sur l'épaule. Ils s'assirent à l'intérieur de la hutte et sanglotèrent toute la nuit. Terrorisés par l'obscurité et les esprits, les petits cochons se réfugièrent sous un jaquier et ils pleurèrent toute la nuit sans pouvoir vraiment trouver le sommeil.

"Le lendemain matin, les trois petits cochons avaient faim. Ils partirent chercher du sagou dans la forêt en emportant les herminettes de Sosoktsjemen et les pilons de Tsjenakat. Debout dans la pirogue, ils remontèrent le fleuve en pagayant jusqu'à ce qu'ils arrivent aux jardins de sagoutiers. Ils récoltèrent du sagou et construisirent un abri avec des feuilles de nipa. Ils s'assirent autour du feu pour faire griller les galettes de sagou. Le sagou était bon et les trois petits cochons étaient contents. Ils dormirent toute la nuit."

L'évêque baissa soudain la voix.

— Mais voilà, ajouta-t-il en chuchotant presque.

Son visage devint menaçant et il se mit à grogner en faisant onduler son buste.

— Tout près de là, tapi dans le fleuve sous les feuilles d'un banian, vivait Mbatsjipisj, le grand crocodile. Caché entre les racines de l'arbre, cela faisait longtemps qu'il attendait une telle aubaine. Mbatsjipitsj avait vu les petits cochons entrer dans la hutte. Ah ah ! se dit-il en ricanant.

"Mbatsjipitsj avait faim. Il était toujours affamé. Il nagea sans faire de bruit jusqu'au bivouac et passa la tête à l'intérieur. Il ouvrit la gueule et engloutit Umpu d'un trait avant de disparaître. Umpu était le plus fort des trois petits cochons mais Mbatsjipitsj n'en avait fait qu'une bouchée.

"Wu et Sanau eurent beau chercher Umpu, ils ne le trouvèrent nulle part. Quant à Mbatsjipitsj, il avait disparu. Il était reparti se cacher sous le banian. Umpu ! Umpu ! criaient Wu et Sanau. Umpu ! Où es-tu ? Où es-tu, grand frère ?

"M-m-m-m-m, soupirait Mbatsjipitsj qui, après si bonne chère, avait piqué un somme.

"Et puis soudain un petit cri aigu sortit de son ventre : Aidez-moi ! Aidez-moi ! Wu et Sanau reconnurent la voix d'Umpu. Ils crurent que leur frère était déjà mort. Et ils se roulèrent dans la vase en pleurant. O-o-o-o ! gémissaient-ils, se vautrant dans la boue jusqu'à ce qu'ils soient tout crottés.

"M-m-m-m-m, fit Mbatsjipitsj en les entendant pleurer. Il avait encore le ventre plein, mais la voix des deux petits cochons le remit en appétit. Umpu appela de nouveau à l'aide : Au secours ! Au secours !

"Mais tu sais bien, grand frère, que si nous te venons en aide, nous aussi nous serons mangés, disait Wu.

"Sanau n'était pas du même avis : Non ! Umpu ! Je n'ai pas peur, moi. J'arrive. Et il se dirigea droit sur Mbatsjipitsj en brandissant sa hache. Mais ce dernier ouvrit la gueule et le dévora tout entier avec son herminette de pierre.

"Wu, qui avait vu toute la scène, se jeta dans la vase. Il fut bientôt tout maculé de boue, de ses petites oreilles pointues jusqu'à sa petite queue en tire-bouchon.

"Il observa le grand Mbatsjipitsj et s'enfuit dans la forêt. Là, il trouva un beau sagoutier qu'il abattit avec sa hache de pierre. Plus tard, dans son nouveau bivouac, il mangea le sagou. Quand il fut repu, il s'étira et s'endormit en soupirant de plaisir : M-m-m-m-m.

"Il s'installa dans la forêt et les années passèrent. Il apprit à pêcher et à se débrouiller comme s'il avait gardé forme humaine. Il se maria à une truie sauvage et ils eurent beaucoup de porcelets. Jamais il ne revit Sosoktsjemen et Tsjenakat. Il les oublia, comme il oublia aussi les hommes, et il vécut très heureux.

*

Les hommes d'Ao étaient enchantés par ce dénouement. Les histoires asmat n'obéissaient pas aux conventions occidentales et se terminaient toujours de manière abrupte.

— Pas de doute ! Wu a eu raison de s'enfuir et de sauver sa peau. Sanau avait tort de croire qu'il serait de taille à aider Umpu tout seul.

Tout le monde se rangea à son opinion.

— Bapak Uskup raconte toujours de bonnes histoires, ajouta Seraipitsj à l'adresse de l'évêque.

Les commentaires allaient bon train :

— Les histoires de Bapak Uskup sont toujours excellentes. Ses personnages sont comme les Asmat, les vrais hommes.

Seraipitsj, avec ses allures de grand chef guerrier, était assis juste devant nous. Les muscles de sa poitrine et de ses épaules étaient fermes et vigoureux. Il se tenait droit, l'air digne, entièrement nu à l'exception d'un mince collier en sparterie et des bracelets qu'il portait autour des poignets et des avant-bras. Il se savait supérieur aux autres hommes à cause de son ardeur au combat et de ses hauts faits guerriers.

— Moi aussi, j'aurais fui devant le grand Mbatsjipitsj, dit-il. Wu était le plus intelligent de tous. Quant à Sosoktsjemen et Tsjenakat, c'étaient de mauvais parents. Le Grand Esprit a eu raison de changer leurs enfants en cochons et c'est tant mieux si deux d'entre eux sont morts. Ils n'auront plus personne pour les aider lorsqu'ils seront vieux et malades, lorsqu'ils seront trop faibles pour trouver leur nourriture.

L'évêque déplia ses jambes et se redressa en baillant, signe qu'il était l'heure d'aller dormir.

Seraipitsj répartit soigneusement ce qu'il restait de tabac entre les hommes en tenant compte de leur rang dans la tribu et tous regagnèrent leur foyer pour y passer le reste de la nuit en famille.

16

Le lendemain matin, après des œufs sur le plat et du jambon en conserve, John, maillot de corps blanc et short jaune, se campa sur le seuil de la hutte où nous avions passé la nuit pour sonner la trompe de bambou qui annonçait le début du service religieux. Puis il sortit les vêtements sacerdotaux de leur mallette en aluminium et enfila une aube immaculée, puis une ceinture et une étole rouges. En temps normal, il se serait changé dans l'église, mais l'état précaire du plancher aurait rendu l'opération délicate. L'évêque revêtit sa chasuble de batik blanc et rouge, récemment confectionnée par les sœurs d'Agats, et garda sa mitre rouge et blanche pliée sous son bras gauche. Pieds nus, nous descendîmes l'un après l'autre l'échelle de bois. Prenant exemple sur John, l'évêque, ses chaussures noires et cirées dans une main, releva de l'autre les pans de son aube afin qu'elle ne traîne sur le sol marécageux.

Il pleuvait. Amatus Dje abritait l'évêque sous un parapluie. John et moi-même, blottis sous des ombrelles en papier, tenions nos sandales à la main. Si certains villageois, accoutrés à l'occidentale, portaient également une pèlerine de pluie en feuilles de pandanus qui les protégeait de la tête aux pieds, la plupart des paroissiens ne semblaient nullement gênés par le mauvais temps. On avait comblé les fondrières avec des branchages et des rondins de bois que la pluie avait rendus glissants et qui ne suffisaient pas à éviter les éclaboussures.

Mgr Sowada et le père Fleischhacker, régaliens dans leur port et leur mise, progressaient lentement mais sûrement, retroussant élégamment leurs jupes et réussissant avec beaucoup de grâce à garder l'équilibre sur les rondins. A plusieurs reprises cependant, ils dérapèrent et maculèrent leurs chevilles et le bas de leur aube sans rien abandonner de leur dignité. Sous le porche de l'église, tout le monde put se laver les pieds dans des seaux en plastique remplis d'eau.

Le plancher de l'église se réduisait à un assemblage de solives sur lesquelles étaient jetées des plaques d'écorce. Hommes, femmes et enfants s'accroupirent ou bien s'assirent, jambes croisées ou à califourchon. Beaucoup d'hommes portaient des shorts qui laissaient voir leurs fesses ou leur sexe. A l'exception de quelques robes dépenaillées, la plupart des femmes avaient opté pour la jupe traditionnelle en feuilles de sagoutier.

John dressa un autel de fortune en recouvrant deux mallettes d'une nappe blanche ourlée d'or. Il y disposa les instruments du culte et alluma un cierge. Le service débuta en indonésien. Les enfants entonnèrent des cantiques et les jeunes firent les lectures d'une voix gauche et hésitante.

Enfin, l'évêque se leva, marqua une pause, puis scruta l'assemblée. Il y eut un profond silence. Même les nourrissons s'étaient tus. Il entama alors son homélie.

— Peut-être pensez-vous que le Christ est en colère contre vous ? Peut-être pensez-vous que moi aussi je suis en colère contre vous ?

Plein d'assurance, bien qu'en équilibre sur deux solives, l'évêque respirait la gentillesse, le charme et la séduction. Il était, disons-le, tout bonnement séraphique. Il s'exprimait lentement, d'une voix douce, calme, éloquente, cicéronienne.

— Peut-être pensez-vous que Notre Seigneur Lui-même est en colère contre vous parce que vous avez fui dans la forêt ? Peut-être pensez-vous que le père John aussi est en colère contre vous ?

Vous avez coupé du bois et n'avez reçu aucun paiement. Vous avez souvent coupé du bois sans recevoir de paiement. Ce n'est pas juste. Ce sont eux qui ont tort, pas vous.

Vous avez eu raison de fuir. Si je vivais ici, moi, le Bapak Uskup que vous connaissez tous, si je vivais ici et que la même chose m'arrivât, moi aussi je m'enfuirais.

Vous êtes allés voir le camat pour réclamer votre argent et vous n'avez rien obtenu. Les hommes qui ne veulent pas vous payer sont méchants. Ce n'est pas la faute du gouvernement de Merauke. L'Etat dit que vous devez être payés et moi je dis que vous ne devez plus couper de bois avant qu'ils ne vous aient donné ce qu'ils vous doivent.

N'oubliez pas que les Makassar ont peur de vous. Ils ont peur parce qu'ils ont entendu parler des vieilles histoires de chasse aux têtes. Malgré leurs avions et leurs fusils, ils vous craignent. Ils ne sont pas venus vous chercher dans la forêt lorsque vous viviez sur le fleuve Topap. Ils savent que vous pourriez les tuer et vous enfuir. C'est une bonne chose qu'ils aient peur de vous.

Je ne pourrais pas vivre tout seul dans la forêt. Vous le savez bien. Comment ferais-je pour me nourrir ? Comment ferais-je pour abattre les sagoutiers ? Comment allumerais-je le feu ? Les Makassar eux non plus ne peuvent pas se passer de vous. Ils ont besoin des Asmat. Dans la forêt, nous ne sommes plus que des étrangers livrés à nous-mêmes comme des orphelins. Nous ne savons rien, mais vous, vous savez tout.

Cela fait dix ans que nous venons vous voir avec le père John et nous vous avons toujours dit que vous étiez des êtres humains. Tuan Silas aussi vous l'a dit. Les Makassar arrivent ici en vous répétant que vous êtes des animaux et vous forcent à couper du bois sans vous payer. Mais vous êtes des êtres humains, pas des animaux. Je m'interroge et me demande souvent ce qui arriverait si vous alliez dans leur forêt à Makassar ou à Java pour couper leurs arbres. Comment réagiraient-ils ? Qu'est-ce qu'ils diraient ?

Inconfortablement posé à califourchon sur une solive, j'écoutais attentivement l'évêque qui prêchait tour à tour en indonésien et en asmat. J'observais ces paroissiens parmi tant d'autres dans le diocèse en me demandant ce qu'ils pensaient. Ils savaient qu'ils pouvaient compter sur l'appui de l'évêque et de leur curé, mais pas une femme et très peu d'anciens ne comprenant l'indonésien, beaucoup commençaient à s'impatienter. Aux bébés qui pleuraient, les mères présentaient un sein passé par l'emmanchure ou l'encolure étroite d'une robe trop serrée. Les hommes, qui avaient pris des bébés sur leurs genoux, introduisaient parfois un doigt dans le vagin des filles pour les calmer. Lorsqu'un enfant avait envie d'uriner, on le tenait à bout de bras et son jet s'écrasait bruyamment sur le sol bourbeux en contrebas. N'y tenant plus, certains sautèrent de poutre en poutre, légèrement courbés, les mains jointes au bas des reins afin de retenir les enfants qu'ils berçaient sur leur dos. Les chiens erraient en toute liberté, reniflant dans tous les coins et se soulageant plus bruyamment encore que les enfants.

— Je ne vous demande pas de faire la guerre aux soldats, poursuivit l'évêque, ce n'est pas bien de tuer. Vous en êtes capables mais vous seriez condamnés à vivre éternellement cachés dans la forêt. Il y a beaucoup de soldats à Merauke et à Jayapura. Si les marchands ne vous paient pas, si le camat ne vous paie pas, vous pouvez retourner en haut du fleuve, là où vous trouvez le sagou. Je sais qu'il n'y a pas suffisamment de poisson et que vous avez du mal à vous passer de tabac, mais vous devez être forts et rester unis.

L'évêque s'interrompit, longea une poutre, sauta sur une autre et fit demi-tour.

— Je vais vous raconter une histoire qui m'a été narrée par le père Virgil du village d'Atsj. C'est une histoire qu'il avait lue quelque part. Elle met en scène des hommes vrais qui vivaient dans un grand pays que l'on appelle l'Afrique dans un village pareil au vôtre.

“Ces gens avaient un chef. Mais il était malade et allait bientôt mourir. C'était un vieil homme et cela faisait des années qu'il était leur chef. Les villageois pleuraient car, après sa mort, disaient-ils, il n'y aurait plus personne pour les diriger. Tout le monde savait qu'il allait mourir. Lui aussi savait et il était triste.

“Ayant fait le tour du village pour ramasser des brindilles, il en montra une devant l'assemblée des villageois en disant : Regardez, mes amis. Regardez. Parfois, l'un de vous s'en va. Il part vers la ville où il rencontre des gens riches. Tout lui paraît nouveau et excitant. Les gens de la ville le trouvent bizarre car il ne leur ressemble pas et porte les vêtements de son peuple. Il décide de rester et trouve du travail, mais il est malheureux car à la ville, il n'est personne.

L'évêque montra à tous une brindille.

— Il est comme cette brindille, poursuivit le vieux chef en la brisant en deux morceaux qu'il jeta par terre. Il est fragile comme cette brindille. Voyez comme il est facile de la rompre.”

L'évêque ramassa encore quelques brindilles et les lia en faisceau avec un morceau de rotin.

— Mais regardez, ajouta le vieil homme, si vous restez ensemble, vous serez forts. Vous serez aussi forts que ce paquet de brindilles.

L'évêque brandit alors le petit fagot et tenta de le rompre, d'abord avec les mains puis sur son genou. Il se pencha pour essayer contre une poutre. Mais en vain.

— Si vous restez ensemble, conclut le vieil homme, vous serez comme ces brindilles.

Personne ne pourra vous faire de mal. Ce n'est que lorsque vous vous séparez, que chacun part de son côté en abandonnant la tribu, que vous devenez vulnérables. Rappelez-vous que vous devez toujours rester unis.

Un murmure parcourut l'assistance tandis que l'évêque regagnait sa place en jouant les équilibristes. John se leva pour célébrer l'Eucharistie. Les enfants de chœur apportèrent le calice et la patène. Il récita la liturgie en indonésien tout en tenant la patène :

Au moment d'être livré
Et d'entrer librement dans sa passion,
Il prit le pain,
Il rendit grâce,
Il le rompit
Et le donna à ses disciples en disant :
Prenez et mangez-en tous,
Ceci est mon corps
Livré pour vous.

Il prit une hostie entre les doigts des deux mains, la montra aux fidèles et la replaça sur la patène. Après une génuflexion, il poursuivit :

De même à la fin du repas,
Il prit la coupe.

John souleva le calice :

De nouveau il rendit grâce
Et la donna à ses disciples en disant :
Prenez et buvez-en tous
Car ceci est la coupe de mon sang
Le sang de l'alliance nouvelle et éternelle
Qui sera versé
Pour vous et pour la multitude,
En rémission des péchés.
Vous ferez cela en mémoire de moi.

*

Finalement les hommes, les femmes et les enfants qui avaient reçu le sacrement du baptême s'alignèrent pour communier. John tenait la patène dans laquelle il avait brisé les hosties en petits morceaux. Mains jointes, tous attendaient humblement leur tour. Je me revis aussitôt deux années auparavant dans la petite chapelle du monastère d'Agats, réservée à l'usage privé des Croisiers et d'éventuels visiteurs catholiques. Nous devions fêter les dix ans de sacerdoce de Trenk ou peut-être sa dixième année en Asmat. Comme pour les anniversaires, j'étais convié en pareil cas à assister aux vêpres.

J'acceptai sans l'ombre d'une hésitation. L'atmosphère des célébrations incitait au recueillement et l'on s'efforçait généralement en choisissant les lectures d'éviter les passages du Nouveau Testament jugés désobligeants à mon égard. Les cantiques parlaient surtout de paix et de fraternité. Les murs étaient nus ; il n'y avait pas de statues de la Vierge ou de l'Enfant Jésus. La chapelle était simplement meublée de quelques chaises et d'une table.

Avant la cérémonie, je m'étais rapproché de l'autel pour me mêler à la communauté et recevoir le baiser de paix. Je retournais habituellement m'asseoir pour entendre la messe, mais Trenk, qui officiait ce soir-là, me retint d'un signe de la main. Lorsque, quelques instants plus tard, il s'approcha pour me présenter l'hostie, j'eus un moment d'hésitation et reculai d'un pas.

— Voyons, Tobias, me dit-il en me regardant droit dans les yeux, c'est la même chose que le pain azyme du Seder de Pâque.

Il déposa l'hostie sur ma langue et je frissonnai. Je ne sais si c'est la foudre que j'entendis ou mon père se retournant dans sa tombe.

Seraipitsj attendait son tour. Je l'observai prendre l'hostie et l'avaler solennellement avant de retourner lentement à sa place, tête baissée et mains jointes. Son corps s'était figé dans une attitude humble et effacée. Où était donc sa virilité à cet instant précis ? Etait-il là pour célébrer la fin de plusieurs siècles de traditions et le déclin du monde qui l'entourait ? Que comprenait-il au rituel symbolique de l'Eucharistie ? Qu'était devenu le valeureux guerrier qui, en d'autres temps, s'était couvert de gloire et avait festoyé de chair humaine ?

Mbanetsjem, pieds nus, son pantalon maculé de boue, escorta John sur le chemin du retour. Bien que devancé de quelques foulées, j'entendis distinctement toute la conversation.

— Je dois la tuer ! Il le faut ! Elle a tué mon fils Asemenam et son esprit reviendra nous hanter tant que je ne l'aurai pas vengé.

— Mbanetsjem, tu sais bien que ce n'est pas sa faute. Asemenam est mort parce qu'il était malade. Il n'y a pas eu de magie. Raconte-moi tout.

— C'est faux. Mon fils était bon et il m'aidait toujours.

Mbanetsjem avait barbouillé ses épaules de boue et blanchi son front de fécule de sagou. Il portait un bandeau en fourrure de couscou bordé d'éclats de coquillage, de graines de coix et d'abrus et de pennes de casoar.

— C'est arrivé il y a deux jours. Il allait bien. Il était assis devant le feu lorsque Tapnam, la femme de mon frère, qui venait d'accoucher de sa petite fille, est revenue chez nous. Elle saignait encore et du sang est tombé sur mon fils. Il est devenu fiévreux et le lendemain matin, il était mort. Il n'était pas malade. Tapnam l'a tué parce qu'elle était jalouse, j'avais un fils, elle n'avait qu'une fille. Aucune magie n'aurait pu l'arrêter. Vos médicaments n'auraient servi à rien. Je sais ce qu'il me reste à faire.

— Mais Mbanetsjem, tu sais bien que la magie ne tue personne. Je vous ai déjà dit, et à toi aussi, que tuer est un péché. Asemenam a attrapé le palu. Il était très jeune et avait besoin de comprimés. Ce n'est pas la magie de Tapnam qui l'a tué. Ne rejette pas la faute sur elle.

— Oh, mais si. C'est elle ! C'est Tapnam qui l'a tué et je vais me venger, hurla-t-il en s'enfuyant dans la forêt.

— Les cons ! tonna John à mon adresse. Ils n'apprendront donc jamais !

Une file d'adultes, d'adolescents et d'enfants attendaient devant la maison de l'instituteur que John leur donne des médicaments ou leur fasse une piqûre. Ceux qui avaient l'éléphantiasis, le pian ou des plaies purulentes se déculottèrent et John leur injecta placidement une dose de pénicilline. Les malades atteints de paludisme reçurent de la Nivaquine et des instructions sur le nombre de prises et de comprimés. Les maux de tête, les lumbagos et les douleurs en tous genres furent soignés à l'aspirine. Les plaies et les blessures, une fois recousues et badigeonnées de teinture d'iode, furent bandées sommairement mais non sans habileté.

Au menu du déjeuner figuraient comme à l'ordinaire du riz et du corned beef, accompagnés de ketchup et relevés de petits piments cultivés en Asmat par les instituteurs originaires des îles voisines et suffisamment forts pour satisfaire les palais habitués aux mets épicés. Après la sieste, et une douche prise à l'intérieur grâce à des baquets d'eau puisée dans le fleuve, nous nous assîmes pour bavarder.

— Tout le monde l'appelait Don Juan le Catéchiste. Il couchait avec presque toutes les filles, quel que soit leur âge. Alors un jour, je lui dis : Vous ne voyez donc pas que votre comportement est une atteinte à la morale ? Et vous savez ce qu'il me répond ? Pourquoi donc ? Elles ne sont pas encore baptisées !

Après un verre de Johnny Walker, ce fut l'heure de dîner : galettes de sagou-beurre de cacahuète et gelée. Je suggérai que nous goûtions un jour à la "Soup a la Cantatrice" que vante Isabella Beeton dans son *Guide pratique de la ménagère*, publié à Londres en 1861. Cette recette nécessite de la farine de sagou, des œufs, du sucre, du laurier et du consommé de bœuf. "Elle fut appréciée, nous dit miss Beaton, par les plus grands chanteurs lyriques de son temps, y compris la célèbre diva Jenny Lind dite le «rossignol suédois»." Peut-être cette soupe au sagou suffirait-elle à améliorer les prouesses vocales des jeunes choristes de l'église.

Nous eûmes la visite de quelques villageois dont Seraipitsj et Urbanus Umu. Ils s'assirent et allumèrent une cigarette.

— Et si vous nous racontiez une vieille histoire ? proposa l'évêque.

— Seraipitsj, raconte-nous donc celle de Amandjanep et Tordjanep, ajoutai-je, en me souvenant de mon dernier séjour au village.

Cela fit sourire tout le monde. Malgré quelques variantes, ce conte était connu dans presque tous les villages de l'Asmat. Constatant avec satisfaction que je me rappelais les noms, Seraipitsj se frappa la cuisse et hocha la tête. C'était un excellent conteur. Tout le monde connaissait l'histoire mais les plus jeunes ne l'avaient pas encore entendue.

Avant que Seraipitsj ne commence, on alluma les pipes et cigarettes. La bonne humeur régnait. L'évêque et le curé étaient désormais au courant de leur fuite dans la jungle pour éviter d'être enrôlés, de l'assassinat des quatre Indonésiens sur le fleuve Owap et personne n'était en colère contre eux. Même ceux qui ne comprenaient pas l'indonésien avaient écouté avec plaisir l'homélie de l'évêque. Le sermon avait été amplement commenté tout au long de la journée et tout le monde connaissait maintenant l'histoire du petit fagot.

— *Tare atakam*, commença Seraipitsj, fidèle aux conventions des vieux contes asmat dont l'évêque s'était inspiré pour introduire l'histoire des Trois Petits Cochons. Autrefois, vivaient deux hommes qui s'appelaient tous les deux Djanep. L'un habitait dans la forêt, l'autre dans le fleuve. Le premier, celui qui vivait dans la forêt, épousa sa sœur. Lorsqu'elle fut sa femme et qu'ils firent l'amour, son vagin se mit à saigner. Surpris et furieux, Tordjanep recueillit le sang dans des feuilles et les emporta dans sa pirogue. Avec sa femme, ils pagayèrent jusqu'au Siretsj et à l'embouchure de la petite rivière Sor. Alors, Tordjanep posa sa pagaie en travers de la pirogue, jeta les feuilles dans le fleuve et plongea dans un grand tourbillon.

"Au fond de l'eau, Tordjanep rencontra Amandjanep, le Djanep des profondeurs. Amandjanep habitait une immense hutte cérémonielle avec beaucoup de feux. Amandjanep n'avait pas d'yeux. Tordjanep, lui, n'avait pas d'anus. Lorsque Tordjanep plongea, Amandjanep était en train de ramasser des vers de sagoutier dans la forêt. Une fois la cueillette terminée, Amandjanep rentra chez lui. Il ne pouvait pas savoir que Tordjanep était là car il n'avait pas d'yeux, il était aveugle. Amandjanep alluma tous les feux et commença à griller les larves de sagoutier. Voyant cela, Tordjanep, qui avait faim, mangea toutes les larves. Tous les jours, Tordjanep mangeait les larves qu'Amandjanep faisait griller. Lorsqu'il n'en resta plus, Amandjanep retourna dans la forêt. Alors, Tordjanep se dit qu'il ne pouvait plus continuer à se cacher d'Amandjanep et manger sa nourriture. Il décida de l'embrasser.

"A son retour, Amandjanep commença à placer les larves sur les feux. Une fois terminé, Tordjanep lui donna une tape. Surpris, Amandjanep se dit : Ce doit être un homme. Tordjanep voulut l'embrasser mais Amandjanep fit un bond en arrière en hurlant de terreur.

— Qui es-tu ? demanda-t-il.

— C'est à toi de me répondre car je suis le visiteur et la coutume veut que tu parles en premier, répliqua Tordjanep.

— Amandjanep, je m'appelle Amandjanep.

— Moi aussi je m'appelle Djanep, Tordjanep.

Et ils devinrent amis car ils portaient le même nom. Comment se fait-il que tu n'aies pas d'yeux ? demanda Tordjanep en constatant qu'Amandjanep était aveugle. Et il était bien triste pour lui.

“Mais Amandjanep s'était aperçu en explorant le corps de Tordjanep qu'il n'avait pas d'anus. Attristés mutuellement par leur sort, ils tentèrent de se venir en aide. Amandjanep demanda à Tordjanep de lui fendre les yeux. Tordjanep utilisa le tranchant d'un coquillage et Amandjanep eut l'usage des yeux. Ouah ! Maintenant je peux voir mon ami, s'écria-t-il.

“Tordjanep demanda alors à son ami de lui ouvrir les fesses pour qu'il puisse chier. Amandjanep utilisa le même tranchant de coquillage. Tordjanep était couché sur le ventre, le cul en l'air. Dès qu'Amandjanep eut terminé, la merde vola dans les airs. Tordjanep était très content.

“Les deux Djanep devinrent bons amis. L'un pouvait voir et l'autre chier. Un jour, Amandjanep se rendit compte qu'il n'avait pas de trou au bout de son pénis. Tordjanep l'incisa avec le coquillage et la pisse jaillit d'un coup en éclaboussant Amandjanep de la tête aux pieds.”

Seraipitsj eut à peine le temps de terminer son histoire que tout le monde se roulait par terre en se tenant les côtes.

Mettant à profit mes notes et mes comptes rendus, les informations qu'il avait lui-même recueillies dans certains villages et celles fournies par les pères, l'évêque envoya au responsable de l'administration centrale de Merauke un rapport circonstancié sur l'exploitation des populations indigènes. Il fut invité à en débattre avec les autorités qui multiplièrent alors les initiatives. On crut bien que la situation allait évoluer, mais la vie reprit rapidement son cours.

En 1983, l'évêque invita un journaliste du *Kompas*, un quotidien catholique publié à Jakarta, à venir juger de la situation sur place. Après un échange de vues, le reporter fut libre de voyager en Asmat afin de se forger sa propre opinion. Trois semaines plus tard, il rentrait à Jakarta. Dans une série d'articles, il dénonçait avec force détails l'attitude du gouvernement et des marchands, qualifiée de malhonnête, immorale et inhumaine. Ces révélations firent l'effet d'une bombe dans les milieux politiques. Effrayés, les Croisiers d'Asmat avertirent l'évêque qu'il était allé trop loin et qu'ils ne pouvaient pas le soutenir. Ils finiraient par être expulsés, disaient-ils, et l'évêque serait fusillé tout comme le père Smit qui, en 1965, avait critiqué le système éducatif. L'évêque tint bon. *Kompas* étant lu par beaucoup d'étrangers, l'Indonésie risquait de perdre la face. Les autorités menacèrent le rédacteur en chef du journal d'en interdire la publication s'il ne cessait d'imprimer des articles jugés diffamatoires pour chanter les louanges du gouvernement.

Des fonctionnaires de Jakarta rendirent visite à l'évêque et aux représentants officiels du gouvernement à Agats. Ils instaurèrent rapidement une politique de réforme, renvoyèrent le chef militaire et le camat en poste dans la région la plus touchée par l'abattage. Les exploitants reçurent pour consigne de payer les ouvriers à la livraison, on s'entendit sur le prix du mètre cube, un docteur fut nommé d'office afin d'intervenir en cas d'accident ou de maladie pendant la période de travail, et on promit de ne pas enrôler les gens de force ni de faire usage de violence.

Il est difficile de dire combien de temps ces mesures restèrent en vigueur, deux mois, peut-être trois. Alors que je me préparais à rentrer à New York après en avoir terminé avec le fichier, l'évêque me demanda de l'aider à sensibiliser les Asmat au problème de l'exploitation dont ils faisaient l'objet en transcrivant ses idées sous forme d'une série de sketches de quatre dessins chacun, qui furent exposés à la mission afin de susciter le commentaire des intéressés. Si nous avions mieux pensé notre projet, nous aurions pu prévoir qu'ils ne sauraient s'il fallait les lire de gauche à droite, de droite à gauche ou depuis le centre. Mais surtout, ils ne comprirent pas les problèmes fondamentaux que nous pensions avoir abordés avec la plus grande clarté. Dans le sketch traitant de l'abattage, le premier dessin représentait un jeune homme en train de couper un arbre sur un fond de forêt luxuriante. Un vieil homme qui assistait à la scène lui demandait : Est-ce que tu coupes cet arbre pour faire une pirogue ? Non, répondait le jeune homme, je vais vendre ce bois. Dans le dessin suivant, on retrouvait les mêmes personnages mais la forêt ne comptait plus que quelques arbres : Pourquoi fais-tu cela ? demandait le vieillard. Réponse du jeune homme : Pour pouvoir acheter des vêtements et du tabac. Dans les troisième et quatrième dessins, on ne voyait plus un seul arbre. Si tu coupes tous les arbres, demandait le vieillard, comment feras-tu pour construire une pirogue ? Et si tu n'as pas de pirogue, comment feras-tu pour aller chercher le sagou ou pêcher le poisson ?

Nos explications laissèrent les Asmat indifférents. Il y avait toujours eu des arbres, il en serait donc toujours ainsi, quoi qu'il arrive.

L'évêque tenta plus tard d'organiser une conférence avec les autorités de Merauke et d'Agats ayant pour thème les rapports entre les Asmat et l'administration, hier, aujourd'hui et demain. La date en fut repoussée à sept reprises jusqu'à ce qu'en 1985 l'évêque abandonne son initiative.

17

Le lendemain matin, le *mappi* fut chargé dès la première lueur car nous nous apprêtions à passer quatre jours à Kapi et As Atat dont les habitants eux aussi avaient fui. Après avoir noté le détail de leur exil sur les fleuves Topap et Tamai, nous poussâmes jusqu'à Iroko et Djakapis, deux villages que je tenais absolument à visiter bien qu'ils ne dépendent pas de la paroisse de John. Pourtant peu excentrés, ils étaient restés isolés et leurs habitants n'avaient eu que de rares contacts avec le monde extérieur. Avec John, et peut-être l'évêque, nous sommes à ma connaissance les premiers à les avoir approchés.

Le visage de la forêt se modifiait de jour en jour. Bien que de manière imperceptible, les nipa finirent par disparaître et nous fûmes frappés de voir les formations de pandanus à racines aériennes se raréfier à mesure que les eaux saumâtres s'éclaircissaient. Les berges marécageuses firent soudain place à des plages de sable bordées de forêts de sagoutiers, dont beaucoup en pleine fleur, preuve qu'il y avait plus de sagou que les indigènes ne pouvaient en manger, car au moment de la floraison, la cervelle n'étant plus consommable, seule l'inflorescence reste comestible.

Nous vîmes des jaquiers sauvages par centaines, des bosquets de bambou dont c'était la première saison, des formations serrées de banians dont les racines aériennes se mêlaient à un écheveau de lianes grises, des arbres à pirogue et des ferréols qui dominaient le reste de la végétation, des aréquiers filiformes aux cimes cambrées qui perçaient le sous-bois, et des rotangs qui se déployaient sous toutes les formes au milieu des ramures et des buissons. Des jardins irréguliers de taro et de bananiers, abandonnés par leurs propriétaires jusqu'à la prochaine récolte, occupaient de sommaires clairières. Des graminées qui ployaient sous le poids de leurs plumets duveteux, ornaient les coudes du fleuve. On ne comptait plus les fougères, les gingembres et les *schefflera* dont la vue me fendait le cœur lorsque je pensais aux versions lilliputiennes dans mon appartement new-yorkais.

Voyager à bord du *mappi* était un luxe et une détente, et cela en dépit des vibrations et des vrombissements du moteur qui rendaient toute conversation impossible. Nous faisions de la lecture, consultions la carte pour évaluer le chemin parcouru, prenions des notes, observions les paysages qui défilaient, avalions de la bière chaude, des conserves et du riz. Soleil et pluie alternaient mais il pleuvait parfois avec une telle force que nous devions rabattre les pans de toile du *mappi* pour nous protéger du froid et de l'humidité.

Au moment de quitter le Djirep, un ibis survola le Momatsj dans lequel nous nous engagions. Une aigrette blanche prit son essor et remonta le cours du fleuve pour se poser plus loin. Elle s'envola à nouveau à notre passage, se posa en amont, puis en désespoir de cause finit par rejoindre la cime d'un arbre. A proximité du littoral, nous avions croisé de petits oiseaux nageurs, des spatules, quelques pélicans et aussi des essaims de cacatoès blancs qui s'épanouissaient comme des bouquets de pétales blancs alors qu'ici, en amont, c'étaient des couples de cacatoès noirs qui caquetaient en hérissant leur huppe rouge dans un mouvement de colère avant de se retrancher dans l'ombre.

Au détour d'un méandre, nous aperçumes au loin la chaîne des Djajawidjaja qui se profilait au-dessus de la végétation. Une colonie de roussettes, suspendues dans les arbres où elles nichaient, déployèrent leurs ailes avant de changer de perchoirs. Des volées de colibris jaunes, de perroquets rouge et bleu, de colombes blanches à la queue et aux ailes noires jaillissaient des feuillages dans un bruissement d'ailes, se dispersaient, se rassemblaient et pulsaient comme des paramécies avant de se poser à nouveau. L'un après l'autre, des calaos fendaient l'air de leurs ailes puissantes et grimpaient dans le ciel. Le bruit sourd de leur envolée accréditait les récits des premiers explorateurs portugais qui avaient cru reconnaître la course de rhinocéros dans la forêt.

Les montagnes disparurent puis se dressèrent à nouveau au détour du fleuve. J'observais attentivement chaque méandre. Dans les eaux calmes de la rive convexe croissaient des variétés naines de pandanus, de longs bouquets de roseaux et les arbres à lucioles, une variété de buissonnants à petites feuilles. Sur la berge opposée, les lianes épineuses des rotangs s'entortillaient autour des bois et des fourrés tandis que les aréquiers se profilaient contre le ciel bas.

Je reconnus droit devant l'éminence derrière laquelle, contrairement à la tradition, les gens d'Iroko avaient bâti leur village. Le père Trenkenschuh m'avait un jour fait remarquer que les Asmat s'établissaient toujours dans une courbe afin de surveiller les deux parties du fleuve en cas d'attaque. Les gens d'Iroko, forts de n'avoir jamais essuyé d'assaut au sud, ne voyaient pas l'utilité d'en commander la perspective. Le danger pouvait éventuellement venir du nord, du village de Djakapis, et de ce côté, la vue était dégagée.

Six mois plus tôt, lors d'une patrouille de routine dans ce secteur et à notre grand désespoir, nous n'avions trouvé avec John que quelques tas de ruines dans un village désert. Amère avait été notre déception. Le barreur avait déjà fait demi-tour lorsque nous vîmes des gerbes d'écume scintiller en amont. Une pirogue venait droit sur nous avec trois hommes à son bord qui pagayaient debout en brassant l'eau pour attirer notre attention. Ils chantaient, scandant la mesure en faisant claquer leur pagaie contre les flancs de l'embarcation, saluaient de la main, psalmodiant toujours la même note : O-o-o-o-o-o-o, ou reprenant en chœur dans un râle : Uh ! Uh ! Uh !

Ils se rapprochèrent du *mappi* et une fois à bord, nous étreignirent en sautant de joie. Isap ! *Isap ! Isap ! Isap !* hurlèrent-ils en détalant sur le pont, l'œil hagard. Puis ils s'immobilisèrent, saisis de tremblements. Ils semblaient possédés par le démon. *Isap ! Isap !* crièrent-ils à nouveau, le visage contracté, la lèvre tremblante, le corps agité de soubresauts, les muscles tétanisés. Ils se mirent à écumer, le menton dégoulinant de bave, le front et la poitrine baignés de sueur. Troublé par les émanations de ces corps exaltés, je dégageai moi aussi des odeurs virulentes. Les jambes flageolantes, ils claquaient des dents comme pris de panique ou à l'article de la mort.

Isap ! Isap ! hurlèrent-ils à nos oreilles jusqu'à ce que nous comprenions qu'ils réclamaient du tabac. Ils avaient été pris de convulsions en reconnaissant le bruit du *mappi* qu'ils avaient entendu trois ans plus tôt lors de notre première visite. Le ronflement du moteur, tel le son de cloche qui faisait saliver les chiens de Pavlov, avait déclenché leur hystérie. Pendant trois ans, ils s'étaient passés de tabac mais il avait suffi qu'ils voient et entendent le *mappi* pour tomber en état de manque. Ils étaient sortis de leur cachette lorsqu'ils nous avaient reconnus. Ils se sentaient en confiance et savaient que nous avions du tabac.

Leurs doigts fébriles ne leur étant que d'un piètre secours, le barreur roula une cigarette dans une feuille de nipa que Djit, leur chef, saisit d'une main malhabile. Il en tira plusieurs bouffées et la tendit à son voisin. Au bout de quelques cigarettes seulement les hommes commencèrent à se calmer.

Djit bafouilla d'abord de façon incompréhensible. Lorsqu'il parvint à se faire comprendre, il se mit à répéter plusieurs fois les mêmes phrases.

— Nous avons entendu le moteur ! Oui, nous avons entendu le moteur, Bapak Tombias ! Nous avons entendu le moteur ! Nous savions que c'étaient le père John et Bapak Tombias. Nous avons entendu le moteur.

Ils s'étaient manifestés en voyant que nous n'étions pas des agents de l'administration et que nous ne leur voulions aucun mal.

— Maintenant on se cache quand on entend un moteur parce qu'on a peur des Makassar.

Djit tétait à petites gorgées et retenait la fumée aussi longtemps que possible. Les deux autres nous observaient et fumaient en silence.

— Les Makassar sont arrivés et nous ont demandé de couper du bois et de leur construire une maison. On a dit que non : on ne veut pas couper de bois et on ne veut pas de vous ici. Ils ont dit qu'ils battraient nos enfants. Nous nous sommes bagarrés et ils ont tiré. Alors on les a jetés dans le fleuve et on s'est enfuis dans la forêt. Venez ! On va vous montrer !

. Les hommes attachèrent leur pirogue à l'arrière du mappi et s'installèrent à l'avant. Djit, bras tendu, nous indiqua le chemin. A quelques encablures, nous aperçûmes sur la rive droite cinq pirogues amarrées devant une trouée ombragée où des hommes et des femmes bondissaient en poussant des cris de joie. Ils se ruèrent à bord du mappi et commencèrent à poser les mains partout au point que John dut sévir : Allez, ouste ! Tout le monde descend ! hurla-t-il.

— Est-ce encore loin ?

— Non, on arrive.

Nous avions quitté le mappi, pieds nus, avec pour seuls effets une paire de short et un appareil-photo. Le sentier traversait des bosquets de sagoutiers couverts de longues épines. Il n'y avait pas une liane, un tronc ou une branche auxquels se retenir, rien qui ne soit dangereusement hérissé de piquants, de pointes et d'épines. John se servait d'un bâton pour garder l'équilibre sur l'alignement étroit de bûches qui pavaient le sentier. Je m'agrippais à l'épaule de l'homme qui me précédait.

N'écoutant que mon imagination et les visions qu'elle nourrissait, je sentis naître en moi un espoir insensé. Mes prémonitions cédèrent cependant le pas au désir pressant que j'avais d'arriver. Que les hommes se soient manifestés à la vue du *mappi* n'était pas pour me surprendre : ils nous connaissaient et leur soif de tabac était une raison suffisante pour tenter d'entrer en contact. Qu'ils aient pris le risque de nous entraîner vers leur cachette paraissait plus étonnant et constituait une marque de confiance.

Rien sur le chemin ne m'avait laissé deviner ce que j'allais découvrir, rien qui fût vraiment impressionnant, sensationnel ou spectaculaire, sinon l'intuition qui était la mienne et le sentiment d'avoir déjà sombré au cœur du monde asmat.

Vingt minutes plus tard, nous débouchions dans une immense clairière encombrée d'une masse confuse de troncs à l'exception de l'alignement de bûches qui traversait l'ancien bosquet de sagoutiers métamorphosé en essarts. On avait coupé plusieurs centaines d'arbres afin de dégager un site suffisamment vaste pour accueillir le nouveau village. Çà et là, quelques petites huttes aléatoires se dressaient comme des bivouacs au-dessus des chablis. Par la suite, j'en dénombrai trente-cinq. Au sud de cette imposante clairière, telle une longue muraille basse, la maison des hommes ondulait au-dessus de tas de bois putréfié. Montée sur pilotis, elle faisait plus de trente mètres de long.

Je frissonnai au contact de la pénombre. Il n'y avait qu'un peu d'ombre et de lumière mais mon cœur et ma tête battaient à tout rompre. Une fois franchie l'ouverture exiguë, nous nous étions engagés dans une galerie sans fin, étroite de quelques mètres et faiblement éclairée bien que la lumière se définisse distinctement entre le noir et le blanc. Je me sentis agressé, repoussé puis aspiré par l'air épais. L'atmosphère était chargée d'un profond mystère. J'avais l'impression de pénétrer en moi-même et d'y raviver les souvenirs d'un passé qui n'était pas le mien. Les murs semblaient s'arc-bouter sous la pente abrupte du toit. Celui de droite était percé d'ouvertures entre lesquelles se trouvaient des foyers, des nattes et des rameaux de palmes qui se perdaient dans l'obscurité du plafond. Cette maison ne possédait rien d'extraordinaire et qui méritât qu'on s'y attarde mais elle ne ressemblait à aucune autre et me renvoyait à une époque de l'histoire asmat que je n'avais pas vécue, l'époque des chasses aux têtes et des festins de chair humaine.

Je me retrouvai brutalement plongé au cœur des mythes asmat. Là, sous mes yeux, mes amis préparaient les têtes en vue des rites d'initiation, ils démembraient et dépeçaient les corps de leurs victimes avant de les consommer, donnant libre cours à leur sauvagerie et à la soif sanguinaire dont ils étaient capables pour satisfaire les instances vengeresses des ancêtres. Je restai figé sur le seuil et détournai la tête. Le souffle coupé, incapable de me ressaisir, je dus attendre un moment avant de pouvoir faire un pas de plus. John était déjà au centre de la pièce. Je n'arrivais pas à recouvrer mes esprits ou concentrer mon regard. Une force inconnue m'empêchait de continuer et de tout voir. Je n'avais encore jamais vu d'*omu*, mais je les savais là, au milieu des piliers et des foyers décorés. Je ne savais pas à quoi ils ressemblaient, je ne les avais pas encore aperçus, mais je sentais leur présence car ils étaient déjà enfouis en quelque sorte dans ma mémoire. J'appuyai quatre ou cinq fois sur le déclencheur, mais je compris qu'il était vain de vouloir fixer le spectacle des yeux ou des sentiments.

Une fois de plus, je m'acharnais à dissocier en moi l'homme de science, qui traduit froidement son expérience en images ou sur le papier, de l'être sensible, qui commençait à comprendre la vie et la personnalité des hommes qui l'entouraient.

— Tiens, prends les photos à ma place. Je n'arrête pas de trembler, dis-je en tendant l'appareil à John.

Lentement, je me forçai à avancer, pas à pas, en me préparant au choc d'une nouvelle découverte. Quelle que fût la part de mes fantasmes, John saurait rétablir la vérité car il abordait la réalité avec d'autres yeux. A proximité des entrées principales, je découvris les piliers, les *tempe*, gravés chacun d'une tête surmontée d'un dard saillant, le pénis ou *far*, comme on l'appelait ici, décoré de motifs ajourés. Ailleurs, *far* voulait dire papillon. Au centre se trouvait le grand foyer délimité par une tresse en sparterie. Au-dessus, arrimés horizontalement à la poutre centrale, étaient suspendus deux longs *omu*, dont les têtes se touchaient. Bien que je ne les aie rencontrés que dans mes lectures et qu'aucun étranger n'ait pu les voir dans leur contexte naturel, je sus que c'étaient des *omu*.

— *Omu*, murmurèrent-ils.

Il faisait sombre. Je voulus prendre un cliché mais l'objectif tremblait entre mes doigts.

Une douleur lancinante montait des replis les plus profonds et les plus secrets de mes entrailles. Je connaissais cette souffrance. Ce n'était pas la première fois que je caressais le fol espoir de pénétrer au cœur de la vie asmat. Je ne pouvais plus la faire taire. Je craignais de perdre à tout jamais la magie du moment et l'atmosphère mystérieuse qui m'envoûtait. J'avais peur que John n'éclate de rire en me voyant. Mais il ne cessait de répéter, du moins c'est ce que je crus entendre : Incroyable ! En vingt ans c'est la première fois que je vois ça ! Et il arpentait la pièce comme un fou, examinant les objets avec attention. Viens par ici ! s'exclamait-il en prenant des photos.

Je ne sais toujours pas à l'heure où j'écris ce qu'un *omu* représente.

— Est-ce un être humain ? demandai-je.

— Non, répondirent-ils.

— Est-ce un ancêtre ?

— Non.

— Est-ce un esprit ?

— Non.

— Est-ce un animal ? Un poisson ? Un oiseau ?

— Non.

— Alors, qu'est-ce que c'est ?

— *Omu*.

Tournés dans un bois léger, les omu se présentaient sous la forme d'un cylindre d'environ trois mètres cinquante de long, en partie évidé et troué au centre de deux séries de fentes perpendiculaires les unes aux autres dans lesquelles on avait piqué des palmes de sagoutier. Aplati aux deux extrémités, l'une que l'on appelait le ventre, l'autre la tête, l'ensemble était gravé de motifs qui d'après les hommes représentaient des langues et des papillons.

Personne ne savait quand aurait lieu la grande fête des *omu*. Elle viendrait en son temps, lorsque les chefs guerriers jugeraient le moment opportun, que les ancêtres se manifesteraient parmi les hommes, que le serpent, le crocodile ou le cacatoès diraient : Il est temps de commencer. Mais commencer quoi ? Cela restait une énigme.

Quelques jours plus tard, je recueillis le récit d'Anton Mborok, habitant d'Erma, en aval du fleuve Momatsj.

— Oui, j'ai assisté un jour à une fête des *omu* à Pupis. C'était il y a longtemps. J'étais encore jeune à l'époque. Pupis se trouvait alors sur le

Djinim. Le *dze*, la maison des hommes, était longue, très longue. Nous étions en pleine forêt. Devant le *dze*, il y avait un immense trou rempli de *mbi*, d'eau. Les hommes ont attrapé un gros serpent appelé bini qu'ils ont éventré. Après avoir lavé les tripes, ils les ont enveloppées dans une natte de pandanus qu'ils ont posée sous le toit du *dze*. Puis, ils ont mangé les restes. D'un côté du *dze*, il y avait plusieurs *omu*, peut-être quatre, posés sur le plancher. De l'autre, les hommes faisaient la fête. Ils chantaient, dansaient, jouaient du tambour. Le lendemain, tout le monde est parti dans la forêt pour récolter des larves de sagoutier. Au retour, les femmes se sont décorées et se sont mises à danser. Elles sont entrées dans le *dze* pour apporter les larves aux sculpteurs d'*omu* qui les ont jetées par terre sur une natte. Une fois entassées, les sculpteurs les ont partagées entre eux et leur famille. On a accroché les *omu* à la poutre du *dze* et les hommes ont dansé toute la nuit. Puis on a enlevé une partie du toit. Une fille est arrivée par un bout et a escaladé la poutre centrale. Un jeune homme est entré du côté opposé et est monté lui aussi sur la poutre. Ils ont marché jusqu'au centre, là où se trouvaient les *omu* et le garçon a commencé à lui fouiller l'anus avec son doigt. Puis tous les hommes ont sauté en l'air pour lui mettre le doigt dans le derrière. Le jeune homme a mis un doigt dans son vagin et le sang a jailli. Alors les hommes ont cessé de danser. Le garçon et la fille étaient mariés. Le mari est sorti pour se laver dans la mare. Les hommes, les femmes et les enfants se sont lavés eux aussi. La fête avait lieu dans la forêt, loin du village, mais ils sont rentrés chez eux pour manger. Ils ont mangé des larves, du sagou, du sanglier et des pousses de bambou.

A Momugu, un peu plus haut sur le fleuve Momatsj, voici ce que me rapporta Paiir, le chef albinos :

— On sculpte les *omu*, on les peint, puis on les transporte à l'intérieur du *dze* en chantant et jouant du tambour. On ne les montre jamais aux femmes et aux enfants. On les attache à la poutre principale que les hommes escaladent. Une fois sur la poutre, ils se mettent à danser et à s'amuser. Ils fourrent leur doigt dans le derrière des autres en prenant leur propre pénis à pleines mains.

Les hommes qui nous entouraient agitèrent leur doigt en riant et se frappèrent les cuisses. Puis ils se levèrent et s'empoignèrent par les parties en cambrant les reins pour simuler l'acte sexuel. Soudain, les rires et les gesticulations cessèrent. Le silence se fit et quelqu'un murmura :

— Guru Mateus ! Guru !

Mateus, le catéchiste, rentrait de son jardin, en amont, les bras chargés de taro. Les hommes ne voulurent pas en dire plus. L'influence morbide de Guru Mateus les avait gagnés.

A Iroko, il fut impossible en présence de John d'obtenir la moindre information. De même, six mois plus tard, bien après la fête et bien que l'évêque qui était du voyage s'exprimât dans un dialecte que les hommes connaissaient, nous ne pûmes démêler le sens de leurs réponses. Je me contentai de troquer des haches en acier, contre des *omu*, des herminettes de pierre et des tambours.

Au moment de quitter Iroko, les eaux du Momatsj étaient trop basses pour envisager de pousser en amont avec le *mappi*. Il me fallut emprunter le canot à moteur pour me rendre à Djakapis, accompagné de l'évêque. Nous avions emporté les objets de troc habituels, des haches, des parangs et des lames de rasoir. Lors de mon précédent passage, j'avais remarqué de vieux boucliers usés, magnifiquement ouvragés. J'avais promis de revenir les chercher.

Les hommes nous attendaient car ils savaient que nous avions passé la nuit à Iroko. Ceux qui étaient partis en forêt pour extraire le sagou ou chasser le sanglier étaient rentrés au village quand ils avaient appris que nous nous trouvions dans les parages et en entendant le canot, ils s'étaient postés le long de la berge. Lorsqu'ils nous aperçurent, ils se jetèrent dans le fleuve, se ruant vers nous en gesticulant et faisant gicler l'eau. Ils halèrent le canot jusqu'à la berge marécageuse. Enfiévrés par leurs cris de joie et les chants, nous nous mîmes nous aussi à crier et sautiller. Nous n'avions pas posé le pied à terre que déjà on brandissait des boucliers, trente-six au total. Encerclés, bousculés, assaillis, nous étions aveuglés par la mêlée des corps. Nous dûmes les repousser et leur demander de les aligner contre les huttes afin de les examiner. Cette longue rangée de boucliers de guerre offrait un spectacle grandiose. Chacun était surmonté d'une tête de raie presque circulaire et le plat orné de motifs blancs, noirs ou rouges, qui représentaient des roussettes, des queues de couscou et bien d'autres symboles prisés par les grands chasseurs de têtes.

Le troc s'organisa d'abord de manière rationnelle. L'évêque procédait à l'échange pendant que j'étiquetais chaque bouclier en inscrivant le nom du sculpteur et/ou du propriétaire. Mais cela tourna très vite à la débandade dès lors que chacun devint impatient d'obtenir son dû. Les boucliers pleuvaient rageusement de toutes parts dans la confusion la plus totale. Je n'avais plus le temps de les observer en détail, ce qui n'était pas dans mes habitudes, et il nous fallut accepter tout ce que l'on nous fourrait dans les mains.

Nous eûmes tôt fait de nous apercevoir qu'il y avait moins de haches et de parangs que de boucliers. Les hommes eux aussi commençaient à s'inquiéter et ils nous bousculèrent en brandissant leur bouclier sous notre nez. Finalement, il ne resta plus la moindre hache ou le moindre parang et un grand cri de désespoir s'éleva dans les rangs des malchanceux.

L'un d'entre eux, se détachant du groupe, détala d'un bout à l'autre du village en hurlant de colère et d'indignation. Ulcéré, il se mit à courir en cercle comme un fou furieux et se précipita à l'intérieur d'une hutte dont il ressortit, écumant de rage, armé d'un vieux parang. S'emparant de son bouclier, il le brandit au-dessus de sa tête en le maudissant. Il poussa des rugissements et se mit à fulminer avec une violence inouïe.

— Tu ne vaux même pas une hache, crus-je entendre. Tu ne vaux même pas un parang.

Il leva sa vieille herminette et fracassa hargneusement son bouclier. Lorsqu'il fut réduit en miettes, il s'arrêta pour contempler les débris. Je m'approchai de lui, passai mon bras autour de son cou et l'entraînai vers le canot. Je lui offris du tabac, du fil de pêche et des hameçons. Au moment de partir, il avait retrouvé ses esprits et sa bonne humeur.

18

Il serait faux de croire que je faisais des rêves apocryphes mettant en scène des événements qui n'avaient jamais eu lieu ou n'auraient jamais pu se produire. Nourri des écrits du père Zegwaard et des souvenirs d'un passé lointain que les hommes m'avaient confiés, je remontais simplement le cours du temps. J'ai déjà dit que je me sentais souvent coupé en deux, une part de moi-même comme à cet instant, allongé sur le toit brûlant du mappi, scrutant le ciel, le fleuve et la forêt comme s'ils étaient un écran sur lequel mon esprit projetait le film imaginaire de guerres et d'amours asmat. L'autre, dans la cabine du *mappi*, qui prenait des notes, mangeait, dormait, bavardait avec l'évêque ou les autres passagers. Assis au soleil, solitaire, bercé par le râle mécanique et régulier du moteur, j'allais où m'entraînaient mes pensées. L'épisode d'Iroko m'avait fait prendre brutalement conscience de ma seconde nature, cette part de moi-même qui vivait en quelque sorte en marge de la réalité. Je faisais bonne figure et réussissais à donner le change, même en présence de l'évêque ; mais au fond de moi, quelqu'un d'autre revivait les heures de gloire du monde asmat, les récits de Zegwaard, la violence, les tueries, les décapitations et les têtes sanguinolentes que l'on portait dans la maison des hommes, la sauvagerie des cris d'allégresse, la célébration bestiale et triomphale des hommes et des femmes qui accomplissaient la volonté des ancêtres.

La première image que je projetai sur le mur de la forêt ne comportait cependant aucune violence. Ce fut celle de mon ami Simni, visage parcheminé, cheveux grisonnants, l'air triste, qui entrait pour la première fois au musée. Il toussota doucement afin d'attirer mon attention. Lorsque je lui fis signe d'approcher, il jeta autour de lui des regards inquiets, hésitant à franchir le seuil. Je dus me lever et aller le chercher à la porte. Alors seulement il me sourit, ouvrant une bouche édentée, qui évoqua en moi l'image fugitive des mendiants dans les œuvres de Rembrandt. C'était le plus vieux chef de Sjuru. Avec sa casquette sale et déchirée, son short en guenilles, il ressemblait à un pauvre clochard, un tas de chair en décomposition. L'échine courbée, il avançait d'un pas traînant sur le parquet de ferréol ciré, surface à laquelle la plante de ses pieds n'était pas accoutumée. Privé de la force dont il avait dû faire montre dans sa jeunesse, il restait malgré tout saisissant de dignité.

— Du tabac ? me chuchota-t-il à l'oreille.

Il ne put retenir un cri d'étonnement : *Aduh !*

— Wé-é-é-é-é-é-é, s'exclama-t-il encore, impressionné par la taille des salles et leur contenu. Il s'immobilisa après quelques pas afin d'embrasser les collections du regard, puis se dirigea droit sur les *Syrinx aruanus*, des coquillages en forme de tritons.

— Uh ! fit-il, la voix brisée par l'émotion, et je sentis de vieux souvenirs affluer en lui. Il tendit la main et la posa sur le plus gros des coquillages. Jadis il en aurait orné son nombril pour faire valoir son statut de chasseur de têtes. Il l'effleura d'une main hésitante, le caressa, puis le plaqua contre son abdomen à l'endroit qu'il aurait occupé, retenu par un fil autour de la taille. *Aduh !* Il le posa contre sa joue, puis dans son cou. Aaaaa-aaaaa-aaaaah ! fit-il en le berçant au creux de son bras. Ooooo-oooooooo-ooooooo, chuchota-t-il doucement en le couvrant de caresses.

Nous fîmes le tour de la pièce, parlant à voix basse, au point que je ne compris rien de ce qu'il disait. Il passa la main sur les sagaies, les boucliers, des objets de jeunesse qui appartenaient désormais à un monde révolu. Assis par terre, il vida le contenu de la bourse qui pendait sur sa poitrine. Il prit la petite pipe que le frère Mark lui avait offerte et une pincée du tabac que j'avais posé devant lui. Il bourra le fourneau et craqua une allumette. Il tira quelques bouffées avec un plaisir manifeste et me regarda droit dans les yeux, se contentant de chuchoter mon nom, Tombias, d'une voix chevrotante qui trahissait son grand âge, son infirmité, et l'émotion qui l'étreignait à la simple évocation du passé. Tombias ! Une larme coula sur chacune de ses joues. Il répéta mon nom une troisième fois et se tut. Je pensai alors que le musée avait atteint son but. Il ramassa le coquillage et le couva des yeux. Il toussa deux fois en repassant la porte.

Tant qu'il en eut la force, Simni me rendit visite une fois par semaine dès lors que je me trouvais à Agats. Il venait me demander du tabac et en échange, répondait à mes questions. Lorsqu'il tardait à se manifester, je me rendais à Sjuru avec la crainte de le trouver malade. A plus de soixante ans, un bel âge pour un Asmat, il était le doyen du village. Nous parlions souvent de guerres, de chasses aux têtes et de cannibalisme, mais en relisant mes notes je m'aperçois aujourd'hui que la barrière linguistique et mon manque d'expérience ne me permirent de consigner qu'une réalité confuse ou incomplète. *Les pratiques de la chasse aux têtes en Nouvelle-Guinée hollandaise* de Zegwaard restait mon ouvrage de référence, mais j'avais besoin de recueillir des témoignages authentiques.

Des hommes plus jeunes que Simni me racontèrent aussi les raids et les chasses aux têtes, mais c'est lui seul qui surgissait dans mes évocations mythiques et martiales. Zegwaard avait utilisé les récits de Warsekomen, sculpteur et grand guerrier du village de Sjuru, mais à tous ses héros, réels ou fictifs, et quels qu'en soient le nom ou la description, je substituais la figure de Simni. Le style de Zegwaard était si vivant qu'il n'était pas très difficile de redonner vie à ses personnages.

Zegwaard était arrivé en Asmat en 1953, à une époque où les conflits faisaient encore rage. Warsekomen rapporta la légende des deux frères, Desoipitsj, l'homme blessé, qui ne sortait jamais de chez lui à cause de son infirmité, et Biwiripitsj, l'homme-perroquet de toutes les couleurs, son frère cadet, qui s'occupait de chasse et de cueillette. Un jour, ce dernier rapporta un cochon dont il coupa la tête avant de le clouer au sol avec une dague en os de casoar. A quoi bon ? lui dit Desoipitsj, railleur. Pourquoi n'utilises-tu pas une tête humaine ? Qu'est-ce que tu racontes ? lui répondit son frère. Où vais-je trouver ce que tu dis ? Pourquoi n'utilises-tu pas la mienne ? lui proposa Desoipitsj. Après une longue discussion, Biwiripitsj accepta de tuer son frère d'un coup de sagaie. Il l'égorgea avec un couteau en bambou et après quelques contorsions, lui rompit les vertèbres cervicales afin de faciliter la décollation. Posée à côté du corps, la tête continua à parler et conseilla Biwiripitsj sur la manière dont il convenait de dépecer le cadavre.

Armé de son couteau en bambou, Biwiripitsj trancha l'un des flancs de l'anus à l'aisselle, puis obliqua vers la clavicule et la nuque. Il fit de même du côté opposé en commençant cette fois par le haut. Pour briser les côtes, Desoipitsj lui conseilla d'utiliser une branche de palmier ou une hache de pierre. Une fois la cage fracassée, il plongea ses mains dans la cavité pour en extraire les viscères. La dépouille fut démembrée, vidée de ses entrailles et les morceaux placés sur le feu à l'exception des cuisses et de tout le bas du corps que Biwiripitsj dut pétrir sous forme de longs fuseaux et rouler dans le sagou avant de les consommer. Le buste et les bras furent simplement grillés. C'est ainsi que Desoipitsj et Biwiripitsj montrèrent aux Asmat la voie de la chasse aux têtes et du cannibalisme.

Je suis aux côtés de Simni. Avec du blanc, du rouge et du noir, nous peignons nos visages afin de trouver la force de terrifier l'ennemi. Nous enfilons dans notre nez des os humains et des coquillages, nous piquons des plumes de casoar et de cacatoès blanc dans nos cheveux et passons plusieurs rangées de colliers en dents de chien, autant de charmes protecteurs qui nous donneront le courage de vaincre et effraieront l'ennemi. A la peinture noire, Simni trace sur mes pieds et mes épaules l'empreinte tréflée du casoar, tatouage magique qu'il porte lui-même sur les bras et qui nous conférera la célérité de l'oiseau. Nous dansons dans la maison des hommes, la sueur ravine nos peintures faciales, dégouline le long de nos torses, sur nos ventres et nos jambes, l'odeur moite des corps est une force en elle-même. Nous mangeons des racines de gingembre et des feuilles d'orties amères. Au milieu de cris et de rauquements, les hommes éprouvent les limites extrêmes de leur énergie et de leur vaillance. Notre peau picote car il fait froid et nos cœurs battent plus fort. Nous sommes prêts. Bientôt, nous allons nous élancer vers les pirogues et le champ de bataille. Nous chantons doucement, si doucement que personne à l'extérieur de la maison des hommes ne pourra nous entendre. Nous chantons pour apaiser les esprits malins, nous chantons pour que nos frères perroquets, écureuils, crocodiles et couscous nous accordent leur aide et leur protection dans l'épreuve à venir. Nous conjurons nos ancêtres de nous apporter force et soutien.

Le sorcier malaxe de la chaux et des feuilles dans le creux de sa main. Il frotte de plus en plus fort et de plus en plus vite jusqu'à ce que le sang jaillisse. La clameur des hommes accueille ce signe du destin. Le sorcier lève les bras au ciel, gesticule et détale comme un fou à travers la pièce. Il s'en prend à un guerrier et fait mine de lui trancher la gorge avec son doigt. Puis il s'empare d'un bâton fourchu qu'il tient à bout de bras avec l'aide du grand chef et le fait glisser lentement vers lui en murmurant : Viens ! Viens donc par ici ! Et l'ennemi tombe dans le piège.

Nous sommes des guerriers. Nous arrivons au village ennemi avant l'aube. Le silence est rompu sans le vouloir par l'un d'entre nous. Une voix monte de l'une des cases : Qui est là ? C'est ton mari, Sjuru, répond Simni et le village comprend alors qu'il est attaqué.

Nous, les anciens, nous restons à l'arrière pour commander les hommes. Devant nous, les porteurs d'arcs et de flèches décochent leurs traits tandis que le reste des hommes, munis de sagaies et de boucliers, se ruent sur l'ennemi, animés par la rage de tuer. Les femmes et les enfants s'enfuient en hurlant, essayant de gagner la forêt dans leurs pirogues. Les hommes eux aussi cherchent à nous échapper, mais nos guerriers sont vaillants et plus rapides. Ils assomment les fuyards et les ligotent pour les torturer. Le vacarme devient terrifiant. Roués de coups, massacrés, des hommes et des femmes agonisent dans les pires souffrances. Grisés par la victoire, nos hommes frappent à l'aveuglette en rugissant de plaisir, puis fondent et s'acharnent sur une victime isolée, un homme, une femme peut-être. Ma tête résonne de la plainte déchirante des moribonds.

Simni lance des ordres en observant la scène. Son visage est resté imperturbable mais son corps tremble. Les trompes de bambou retentissent par-dessus les hurlements, les cris stridents et les vociférations qui redoublent d'intensité au moment où la victoire semble acquise. Une clameur monte du champ de bataille, perçante et rauque, assourdissante au point que je ne peux distinguer les cris d'allégresse des gémissements, les acclamations triomphales de la plainte des vaincus. Des carcasses déchiquetées gisent au milieu de lambeaux de chair car seules les cuisses et les têtes sont convoitées. Les torses et les bras sont abandonnés dans une mare de sang. Les survivants sont traités sans ménagements et traînés brutalement par un bras ou une jambe jusqu'au centre de la pirogue, où on les couche sur une traverse, la tête, les mains et la poitrine ballantes. Couverts de sang, nous rentrons au village avec nos victimes.

Dans la première boucle du fleuve, là où les courants violents forment un tourbillon, à l'endroit qu'affectionnent les esprits, l'un des nôtres se lève et tranche les gorges ennemies avec un couteau de bambou en respectant le cérémonial institué par Desoipitsj. Les vertèbres broyées, la tête décollée, le cadavre est dépecé selon le rite prescrit. La lame laboure les chairs de l'anus à la clavicule, continue jusqu'au cou avant de redescendre, les membres sont tranchés, tandis que le sang jaillit par saccades des artères sectionnées et que l'odeur poignante agresse mes sens.

A l'approche du village commence le concert triomphal des trompes. Chaque embarcation rapporte le même butin. Reconnaissant les leurs au timbre de leur trompe, les vieillards et les femmes massés sur la berge exultent à l'idée de la tête et du corps qui gisent au fond de la pirogue. Après un dialogue rituel entre la berge et le canoë, les femmes, transportées de joie, se livrent à des danses frénétiques. C'est l'époque des cérémonies d'initiation et la demande en têtes est à son comble.

Simni saisit par les cheveux celle qui se trouve dans notre pirogue, l'immerge rapidement dans le courant et se précipite vers la maison des hommes où elle est rivée au sol avec une dague en os de casoar. Le fils de sa plus jeune sœur, un initié de neuf ans, attend la tête réclamée par les ancêtres. Les hommes entonnent leur plainte incantatoire : E-é-é-é, tandis que résonnent les trompes. Simni tisse une natte magique qu'il offre à son neveu avant d'accomplir les autres rites : il verse de l'eau sur la tête de l'enfant en prononçant le nom du mort et brûle le scalp de sa victime dont le sang sert à délayer les cendres. Il macule de cette mixture la tête, les épaules et le corps de son neveu qu'il badigeonne ensuite d'ocre rouge à l'exception du visage, rayé de bandes blanches et noires. Le rituel est accompli.

La tête est rôtie, puis déposée sous le toit pour la nuit. Le lendemain matin, Simni tranche l'épiderme du nez et extrait le maxillaire en disant à ses frères :

— Hier, c'était une bonne mâchoire pour mastiquer, mais aujourd'hui elle ne bouge plus.

Le couteau de bambou remonte des ailes du nez jusqu'à la pointe du crâne puis redescend vers la nuque. Simni déchire les peaux et jette le maxillaire, aussitôt récupéré par une femme qui a pris part à la cérémonie. Il maintient la tête au-dessus des flammes qui lèchent les tempes et la nuque. A l'aide d'une herminette de pierre, il perce un orifice sur le côté du crâne qu'il agite pour faire tomber la cervelle et le mucus dans un bol en fibres. Il y incorpore du sagou et cuit le mélange dans de longs tubes pour l'offrir aux vieillards et aux femmes qui s'en régalent, persuadés que ces substances vitales assureront leur longévité. Il enveloppe dans des feuilles de sagoutier les globes oculaires et les organes génitaux qu'il met en lieu sûr.

Une fois les cavités du nez et des yeux soigneusement obstruées avec de la cire d'abeille, Simni rehausse le crâne blanchi avec du charbon, de la chaux et de l'ocre, le pare de plumes et de graines. Il le dépose ensuite entre les jambes de son neveu qui trois jours durant devra le tenir serré entre ses cuisses afin que son pénis absorbe l'essence du mort qui assurera sa maturité sexuelle et son passage à l'âge adulte.

Les autres initiés, tête penchée, observent le crâne coincé entre leurs jambes. Les anciens fument, vaquent à leurs occupations, bavardent. Les joueurs de tambour et les chanteurs se reposent. Bientôt la case est remplie d'hommes qui se décorent tandis qu'au-dehors, d'autres tracent sur les flancs de leur pirogue des rayures verticales, rouges et blanches. Simni vient retirer le crâne de l'entre-jambes de son neveu qu'il conduit jusqu'à la rive où d'autres parents l'attendent. Le garçon se tient debout dans la pirogue, le crâne à ses pieds. Il s'appuie sur une canne comme s'il était fatigué. Les parents ont pris place devant. Dans les autres pirogues, il y a d'autres initiés. Les joueurs de tambour et les chanteurs s'installent eux aussi, puis la petite flottille descend le fleuve en direction de la mer et du soleil couchant.

Le neveu de Simni qui est dans notre pirogue devient vieux et fatigué. Il s'affaisse de plus en plus sur sa canne à mesure que les forces l'abandonnent. Simni lui offre le secours de son épaule mais cela ne suffit bientôt plus. Il s'écroule au fond de la pirogue comme mort. Alors Simni soulève le corps et le crâne, les immerge dans le courant et les hisse de nouveau dans la pirogue en débarrassant son neveu de ses ornements. Les chants et les roulements de tambour reprennent tandis que, sur le chemin du retour, nous faisons maintenant face au soleil levant. Le garçon est étendu dans la pirogue pareil à un nouveau-né. Il se met bientôt à ramper à quatre pattes. Une fois au village, il rentre chez lui où il est de nouveau décoré. D'autres cérémonies suivront, mais c'est au moment où Simni le coiffe de plumes, pend des colliers et une bourse magique autour de son cou et orne son septum d'un anneau en coquillage qu'il cesse enfin d'être un enfant pour entrer dans l'univers des adultes.

Assis sur le toit surchauffé du *mappi*, je brassais dans ma tête ces images que je devais à Zegwaard et que je tenais pour authentiques bien que Simni fût trop philanthrope pour rivaliser avec la trempe guerrière d'un Seraipitsj. Mais il me suffisait de l'imaginer ainsi. Je m'inspirais parfois d'autres personnages, et en particulier de Ndotsjemen. Agressif, violent, il occupait un rang élevé dans la hiérarchie des grands hommes. J'étais devenu son fils adoptif dès mon arrivée en Asmat. Mais il s'agissait là d'une manœuvre politique dont il espérait tirer du prestige et des cadeaux. Il fulminait à la moindre provocation et ne cachait pas sa colère lorsque je n'avais pas de tabac à lui offrir. Il devait l'immense respect dont on l'entourait non tant à son intelligence ou à ses qualités qu'à la crainte qu'il suscitait. Certes, il avait été un chasseur de têtes émérite ; preuve en était le nombre de crânes qu'il possédait. Il m'avait peint et décoré, tatouant mes épaules, bien que trop superficiellement pour que j'en aie gardé la marque, de motifs symboliques de casoar avec le tranchant d'un coquillage. Il m'avait fait cadeau d'un crâne et surnommé Sembet. Mais il ne devint jamais un ami. Dans la maison des hommes, il ne faisait exception à son tempérament belliqueux que lorsque je lui apportais suffisamment de tabac pour qu'il puisse le partager avec sa famille et ses partenaires d'échange. Viril, dynamique dans ses mouvements, il possédait un regard grave et magnétique qui réduisait ses interlocuteurs à sa merci. On l'imaginait, comme ce dut être souvent le cas, à la tête d'une horde soumise qui s'exécutait au moindre commandement et lui emboîtait aveuglément le pas. Il était tout le contraire de Simni que l'on tenait déjà pour mort, sans voix ni influence, exclu des cérémonies et des rites auxquels il assistait en simple observateur.

En fait, Ndotsjemen aurait pu dire : Nous les avons mangés, mais c'est dans le village d'Atsj que j'entendis ces mots.

— Ah oui, commença Biru, ils sont venus et nous les avons mangés.

Nous parlions d'Atsjamutsj, où je venais d'apprendre de la bouche des habitants qu'ils avaient chassé les gens d'Anu du fleuve Arowutsj.

— Ils sont venus ici, mais ils ne sont pas restés longtemps, ajouta Biru. On a mangé Esin sur le So, Sosombitsjim sur l'As et Otsjor sur l'Ajip. On les a tous mangés.

19

Pour les Asmat, le corps humain est pareil à un arbre dont la fleur ou le fruit seraient la tête, les branches les bras, le tronc le torse et les racines les jambes. De même que la fleur ou le fruit contiennent les propriétés germinatives de l'arbre, la tête a le pouvoir de stimuler la croissance de l'initié. La sève, absorbée magiquement par le pénis placé au contact de la tête, concourt à la maturité physique et sexuelle de l'enfant.

On ne trouve pas d'exemples chez les habitants de la côte méridionale de raids ou de chasses aux têtes, caractéristiques des régions du nord et du nord-ouest. Il semblerait qu'ils n'utilisent pas de têtes pour leurs rites de passage, quoique cela soit surtout vrai des Marind Anim, à l'extrême sud, chez qui la virilité des initiés est stimulée grâce à l'absorption du sperme de leurs aînés par sodomisation. Les Asmat eux aussi attribuent des vertus magiques au fluide spermatique, bien que la conception relève à leurs yeux de la compétence des esprits. Ils considèrent cependant que la croissance du fœtus est le fait de rapports sexuels répétés. Sans un apport constant de sperme par le mari et des partenaires divers, l'enfant naîtra avant terme, affligé de malformations ou d'une santé précaire. De même, dans les régions du sud et de l'est, plus les adolescents, partenaires passifs dans les relations homosexuelles, absorbent de sperme, plus, dit-on, ils gagnent en force et en virilité. On pense que son ingestion est nécessaire au développement naturel de l'enfant et favorise les vocations guerrières.

Les Asmat sont persuadés qu'il existe une corrélation entre la graine du fruit, les vertus germinatives de la tête et le pouvoir créateur du sperme. Outre le fait que beaucoup de tribus néo-guinéennes, dont les Asmat, ont toujours considéré le sperme comme une substance magique, les Marind, qui en font un usage répandu, sont peut-être à l'origine de cette croyance. Employé comme onguent, le sperme est censé raffermir le corps. Les sorcières et les chamanes le font entrer dans des concoctions qui, mélangées à la nourriture ou à la boisson, stimulent la santé des enfants, des parents et amis ou provoquent la mort ou la maladie de leurs ennemis. Le mélange de liquide séminal et de sécrétions vaginales, auquel on prête des vertus particulières, est utilisé comme médicament. Lorsqu'on enduit de cette mixture les hameçons, les sagaies, les arcs et les flèches, on est assuré de faire mouche. Certains Asmat du sud mélangent du sperme à du sang pour en faire une colle qui sert à fixer les peaux de lézard sur les tambours, bien que, interrogés à ce sujet, les intéressés se soient récriés et en aient attribué l'usage à leurs voisins, les Jaqai, les Awyu et les Marind.

J'avais commencé à sillonner l'Asmat pratiquement le jour de mon arrivée en 1973, et les différences de tempérament que je fus à même d'observer d'un village à l'autre ne cessèrent jamais de me surprendre. Pour d'obscures raisons, il ne se trouvait pas deux endroits identiques. Les gens de Jaosakar, un village de sept cents habitants, indolents par nature, ne réagissaient que mollement aux efforts déployés par les missionnaires catholiques ou protestants. Etant donné le climat de querelle perpétuelle entretenu par les différents clans d'Ajam, il n'était pas rare que l'un d'entre eux fasse sécession et s'établisse temporairement dans la forêt. Otsjenep était le plus sauvage des hameaux de la mission. Au tout début, les instituteurs, terrorisés par la population malgré la protection d'un soldat armé, détalaient (suivis de près par leur garde du corps) le jour même de leur arrivée. En s'opposant à la construction d'une école primaire, le village de Sjuru, à un kilomètre d'Agats, bien connu de tous les voyageurs, avait compromis pendant plusieurs années la scolarisation des enfants. Il fallut attendre vingt ans avant que les gens du Manep-Simini qui vivaient en forêt où ils coupaient du bois pour un salaire de misère se sédentarisent. Atsj, village en pleine croissance qui comptait deux mille habitants en 1983, abritait une importante communauté de commerçants musulmans venus d'autres îles. Certaines disparités entre les villages tenaient à la personnalité de leur chef ou des grands guerriers de la tribu, d'autres à la présence des missionnaires, des fonctionnaires ou des marchands, ou bien à des différences linguistiques et culturelles. Rien cependant ne permettait d'expliquer pourquoi chaque village avait son essence propre, pour quelle raison l'un s'avérait accueillant et ouvert aux influences extérieures alors que tel autre restait hostile aux étrangers. C'est dans mon village, où toutes mes initiatives furent toujours chaleureusement accueillies, que je me sentais le plus à mon aise.

De toutes ces années de voyage, je ne garde le souvenir que d'une seule expérience malheureuse. Cela se passa à Buepis, un village voisin. J'étais logé à Basim chez le pasteur hollandais qui se trouvait alors en déplacement à Agats. Comme à l'accoutumée, j'engrangeais des objets et des informations. Grâce à sa petite scierie et à son magasin tenu par des Asmat, Basim drainait tous les riverains du haut du fleuve qui venaient y échanger leur bois ou leur poisson. Un jour, des hommes descendirent le Fajit dans deux pirogues pour me proposer quelques exemples de leur artisanat. Les pièces étaient de qualité très médiocre. Dépités par mon refus, les hommes ne cachèrent point leur colère. Ils se calmèrent lorsque je leur expliquai que je cherchais de vieux crânes. Je savais que pour satisfaire la demande, ils n'hésitaient pas à déterrer des corps récemment inhumés et à décorer les crânes qu'ils patinaient avec de la boue pour abuser de la crédulité des touristes auxquels ils les revendaient. Ils comprirent cependant ce que je voulais.

Quelques jours plus tard, accompagné de quatre pagayeurs, je remontai en pirogue jusqu'à Buepis, muni de deux mallettes regorgeant d'objets. Tout le village s'était massé au bord du fleuve. Au milieu des cris et des ovations, on me hissa sur la berge pour me porter jusqu'à la petite hutte du chef. J'ouvris les valises afin d'en dévoiler le contenu : des haches, des parangs, des couteaux, des lames de rasoir, du fil de pêche, des hameçons, des lampes de poche, des piles, autant d'objets dont ces hommes avaient besoin.

Plusieurs d'entre eux filèrent en trombe et réapparurent précipitamment, un crâne décoré à la main. Les os étaient brun foncé, une couleur difficilement imitable qui ne pouvait provenir que du contact avec les cheveux et les huiles capillaires utilisées par les hommes qui s'en servaient d'oreiller. Les cavités des yeux et du nez, obstruées par de la résine, étaient serties de graines de larmes-de-Job et d'abre. Le maxillaire était retenu au reste de la boîte crânienne par une tresse en rotin ornée d'un anneau en coquillage. Le haut du crâne était tendu d'un entrelacs de graines et de plumes blanches. Après avoir exprimé mon admiration, j'offris à son propriétaire une hache, quelques lames, un couteau, du fil de pêche, des hameçons et du tabac. Impressionnés par ma générosité, les hommes apportèrent de nouveaux crânes. On me proposa également des chapelets de pattes d'oiseaux divers, des rangs de fragments bombés de nautiles, des colliers de chasses aux têtes en bambou, des tresses de queues de cochon, de pénis et de scrotum de sanglier, desséchés, ratatinés mais qui n'avaient rien perdu de leur odeur. J'achetai des bracelets en cheveux, des ceintures de danse en plumes de casoar, des trompes en bambou et des bourses magiques. Lorsqu'il ne resta plus rien à vendre et que j'eus refermé mes valises, un concert de protestations s'éleva.

— Tu dois partager le reste du tabac avec nous.

— Qu'est-ce que vous voulez dire ? Vous avez déjà eu votre compte. Vous n'aurez rien de plus.

— Mais il y a encore du tabac dans ta valise. Tu dois le partager.

— Comment ça, le partager ? En arrivant, j'ai donné du tabac à tout le monde. Et moi, qu'est-ce que vous m'avez donné ? Rien ! Cela fait des heures que je suis assis et j'ai faim. Où est mon repas ? Où est mon sagou ? Mon poisson ? Vous ne m'avez rien donné et vous n'obtiendrez plus rien de moi !

Le chef s'avança en levant le bras. Un rictus menaçant convulsa son visage tout à l'heure si beau et avenant. Sous l'effet de la colère qui parcourait son épiderme, ses muscles se contractèrent et son corps se perla de sueur.

— Oh, mais si ! cria-t-il. Si tu ne nous donnes rien nous allons le prendre.

Gagné moi aussi par la colère, j'appelai les pagayeurs.

— Rapportez tout ! Les crânes, les colliers, les trompes… Rendez tout ce que j'ai acheté. Les gens de Buepis ne valent pas grand-chose et je ne veux rien leur devoir.

Les hommes accusèrent le choc. Ils n'avaient pas escompté une telle réaction de ma part.

— Et maintenant, leur dis-je en me tournant vers eux, vous allez me rendre l'argent, les haches et les parangs. Vous pouvez garder le tabac. Vous avez posé vos mains dessus et je n'en veux plus.

Mais j'ai l'intention de récupérer le reste. J'ai honte d'être ici.

Ils me regardaient tous comme si j'étais devenu subitement fou. Je ne pouvais pas parler sérieusement.

— Allez, criai-je aux pagayeurs. Dépêchez-vous. J'ai assez perdu de temps. Déchargez la pirogue.

Soudain, l'atmosphère se détendit. Des rires fusèrent, d'abord hésitants, nerveux. Ils me croyaient incapable d'un tel coup de force.

— C'était une plaisanterie, déclara le chef. On voulait s'amuser.

— Oui, oui, reprirent-ils tous en chœur, c'était pour rire. *Nder momo, nder momo !* On t'aime !

Ils me portèrent jusqu'à la pirogue et les pagayeurs me ramenèrent à Basim. Déprimé par l'incident, je restai pendant des jours sans bouger, sauf pour m'alimenter. Posés sur la table de la chambre que j'occupais à la mission, six crânes décorés m'observaient.

20

Akatpitsjin fut le premier à me faire découvrir l'univers sexuel des Asmat du sud dont mes lectures et mes expériences ne m'avaient livré qu'une image imparfaite. Quelques mots de sa part suffirent à me révéler l'existence d'une vie secrète à laquelle les autres étrangers n'avaient presque certainement jamais participé.

— *Ndoram ata yima*, me dit-il une nuit. J'ai besoin d'équilibre.

Le lendemain matin, il utilisa pour la première fois le mot *mbai*, partenaire d'échange.

J'avais quadrillé un périmètre de plus de seize mille kilomètres carrés avant de débarquer dans son village. J'y retournai fréquemment après notre rencontre. Logé dans la grande maison que le catéchiste occupait avec sa famille, je pouvais m'isoler et jouir d'une totale indépendance. C'est là que je conservais tous mes effets, y compris ma natte de couchage, bien qu'il m'arrivât de passer la nuit dans la maison des hommes. Le village proprement dit comptait à peine deux cents habitants. Le missionnaire n'y faisait que quelques rares apparitions tous les ans. Quant aux quelques touristes qui s'aventuraient dans la région, ils lui préféraient d'autres villages plus importants. J'aimais cet endroit et je m'échappais d'Agats aussi souvent que possible. Contrairement à ce qui se passait très souvent, les sculpteurs n'hésitaient pas à me donner des explications sur les motifs et les symboles qu'ils utilisaient et se soumettaient de bonne grâce à mes questions. Le tempérament des villageois, pour des raisons que moi-même je ne m'explique pas encore, semblait refléter ma propre nature. Leur expérience des Occidentaux se limitait à la fréquentation du missionnaire dont le caractère était à l'opposé du mien. Pourtant, ce qu'ils reconnurent en moi, et moi en eux, nous rapprocha presque instantanément. Je brûlais constamment du désir de les toucher, et je succombais souvent à la tentation, craignant cependant de compromettre la spontanéité de nos rapports par un acte prématuré. Hésitant à leur exprimer ma sympathie, je me contentai au début d'effleurer timidement leurs bras et leurs épaules tandis qu'ils caressaient mon corps avec la même velléité. L'échauffement de nos sens générait un érotisme qui aurait pu à tout moment nous inciter à des attouchements plus intimes en public. Je n'éprouvais bien sûr de telles sensations qu'en compagnie des hommes mais les femmes elles aussi, semblait-il, auraient fait bon accueil à un contact physique.

Je ne savais rien d'eux avant notre première rencontre, mais j'avais eu le loisir, au cours de la fête, d'observer la manière dont les hommes, poings sur les hanches, se carraient solidement sur leurs jambes, comme s'ils plongeaient leurs racines dans le sol. Je vis la façon qu'ils avaient de rire, de s'accroupir, les coudes posés sur les cuisses, la tête au creux de la main, de mouvoir leur corps et de réagir à l'espace ambiant, aux objets, aux hommes, aux animaux et aux plantes qui les entouraient. J'enviais chez eux l'aisance avec laquelle ils exprimaient leur masculinité.

Je me trouvais en compagnie du père Pietre. Conviés à une fête de mâts d'ancêtres censée à l'origine attirer un groupe de touristes qui ne donna jamais signe de vie, nous nous étions empressés dès réception de l'invitation de charger le canot à moteur de provisions, de tabac et de cadeaux avant de filer vers le village. La mer était trop basse pour espérer franchir la barre de vase qui interdisait l'accès à cette partie de la côte. Seul un maigre filet d'eau coulait dans l'étroit chenal qui menait à la petite rivière le long de laquelle les villageois s'étaient établis. Nous nous apprêtions à attendre le changement de marée lorsque nous vîmes, égrenés sur le littoral de la mer d'Arafura, des hommes qui pataugeaient vers nous dans une vase si épaisse et profonde que l'ampleur de leurs mouvements donnait l'impression qu'ils avançaient au ralenti.

Leurs coiffes en plumes de cacatoès blanc apparurent bientôt distinctement au milieu de cris et de grognements. Une douzaine d'hommes aux visages striés de peintures blanches, rouges et noires, et maculés de boue, nous encerclèrent en poussant un long E-é-é-é-é-é-é-é. Ils halèrent le canot sur près de deux kilomètres. La coque métallique courait sur la vase tant leurs muscles semblaient tonifiés par les chants. Le long de la berge, des hommes, des femmes et des enfants, tous en tenue d'apparat, dansaient en sautillant. Certains jouaient du tambour, d'autres chantaient. On nous hissa dans la maison des hommes au travers d'un porche pavoisé. Une fois la foule dispersée, les femmes et les enfants se massèrent à l'extérieur de la case dont les hommes surgirent bientôt en brandissant d'immenses mâts d'ancêtres qui furent maintenus verticalement à l'aide de branches fourchues et enfouis dans le sol marécageux. Ils représentaient une succession d'êtres grotesques que le sculpteur avait affligés de sourires chevalins, de rictus effrayants, d'yeux globuleux, perçants ou hagards, de nez percés d'anneaux en coquillage ou de bûchettes. Figés dans des postures diverses, debout, tapis, accroupis ou bien assis, enlacés ou tête en bas, tous ces personnages, singuliers en soi, rayonnaient d'une même puissance tutélaire et veillaient sur le village dont ils vengeaient les morts. Les villageois firent la fête toute la nuit, puis, au petit matin, les hommes s'endormirent paisiblement dans la maison des hommes tandis que les femmes et les enfants se blottissaient autour du feu dans la hutte familiale.

Le père Pietre avait annoncé que des offices seraient célébrés le lendemain dans la vieille école. Bien qu'aucun des habitants n'ait encore été baptisé, le local bourbeux était déjà presque plein lorsque j'arrivai. A la fin de la messe qui n'avait pas duré plus de dix minutes, on demanda aux enfants de rester pour des leçons de catéchisme et les adultes furent priés de se retirer en silence. J'accompagnai les hommes dans la hutte qui servait à entreposer les mâts. Comme il ne s'agissait pas de sculptures traditionnelles, les sculpteurs, au lieu de les mettre en pièces dans les champs de sagoutiers afin de libérer les esprits pour qu'ils protègent les arbres, avaient formé le projet de me les vendre.

Assis par terre, j'étais en train de poser des questions et de consigner les réponses dans mon journal lorsque je remarquai tout à coup que les hommes s'étaient disposés en cercle et m'invitaient à me lever en me soulevant par les coudes. Agrippant mes jambes et mes épaules, ils me firent basculer à l'horizontale en poussant des grognements : *Uh ! Uh ! Uh !* Ils étaient une quinzaine, tous des hommes mûrs. Certains étaient nus, d'autres, comme moi, portaient un simple short. Lentement, ils me firent traverser la pièce, dans un sens puis dans l'autre, avant de se rapprocher du foyer central. Leur râle me donnait le frisson. Leurs mains étaient brûlantes. La sueur qui mouillait leurs corps ruisselait sur mes bras et ma poitrine. J'avais beau scruter le cercle des visages, j'étais incapable de percer leur rictus. Le porteur de droite se baissa tout à coup pour me sucer le nez. Les autres grognaient toujours. Il continua par le menton, les lobes de l'oreille et les doigts des deux mains. Il me suça les seins, ouvrit mon short, suça mon sexe, puis mes orteils. Mon corps n'était pas maintenu de manière rigide, mais semblait léviter en douceur. Au moment où, quittant mon visage, il se penchait sur mes seins, son voisin s'était approché à son tour pour me sucer le nez. Ils s'exécutèrent l'un après l'autre jusqu'à ce que tous aient sucé les extrémités de mon corps. L'expérience n'avait rien d'érotique. Malgré leurs attouchements, je n'étais pas entré en érection. Mon sexe et la pointe de mes seins étaient demeurés flasques. Je venais de participer à un rituel dont je ne connaissais pas la signification. Je comprenais cependant qu'il y avait désormais un peu de moi dans ces hommes qui, en absorbant mes odeurs et mes sécrétions, s'étaient imprégnés des forces et de la magie qu'ils pensaient trouver en moi, magie qui ne les rendrait pas seulement plus puissants mais leur conférerait un prestige accru propre à conjurer l'esprit malfaisant des morts. Quant à moi, j'avais puisé leur énergie vitale, leur sauvagerie et la richesse de leur savoir et de leur être.

Comme les hommes me posaient à terre pour m'étreindre, je compris aux grognements qui venaient de l'extérieur que c'était le tour du père Pietre. Sa soutane noire était auréolée de transpiration au niveau des aisselles et de la poitrine. Les hommes le hissèrent dans la case, le promenèrent autour de la pièce, puis s'immobilisèrent au centre. Je ne vis rien à l'exception du ballet des têtes qui se penchaient pour lui manger le nez et le menton.

— *Tidak ! Tidak !* hurla-t-il. Non ! Non !

Les hommes lâchèrent prise. Il avait les cheveux en bataille, mais son col était resté boutonné et son froc intact.

— J'avais entendu parler de cette cérémonie, me dit-il, mais je n'y avais jamais assisté. C'est une démonstration d'amitié et un rituel d'adoption, mais à mon avis ils espèrent surtout que vous achèterez leurs mâts d'ancêtres.

Des années plus tard, je demandai des explications à Akatpitsjin.

— *Mbi urum*, me dit-il. Cette pratique a pour but de rétablir la paix dans le village et de chasser tout ce qui risque de troubler notre vie. En suçant ton menton, ton nez, ton sexe et tes doigts, on absorbe un peu de ton esprit avec les humeurs de ton corps. Cela nous rend forts et permet d'apaiser l'esprit des morts.

On procède aussi de la sorte lorsqu'un homme meurt. On suce son pénis pour conserver quelque chose de lui en nous et dans le village. Il faut conjurer son esprit aussi vite que possible, avant qu'il ne nous fasse du mal. Les proches portent des bracelets en rotin aux bras, aux épaules et aux jambes. Les hommes et les femmes se rassemblent et les tambours résonnent du matin jusqu'au soir. Les femmes sont coiffées de chapeaux pour ne pas avoir honte de ce qui va se passer. Les hommes écartent leurs jupes et sucent leur sexe. Les femmes elles aussi sucent le pénis des hommes pour absorber l'essence vitale qui vaincra le mal. Ceux qui ont participé à la cérémonie sont portés en triomphe autour de la pièce au milieu des râles, *Uh ! Uh ! Uh !* que l'on appelle *omen*. Au matin, les esprits malins ont disparu.

Le rite du *mbi urum* jeta les bases de l'amitié la plus profonde que j'aie éprouvée pour des Asmat. Le fait qu'ils me connaissent si bien, moi et mon corps, m'apportait le sentiment non seulement d'une proximité, mais aussi, par le désir qui m'animait de vivre en eux et eux en moi, celui d'une affinité totale et d'une fusion de nos êtres en une seule entité, vitale et universelle. Mais si cette cérémonie en marqua le prélude, c'est Akatpitsjin cependant qui, en m'entraînant dans son univers, me permit d'approfondir cette sensation et, en me faisant accéder à la connaissance de ma vraie nature, me libéra des névroses qui avaient suscité ma quête. Je ne parvins jamais à savoir ce que lui ou les autres pensaient de moi, mais je voyais qu'ils réclamaient ma présence et cherchaient à me plaire. J'ai toujours considéré ce lieu comme "mon village".

Akatpitsjin était un homme séduisant, comme beaucoup dans le village. Son nez était parfaitement droit lorsqu'il ne portait pas dans le septum un coquillage qui lui donnait un air redoutable à moins qu'il ne sourie en plissant des yeux rieurs. Au-dessus de la spire de nacre, ses yeux en amande trahissaient en effet une désinvolture qui faisait plaisir à voir. Il portait une cicatrice sur la lèvre supérieure qui en Occident aurait pu provenir de l'opération d'un bec-de-lièvre. Mais cela aussi lui conférait une apparence insouciante et débonnaire et le soupçon de charme qu'un duelliste doit à une balafre. Ses petites oreilles étaient plaquées contre son visage. A chacune de nos rencontres, ses cheveux courts et crépus semblaient toujours de la même longueur, comme si sa femme les lui coupait à jour passé. Bien que de frêle corpulence, il avait acquis, à force de manier la pagaie, une musculature puissante et bien dessinée. Il cajolait ses enfants avec beaucoup d'amour et de tendresse, les gavant de toutes sortes de friandises : croûtes de sagou tartinées de beurre de cacahuète, pêches en conserve que je lui procurais, crevettes, porc, escargots qu'il aspirait de leur coquille et tenait entre ses lèvres. Il mesurait peut-être un mètre quatre-vingts, ce qui est grand pour un Asmat, et devait avoir vingt-huit ans. A mon départ, il était déjà père de quatre enfants. En le voyant choyer son jeune garçon et la petite dernière, je ressentais comme un manque, un vide intérieur, car mon père n'avait jamais dorloté ses enfants et les avait privés de toute marque d'affection. Sa femme était menue et encore jolie, malgré ses nombreuses grossesses. Comme je n'entrais que rarement chez eux, je ne faisais que l'apercevoir à chacune de mes visites.

Un an environ après notre première rencontre, j'avais pris seul le chemin du village où l'on me réserva comme à l'accoutumée un accueil enthousiaste. Akatpitsjin passa me voir chez l'instituteur peu après la tombée de la nuit et m'invita à le rejoindre dehors. Il avait apporté un tambour en lézard et quelques braises dont il se servit pour tendre la peau et accorder l'instrument. Il en tira d'abord quelques accords bruyants afin d'attirer ses amis. Puis il commença à chanter doucement. Trois autres hommes se joignirent à lui et tous se mirent à chanter et jouer en sourdine. Il y eut bientôt une trentaine de spectateurs massés en cercle autour des musiciens. Les chants gagnèrent en intensité. C'était là leur manière, chaleureuse et spontanée, de m'accueillir. Akatpitsjin improvisa des vers sur ma venue et mes précédents séjours. Les jeunes et leurs anciens qui m'entouraient se pressèrent contre moi, caressant ma poitrine et mes épaules, mon ventre et mon sexe en riant. Je répondis à leurs attouchements en les prenant dans mes bras bien qu'à la faible lueur du foyer, je ne puisse reconnaître leur visage. Dans le ciel étoilé, la Croix du Sud, légèrement penchée, mordait l'horizon. Je cherchai en vain Orion et la Pléiade. Il y avait là des jeunes de huit ou neuf ans qui tenaient leurs aînés par la taille. Nous nous balancions en ouvrant et serrant les genoux dans un lent mouvement de danse. Les bras recherchaient la chaleur des épaules pour se protéger de l'air vif.

Akatpitsjin s'arrêta de chanter et d'un roulement de tambour signifia le terme des réjouissances. Les hommes se dispersèrent. Akatpitsjin rentra avec moi, se déshabilla et se glissa sous la moustiquaire. Derrière la cloison, l'instituteur dormait avec le reste de sa famille. Ce n'était pas la première fois que nous avions des contacts érotiques. Il était désormais notoire que nous passions la nuit ensemble lorsque je venais au village.

C'est cette nuit-là qu'Akatpitsjin prononça ces mots : *Ndoram ata yima*, qu'il fut obligé de me traduire en indonésien : *Saya mau balas*, j'ai besoin d'équilibre. Mais je n'en compris vraiment le sens que lorsqu'il s'arracha à mon étreinte pour s'allonger sur moi. Ce fut un moment intense, dont je ne pus sur-le-champ saisir toutes les implications.

Le lendemain matin, je lui suggérai de faire une balade car je tenais à lui poser quelques questions sans être dérangé par la présence inévitable des curieux qui s'approcheraient pour bavarder, voir, écouter. J'étais convaincu que cette discussion ne pouvait avoir lieu que dans l'intimité.

— Pourquoi ne pas rester ici ? me demanda-t-il.

Je le mis au courant de mon propos.

— Restons ici. Nous sommes très bien.

Assis à une table, nous commençâmes à parler. Des hommes et des enfants entrèrent. Les plus jeunes s'approchèrent et posèrent les coudes sur la table, leurs aînés prirent place sur le sol. En présence d'autant de témoins, il semblait peu probable qu'Akatpitsjin soit tenté de travestir la réalité pour me faire plaisir.

Akatpitsjin m'avait toujours appelé *mbai*, ami intime, mais ce n'est que par la suite que je compris la signification exacte de ce mot. Nous n'entourions d'aucun mystère nos faits et gestes et tout le monde savait que nous avions passé la nuit ensemble comme à l'accoutumée. Je n'avais jamais remarqué quoi que ce soit d'anormal dans notre relation mais cette notion d'équilibre à laquelle Akatpitsjin avait fait allusion et le fait qu'il m'appelât *mbai* avaient piqué ma curiosité.

— Un *mbai*, m'expliqua-t-il, c'est comme un partenaire de *papisj*, un partenaire d'échange. Tout le monde a un *mbai* au village. Le curé a interdit le *papisj*, l'échange des femmes, mais nous avons encore des *mbai*. Il ne le sait pas. Il sait que nous avons des amis d'échange, mais il ne se doute pas de la nature de notre relation, il ne connaît d'ailleurs peut-être pas le mot *mbai*.

Par le passé, les *mbai* échangeaient leurs femmes à l'occasion de la fête des masques et de celle des vers de sagoutier, lorsque nous étions en guerre, ou qu'il y avait un violent orage et que nous avions peur. Mais si nous avons arrêté le *papisj*, nous avons encore des *mbai*.

En fait, mon mbai à moi, c'est Kayet, même si toi aussi je t'appelle comme ça. Mais ça ne le dérange pas. Il sait que tu partiras bientôt.

J'aurais aimé savoir comment Kayet prenait les choses. Akatpitsjin m'avait dit qu'il était malade et qu'il ne sortait pas de chez lui, mais je le soupçonnais d'être jaloux et de vouloir m'éviter. Lorsque je le rencontrai quelques jours plus tard, il se montra fort aimable, mais je n'eus pas le loisir de lui parler du triangle que nous formions.

— Kayet et moi, on joue ensemble depuis qu'on est bébés. C'est moi qui l'ai choisi. Et lui aussi m'a choisi. Nous n'avons pas été désignés par nos familles comme tu pourrais le croire. Les *mbai* se choisissent mutuellement. Ils sont comme des frères et plus encore. Lorsqu'ils sont enfants, ils jouent ensemble, s'amusent à toucher le pénis de l'autre, à explorer tout son corps. Ils ont des érections et lorsqu'ils sont plus âgés, ils se masturbent mutuellement, *yipit a minau tamen emefafarimis*, ils retroussent le pénis de l'autre. Ils font ça n'importe quand, n'importe où, lorsqu'ils s'en vont à la pêche ou bien dans la forêt. Ou alors chez eux quand ils sont seuls.

Un homme caresse parfois le pénis d'un garçon. Il arrive aussi qu'un garçon caresse le pénis d'un homme. Mais chez nous, seuls les *mbai* ont des rapports sexuels. Il y a *tamen mbe mbakuman*, lorsqu'un homme suce le pénis d'un autre homme, son *mbai*, et *tamen mbai sumapun* lorsqu'un homme enfonce son sexe dans le derrière de son ami. On dit aussi *feper mbimar*, ce qui revient au même.

Nous savons que c'est différent chez les Marind où il n'y a pas de *mbai*. Les jeunes n'ont jamais de rapports sexuels entre eux. Mais les hommes couchent avec des garçons. L'enfant est confié au frère de sa mère, qui lui apprend à abattre les sagoutiers, à pêcher, à faire la guerre et devient la nuit son partenaire sexuel. Ce n'est pas du tout comme ici. Les Marind croient que seul un homme plus âgé peut pénétrer le derrière d'un garçon. Ainsi, grâce au sperme, le jeune deviendra très vite un grand guerrier. Ils ne se sucent pas. Ils disent que ce n'est pas bien.

Je n'avais jamais rien lu qui suggérât qu'une société indigène de Nouvelle-Guinée pratique à la fois la fellation et la sodomie ni trouvé mention d'une tribu où les hommes et garçons du même âge auraient entretenu des rapports sexuels. Les Asmat de l'extrême sud me paraissaient constituer en cela un cas unique. Je devais découvrir plus tard qu'ils n'étaient pas les seuls à se caractériser par une activité sexuelle entre pairs. En 1984, Gilbert Herdt publia *Ritualized Homosexuality in Melanesia*, où il avait rassemblé des témoignages d'anthropologues qui s'étaient penchés sur l'homosexualité de certaines tribus. La préface, qui passait en revue toutes les formes d'homosexualité rituelle de la Nouvelle-Guinée aux îles Fiji, traitait brièvement d'une société indigène des îles Santa Cruz. *"Il est fort intéressant de noter, écrivait Herdt, la coexistence dans l'East Bay de deux modes d'homosexualité antithétiques. Dans le premier cas, il y a satisfaction sexuelle réciproque et égalitaire dans le rapport entre pairs ou amis. Chacun doit rendre à son partenaire le plaisir qu'il a reçu... Ce type de relation homosexuelle est apparemment rare en Mélanésie.... Dans le second, beaucoup plus répandu, il y a contact homosexuel asymétrique entre les hommes et les enfants de l'East Bay."*

Ronald M. Berndt dans *Excess and Restraint* mentionnait une coutume dont je voulais savoir depuis longtemps si elle avait cours en Asmat.

— Quelque part sur cette île, loin d'ici, expliquai-je à Akatpitsjin, il y a des gens qu'on appelle les Fore et qui introduisent une épine dans l'ouverture de la verge qu'ils font vriller jusqu'à ce que jaillissent du sang et du sperme. Cela fait partie des nombreuses cérémonies d'initiation. Est-ce que cela se pratique aussi chez vous ?

— Oh non ! C'est dégoûtant ! Ces gens-là ne sont pas humains !

Akatpitsjin en parla à ses amis qui suffoquèrent d'indignation. Il fallut attendre dix minutes avant qu'ils ne reprennent leurs esprits et Akatpitsjin le cours de la conversation.

— Les *mbai*, poursuivit Akatpitsjin en se remettant de son émotion, sont amis et s'entraident toujours en cas de problème. Ils restent amis quoi qu'il arrive. Ils deviennent *mbai* pour la vie, jusqu'à ce que l'un d'entre eux meure. Parfois un *mbai* est jaloux parce que son ami a couché avec un autre homme. Il n'est pas jaloux lorsqu'il couche avec une femme qui n'est pas son épouse, seulement lorsqu'il s'agit d'un autre homme. Un *mbai* a le droit de s'amuser avec un autre homme, de sucer son sexe ou même de le pénétrer. C'est admis. Mais il ne faut pas qu'il ait d'orgasme ou alors son *mbai* serait très en colère.

Les autres acquiesçaient régulièrement d'un signe de tête, l'interrompant parfois pour nuancer légèrement ses propos. Ils s'exprimaient ouvertement et sans aucune gêne. J'étais étonné par cette franchise, l'absence de mystère qui entourait ma relation avec Akatpitsjin, la présence de vieillards, mais aussi de jeunes, qui écoutaient et participaient à la conversation. Akatpitsjin m'avait même appelé *mbai* devant sa femme, ce qui n'avait pas manqué de me faire sursauter. Tout le monde connaissait la nature des relations qui unissent les *mbai* et personne ne voyait aucune raison de s'en cacher. Ils me faisaient entièrement confiance. Ils se répartirent même en couples pour me montrer qui était leur *mbai* et m'autorisèrent à les prendre en photo. Ils me présentèrent les deux doyens du village qui devaient avoir près de quarante-cinq ans. Ayant tous les deux perdu leur *mbai* d'enfance, ils avaient décidé de s'adopter.

— Oui, Tombias, répondit Akatpitsjin à une de mes questions. Il doit y avoir équilibre. Il doit toujours y avoir équilibre entre deux *mbai*. C'est une nécessité. Lorsqu'un *mbai* suce le pénis de son ami, ils ne peuvent se séparer sans que ce dernier ait sucé à son tour le pénis de l'autre. S'il le pénètre, il doit se retourner pour que son ami le pénètre aussi. Un *mbai* doit toujours rendre ce que l'autre lui a donné. Si j'apporte du poisson chez Kayet, mon *mbai*, il me donnera du sagou dès qu'il ira dans la forêt. Si je lui donne du sagou, il m'apportera du poisson ou des larves de sagoutier. Lorsque je suis en colère contre quelqu'un de Pirimapun, Kayet doit m'aider à le battre. Lorsque c'est Kayet qui se bat, je dois l'aider à mon tour. Il faut respecter l'équilibre.

Equilibre et réciprocité, je le savais, régissaient le mode de vie de tous les Asmat. Ces deux principes affectaient les relations individuelles d'une manière très complexe et expliquaient mon conflit avec les habitants de Buepis lorsque j'avais refusé de partager le reste du tabac. Les hommes croyaient que je pouvais tout obtenir par magie et n'avaient donc pas jugé nécessaire de me donner quelque chose en échange. Ils trouvaient normal que je doive tout partager.

Je correspondais régulièrement à l'époque avec Rhoda Metraux. Ayant pris connaissance de ce besoin d'équilibre dans les relations homosexuelles, il m'encouragea à recueillir de plus amples informations, non seulement sur l'activité sexuelle mais aussi sur le principe de réciprocité qui régissait la symétrie et l'harmonie de l'univers et de la vie quotidienne. Grâce à un flux constant de sperme, il était possible d'écarter les dangers qui menaçaient le cosmos par temps de guerre et d'équilibrer les forces des ancêtres avec celles des vivants. Akatpitsjin m'apprit que cet équilibre était nécessaire non seulement entre hommes, mais aussi entre hommes et femmes, car le vagin agissait comme contrepoids face à l'action du pénis.

— Et qu'en est-il de vos femmes, demandai-je à Akatpitsjin. Savent-elles que vous avez des relations avec vos *mbai* ? Ne sont-elles pas jalouses ?

Les hommes se frappèrent les cuisses en se remémorant leurs nombreuses aventures extra-conjugales. Tous le monde trompait son épouse à un moment ou à un autre. Ils en étaient fiers et s'en gargarisaient.

— Nos épouses savent tout, elles ne sont pas jalouses. Sauf quand on couche avec une autre femme. Là, elles se mettent en colère. Elles ne sont pas contentes du tout. Mais pas quand on est avec notre *mbai*.

On couche parfois avec d'autres femmes. Alors, lorsqu'elles l'apprennent, nos épouses nous battent avec une bûche, mais nous faisons tout pour qu'elles n'en sachent rien.

Nous aussi, on se met parfois en colère contre nos femmes. Elles couchent parfois avec d'autres hommes et essaient de le cacher, mais les hommes sont plus malins et ils savent bien à quoi s'en tenir. Soit on les bat, soit on les met dehors. Si elles ont trop d'aventures, on les renvoie chez leur père. On ne les laisse pas revenir. On prend une autre épouse, une nouvelle, une jeune.

— Si vous n'aimez pas votre *mbai* ou si vous vous battez, est-ce que vous en prenez un autre ?

— Oh, non ! Un *mbai*, ce n'est pas la même chose. Nous nous mettons peut-être en colère, mais notre *mbai* reste notre *mbai* jusqu'à la mort. On ne peut pas s'en débarrasser comme d'une épouse. On n'a pas envie. On est ensemble pour la vie.

— Qu'est-ce que vous faites, si vous trouvez votre femme en train de faire l'amour avec un autre homme ?

— Eh bien, je lui file une raclée, répondit Akatpitsjin.

— Qu'est-ce qu'il se passe cette fois si vous trouvez votre *mbai* avec un autre homme ?

— Je file une raclée à son copain !

— Et pas à ton *mbai* ?

— Oh non ! Je ne le frappe jamais. C'est mon *mbai* !

Akatpitsjin ne cessait jamais de me surprendre et de m'amuser.

— Et à Buepis ou Basim, ils ont aussi des *mbai* ?

— Oui, mais c'est en train de changer.

— Où encore ?

— Dans beaucoup de villages. Tout le long de la côte sud. On trouve des *mbai* depuis Pirimapun, dans notre région, jusqu'à Omandesep et Jow.

— Comment tu le sais ?

— Parce que, ici, beaucoup avaient leur *mbai* dans d'autres villages. Lorsque, autrefois, il y avait *papisj*, il fallait souvent voyager très loin, jusqu'à Otsjenep ou Jow. On y restait plusieurs jours pour les fêtes parce que c'était trop loin et qu'il était impossible de faire le voyage en une journée.

Je ne pus découvrir aucun mot spécifique pour désigner le comportement sexuel actif ou passif des hommes du village. J'appris cependant de la bouche de Jamasm, un jeune homme qui travaillait au musée d'Agats, que dans le nord-ouest *ndu fa tetame* voulait dire littéralement "Je donne mon derrière" et *ndo tsjemen afa towai* "Je mets mon pénis dans ton derrière". Le jeune homme se défendit énergiquement d'avoir eu des relations sexuelles avec un autre homme, ce que je crus aisément. A l'époque où il était né, les missionnaires et l'administration avaient déjà proscrit les relations sexuelles entre hommes dans la région.

Dans la mesure où dans le sud, les rapports sexuels entre *mbai* impliquaient une totale réciprocité, cette distinction s'avérait superflue. Il n'existait pas de rôle bien défini comme c'est le cas dans les sociétés occidentales où, récemment encore, ceux qui pratiquaient la fellation ou la sodomie se cantonnaient habituellement à un seul type de comportement, un comportement passif était considéré comme féminin, un comportement actif comme masculin. Un tel clivage est étranger au mode de pensée asmat. Les seules exceptions possibles à cette règle sont les très rares *cemenopok*, sans-pénis, dotés d'un pénis si minuscule que les femmes s'en désintéressent. On dit que dans chaque village, il y a au moins un *cemenopok* et que sans aucune honte, il se soumet passivement aux autres hommes*.

— Est-ce que les femmes font l'amour entre elles ? demandai-je un jour.

Akatpitsjin éclata de rire. Il expliqua ma question et tous se tordirent de rire. Les hommes et les garçons s'empoignèrent par le sexe. Ils s'enlacèrent, se vautrèrent l'un sur l'autre, firent des roulades, des bonds, se relevèrent en se tenant les côtes, s'affalèrent à nouveau en se roulant par terre.

— Mais pourquoi voudraient-elles jouer entre elles ?

— Pour la même raison qui les pousse à coucher avec les hommes, par plaisir.

— Mais avec une autre femme, c'est impossible !

Ils tentèrent en ricanant d'imaginer deux femmes en train de faire l'amour. Cela leur paraissait inconcevable. Ma question resta sans réponse car je ne pus jamais aborder ce problème avec leurs épouses. Pourtant, Boelaars écrit à propos des Jaqui, voisins des Asmat, que *"L'homosexualité... n'est pas rare chez les personnes des deux*

* Je ne sais s'il s'agit là d'une atrophie congénitale due à une déficience en testostérone, car je n'eus pas l'occasion de constater la chose moi-même, mais les hommes comparèrent la taille du pénis d'un *cemenopok* en érection à celle de leur petit doigt.

sexes." Il ne dit rien de plus de l'homosexualité féminine.

Akatpitsjin restait bien sûr mon premier informateur. Tous les jours, à marée basse, nous nous promenions sous la pluie sur la grève de la mer d'Arafura à marée basse. Nous profitions des embruns salés. Un matin, Akatpitsjin provoqua ma surprise :

— Tout est en train de changer. Parfois, c'est bien. Parfois, je ne comprends pas ce qui arrive. Nous sommes contents que tu sois là. Nous t'aimons et moi, je te considère comme mon *mbai.* Tu nous apportes du tabac, de l'acier et tu nous fais goûter des plats étrangers. Nous avons des vêtements et nous sommes catholiques maintenant. Nous sommes heureux et nous aimons te savoir parmi nous.

Nous te comprenons mieux que le curé. Tu es l'un des nôtres. Tu ne te mets pas en colère lorsque nous te racontons ce que nous faisons. Tu es de notre côté. Mais toi et le pasteur, vous nous tentez avec toutes vos bonnes choses et nos ancêtres sont furieux contre nous. Le curé nous enseigne des idées qui rendent les ancêtres mécontents. Nous ne vengeons plus leur mort comme autrefois. Ils sont en colère et nous avons peur que les esprits ne fassent plus pousser le sagou. Peut-être même que nous ne trouverons plus de poisson dans les rivières.

Il n'y a plus de guerre, ni de morts. Nous allons voir le curé dès que nous avons mal, que nous sommes malades ou que le paludisme nous donne la fièvre. Et aujourd'hui, il y a plus d'hommes, de femmes et d'enfants.

Malgré cela, les jeunes ne se sentent pas bien ici. Ils ne veulent plus apprendre les vieilles chansons. Ils réclament des guitares, ils ont envie de chanter et danser autrement. Ils ne veulent plus apprendre à sculpter l'image des ancêtres. Ils travaillent vite pour gagner de l'argent mais ils ne veulent pas savoir comment on sculpte. Ils se contentent d'objets médiocres qu'ils peignent pour pouvoir les vendre à Agats.

A l'heure actuelle, il n'y a plus que les anciens, comme moi, pour graver les tambours. Seuls les anciens fréquentent encore la maison des hommes, jouent du tambour, chantent de vieilles chansons et racontent de vieux contes. Les jeunes préfèrent aller à Merauke et à Sorong où ils retrouvent d'autres Asmat. Ils ne travaillent pas. Ils ne gagnent pas d'argent. Ils partent en croyant qu'ils ramèneront des cadeaux et de l'argent, mais ils reviennent les mains vides. Ils sont allés à Merauke mais ils ne sont pas aussi importants que les hommes qui ont pris des têtes ou que les vrais sculpteurs. Ils ne sont rien.

De retour au village, nous longions maintenant la berge de la petite rivière. De chaque côté, des palétuviers se cambraient en entremêlant leurs branches. Une bouffée d'air sucré descendit le courant.

21

Cette nuit-là, j'ai rêvé d'un autre monde. Je cours à travers la forêt. Je ne reconnais pas la végétation luxuriante de la jungle. Les arbres sont nus. Le soleil m'éblouit à travers les branches. Je sens mon corps, je sens les esprits partout autour de moi, dans les arbres, dans les profondeurs des lacs, à l'intérieur de chaque maison, dans chaque pièce, des esprits tutélaires qui projettent l'aura de ceux qui ont vécu là, autrefois, des esprits ancestraux qui appartiennent à un passé lointain. Je me vois courant au petit matin, dépassant West House où ne brille encore aucune lumière. Je tourne sur la gauche vers les bosquets de pins et de bouleaux, ceux de hêtres et de chênes. Des plaques de givre scintillent. Je patauge dans de la glace fondue et le sol givré craque sous mes chaussures. La propriété des Whitney, aussi morte que les maisons dans les toiles de Hopper, se découpe distinctement dans l'air hivernal, ses écuries désertes, sa piste spectrale comme un Ryder, ses jockeys et leurs montures ayant rejoint des latitudes plus clémentes. Les coups sourds des pompes hydrauliques brisent un silence éphémère car on entend aussi les appels des piverts huppés et des geais. Je contourne le premier des quatre lacs et me dirige sur la droite vers la tour de pierre. Là, je prends sur la gauche, le long du lac Christina. Je rejoins finalement le sentier, tourne à droite, jette un regard au lac Alan du côté opposé et m'élance à petites foulées le long du chemin pentu qui grimpe doucement vers les pelouses et contourne le manoir.

Tout ceci est clair dans mon rêve et conforme à la réalité. Tous les jours, je fais le tour des lacs, un parcours de deux kilomètres. Je m'arrête pour reprendre mon souffle et gravis le perron à l'arrière du corps de bâtiment qui abrite le garage et l'office. J'entre dans la cuisine où Nellie, la gouvernante, m'invite en souriant à prendre une tasse de café. Elle pense déjà au dîner, des macaronis, l'ordinaire des jeudis maigres. Susan, la cuisinière noire, corpulente, toujours joviale, et Sylvia, petite, boulotte, le visage encadré de boucles teintes en noir, préparent des piles de sandwiches pour les douze invités. Sur les tranches de pain blanc, de pain de seigle et de froment, elles tartinent des larves de sagoutier, fraîchement grillées, qui dégorgent entre leurs doigts affairés. Les carottes découpées en julienne et les petits fours ont déjà pris place sur les serviteurs muets. Je suis venu avec la tribu des Yaddo et nos hôtes s'apprêtent à donner une fête.

Akatpitsjin apparaît sur le seuil, nu, une pagaie à la main. Il la pose contre le mur, entre dans la petite salle à manger et s'assoit au bout de la table.

— Des œufs de crocodile pochés, lance-t-il à Berverley, la domestique.

Les invités arrivent. Je suis assis à la droite d'Akatpitsjin et, bien que de trente-cinq ans mon cadet, il est mon père. Je me réfugie sur ses genoux pour me faire dorloter. Les autres invités, des hommes et des femmes, font eux aussi partie de la famille, ce sont mes frères et mes sœurs. Je me coule à l'intérieur d'Akatpitsjin où je disparais comme dans un utérus masculin. Les invités discutent de Janet Frame, dont ils n'ont pas lu les œuvres. Ils parlent une langue de bois à laquelle je ne comprends rien. J'ai repris ma place à table. Janet est maintenant à côté d'Akatpitsjin, ses cheveux vaporeux comme un halo autour de son visage. Elle lui jette un regard, puis se retourne vers moi :

— Je suis sûre qu'il y a quelque chose entre vous deux, me chuchote-t-elle en minaudant. J'aimerais me joindre à vous.

Akatpitsjin attrape sa serviette et s'essuie le coin des lèvres. Il répète exactement ce qu'il m'a dit ce matin et qui figure mot pour mot dans mon journal.

— Bien sûr, on fait aussi l'amour à trois.

Il s'exprime dans un anglais distingué. Il porte une chaîne en graines de larmes-de-Job et en pennes de casoar à laquelle est pendu un atlas, la première vertèbre cervicale. Les invités boivent ses paroles. Un ami entre et s'assoit près de moi après avoir embrassé Janet sur la joue. Il reste silencieux, intimidé par miss Frame, son idole. Il me sourit, effleure mon bras, grimpe sur la table, fait quelques mouvements d'assouplissement et, après un jeté élancé, atterrit dans le giron de Janet qui le berce au creux de ses bras. Akatpitsjin parle et nous écoutons :

— Tout est en train de changer, dit-il, nous oublions les coutumes de nos ancêtres.

Il se lève, prend son arc et ses flèches et tue tous les invités, à part Janet, mon ami et moi-même. Les corps sont découpés en morceaux et nous les mangeons une fois cuits. Je tiens un lambeau de chair au bout de ma fourchette :

— Ça, c'est Georgina, un peintre de renom. Je la mange pour avoir son talent.

Après avoir mastiqué et avalé la joue de Georgina, je pique un autre morceau en disant :

— Et ça, c'est la main de Paul. C'était un bon écrivain. Je serai bientôt aussi doué que lui.

Je plonge à la verticale, les pieds en l'air, la tête en bas, comme un missile, et je pique droit sur une forêt de sagoutiers. Terrifié, je me réveille, couvert de transpiration. Je suis bien au village, dans la maison de l'instituteur. Je me sens légèrement sonné. Allongé à côté de moi, je distingue le corps d'Akatpitsjin. Nous nous levons et enfilons un short. Après des œufs de poules sauvages et une tasse de café, Akatpitsjin me répète ce qu'il m'avait dit le jour d'avant et qu'il disait dans mon rêve.

— Bien sûr, on fait aussi l'amour à trois. Très souvent même.

Mais, en réalité, la tierce personne se contentait d'observer plus qu'elle ne participait. Un mari peut coucher avec ses deux femmes ou avec une femme et son *mbai*.

— Tout est en train de changer et nous oublions les coutumes de nos ancêtres. Les soldats prennent nos femmes et parfois ils en veulent deux. On n'aime pas beaucoup ce qu'ils font, mais que peut-on contre leurs armes ?

— Dis-moi, Akatpitsjin, lui demandai-je, en reprenant le fil d'une de nos conversations. Lorsque le curé vient au village, vous vous confessez. Vous êtes catholiques maintenant. Je sais qu'il n'y a pas très longtemps, tout le monde ici a été baptisé. Donc, vous vous confessez et vous lui confiez tous vos péchés. Mais est-ce que vous lui racontez tout ? Est-ce que vous lui parlez de vos *mbai* ? De moi ? Tu dis qu'il n'est pas au courant de ce qui se passe entre les hommes. Comment est-ce possible ?

Il me semblait étrange que les hommes couchent ensemble alors que le père Pietre était farouchement anti-homosexuel.

— Il ne sait rien du tout. Il est interdit de lui raconter quoi que ce soit. Tout le monde a compris qu'il ne fallait rien lui dire et personne ne dit rien. On lui raconte qu'on a couché avec cinq ou six femmes qui n'étaient pas nos épouses. Ça, on peut, mais on ne lui parle jamais de notre *mbai*. C'est interdit. Il nous écoute sagement et nous explique ce que nous devons faire, mais il ne sait rien de nos *mbai*.

— Qu'arriverait-il si vous confessiez cela aussi ?

— Oh, il essaierait sûrement d'y mettre un terme, comme pour le *papisj*. Il nous a déjà dit que l'amour entre hommes était défendu et qu'en plus c'était interdit par le gouvernement.

Cette semaine-là, je réussis petit à petit à recueillir des informations supplémentaires. Je m'étais consacré, comme à l'accoutumée, à mes recherches sur les motifs, les outils et les armes. Mais ce sont eux qui abordèrent le sujet. Les discussions ne se limitèrent pas à un groupe d'âge bien défini ; tout le monde prit la parole, les vieillards au même titre que les adolescents et les enfants. Tous avaient quelque chose à dire. Ils étaient parfois si loquaces que je n'avais pas le temps de lever la tête de mes notes pour voir qui était mon interlocuteur. Les enfants me racontèrent leurs expériences sexuelles, comment ils s'amusaient à la rivière avec d'autres garçons et des filles. Les adolescents et leurs parents simulèrent des ébats amoureux en communiquant par signes ou avec leurs corps comme si nous jouions aux devinettes. Akatpitsjin était leur truchement et il traduisait lentement pour être sûr que les informations que je prenais sous sa dictée étaient exactes.

— Parfois, m'expliqua l'un d'entre eux, je suis seul dans la forêt. Il n'y a personne à part moi, ni *mbai*, ni femme, mais j'ai très envie de faire l'amour. Alors, je perce un petit trou dans la vase et je m'allonge sur le ventre. Je mets mon pénis dans le trou et je m'agite, en me vautrant dans la vase. Ça soulage !

— Contrairement aux Marind, m'expliqua le doyen du village qui en savait long bien qu'il n'ait jamais quitté l'Asmat, nous ne séparons pas les filles des garçons avant l'initiation. Ils jouent ensemble. Ils explorent leurs corps, fourrent leur doigt dans un anus ou dans un vagin et parfois même un garçon pénètre une fille. Nous n'interdisons pas ce genre d'amusements.

Les mœurs varient d'une société indigène à l'autre et il arrive que certaines tribus soient choquées par les pratiques de leurs voisins. Chaque groupe a ses normes et ses interdits. J'avais eu de la chance de rencontrer Akatpitsjin, car il m'avait permis d'aller au bout de ce qu'autour de moi on considérait comme une forme de perversion. Auprès de lui, j'avais l'impression d'être à ma vraie place. Je ne m'étais jamais considéré comme anormal pour autant, mais c'est ainsi que les autres me voyaient. Au moment même où je compris que je ne pourrais jamais aller plus loin dans ma quête, je réalisai que j'étais heureux et satisfait de ce que j'étais. Je me sentais intégré au sein d'une famille qui appartenait à toutes les autres.

Je m'aperçois aujourd'hui que ce séjour en Asmat n'était qu'un rite de passage. En fait, sans m'en rendre compte, j'avais franchi bien des étapes tout au long de ma vie. Comment expliquer le Mexique et le Pérou, sinon comme des épreuves le long du chemin ? Ainsi, en Asmat, mon initiation avait commencé avec la succion rituelle des extrémités de mon corps, lorsque j'avais nourri des hommes et qu'eux s'étaient nourris de moi. Bien sûr, ils ne pouvaient pas savoir qu'ils étaient un maillon dans une suite logique d'événements qui me ferait accéder à la connaissance de ma vraie nature, mais ils avaient tenu leur rôle. C'est dans l'évolution de ma relation avec Akatpitsjin que les autres étapes m'apparurent clairement. C'est lui qui avait été l'instigateur, qui m'avait permis d'appréhender de nouvelles réalités de l'être. C'est lui qui m'avait permis de passer à l'âge adulte, comme s'il était le frère de ma mère, mon père. C'est lui qui avait annoncé à tout le monde que j'étais son *mbai* et que, comme beaucoup d'autres, nous étions liés. C'est lui qui m'avait fait découvrir un autre monde en me disant : J'ai besoin d'équilibre, et qui avait achevé mon initiation en me menant vers sa femme, bien que les forces m'aient manqué et qu'il ait consommé l'acte à ma place. La conscience et la compréhension de mon dilemme intérieur dont il avait fait preuve m'avaient procuré un sentiment de sécurité et de plénitude que je n'avais jamais ressenti auparavant. Plus tard, bien plus tard, j'avouerais que j'étais rassasié, repu de l'Asmat et de la Nouvelle-Guinée, prêt à retourner à New York.

Lorsque j'eus rassemblé mes affaires, Akatpitsjin porta ma mallette sur son épaule, l'autre main nouée autour de mon cou. Il souriait comme si je venais d'arriver ; mais je partais. Ses yeux brillaient. Ses cinq enfants se pressèrent autour de lui. D'autres hommes, tous du village, et quelques femmes se tenaient sur la berge.

La pirogue qui venait de Basim était couchée sur la vase. Cinq pagayeurs m'accueillirent en agitant le bras et en criant mon nom. Akatpitsjin leur fit un signe de la main, fier de la nouvelle montre qu'il portait au poignet. Ils chargèrent rapidement mes affaires et je montai dans la pirogue. Je savais maintenant me tenir debout et garder l'équilibre. Akatpitsjin et les enfants nous poussèrent en criant :

— *Nder momo ! Nder momo !*

Je leur répondis et mes pagayeurs firent route vers le large.

GLOSSAIRE DES MOTS ASMAT (A) ET INDONÉSIENS (I)

Ada (I). Il y a.
Aduh (I). Hélas ! Pauvre de moi ! Ah !
Ainor (A). Motif mystérieux et terrifiant qui orne les boucliers du sud de l'Asmat.
Akat, akato (A). Bien, fantastique.
Ata (A). Vouloir.
Atakam (A). Parler.
Babi (I). Cochon.
Balas (I). Equilibre.
Bapak (I). Père, vieil homme, monsieur ; formule de politesse.
Basu suangkus (A). Type de sculpture rituelle dans certains villages, manifestation visible de la tête des hommes morts au combat ; littéralement : têtes mortes visibles.
Biawak (I). Lézard.
Bipane (A). Décoration nasale en coquillage ; désigne également ce motif.
Camat (I). Le chef d'une administration régionale dans toute l'Indonésie.
Cemen, tsjemen, tamen (A). Pénis.
Cemenopok (A). Nom donné aux hommes dotés d'un très petit pénis ; littéralement : sans-pénis.
Dasan (A). Effrayé.
Djemes, jemesj, jamas (A). Bouclier.
Djimatsj (A). Rapport hétérosexuel.
Dje, dze, jew, jeu (A). Maison des hommes, case cérémonielle.
Eu (A). Crocodile.
Fa (A). Fesses, anus.
Faper (A). Sodomie.
Faper ameris (A). Sodomie réciproque.
Faper (feper) mbimar (A). Pénétrer l'anus.
Far (A). Papillon.
Hurahura (I). Vacarme.
Hutan (I). Jungle.
Imu-mu (A). Relation rituelle entre un homme mûr et un adolescent.
Ipitsj (A). Homme.
Isap (A). Tabac, cigarette.

Kali (I). Rivière.
Kom (A). Petit fruit croquant.
Mau (I). Vouloir.
Mbai (A). Relation rituelle entre deux hommes ayant approximativement le même âge.
Mbi (A). Eau.
Mbi urum (A). Rituel d'adoption et d'amitié.
Ndat (A). Esprit.
Ndatipitsj (A). Homme Esprit.
Ndei, ndein (A). Venez, venir.
Nder momo (A). Formule de salut, utilisée principalement avec les étrangers ; littéralement : je t'aime.
Ndo fa tetame (A). Je donne mon derrière ; être passif.
Ndo tsjemen afai towai (A). Je mets mon pénis dans ton derrière ; être actif.
Ndoram ata yima (A). J'ai besoin d'équilibre.
O (A). Cochon.
Omen (A). Grognements poussés par les hommes.
Omu (A). Sculpture rituelle dans le nord-ouest de l'Asmat.
Opok (A). Non, rien.
Orang (I). Homme.
Orang hutan (I). Homme de la jungle – souvent utilisé péjorativement.
Papisj (A). Echange des épouses.
Parang (I). Machette.
Per (A). Accrocher.
Rumah (I). Maison.
Rumah sakit (I). Hôpital.
Rupiah (I). Unité de monnaie indonésienne.
Rupiah tidak ada (I). Il n'y a pas d'argent.
Sakit (I). Maladie.
Salamat jalan (I). Au revoir, bon voyage (à l'adresse de la personne qui s'en va).
Salamat tinggal (I). Au revoir (à la personne qui reste).
Sasor (A). Une espèce de crabe.
Saya (I). Je.
Saya mau balas (I). J'ai besoin d'équilibre.
Sini (A). Non, ne pas.
Sini dasan (A). N'aie pas peur.
Tamen mbe mbakuman (A). Sucer le pénis d'un homme.
Tamen mbai sumapun (A). Sodomiser son ami rituel.
Tar (A). Roussette.
Tare (A). Autrefois.
Tarep (A). Patte de roussette.
Tempe (A). Piliers gravés dans le nord-ouest de l'Asmat.
Tidak (I). Non, ne pas.
Yipit a minau tamen emefafarimis (A). Retrousser son pénis ; se masturber.

TABLE

Ile de la Réunion
Du Piton des Neiges à l'île Maurice

Turquie
Montagne du Taurus et Kackar
Randonnée en Cappadoce

Pérou
Le Chemin des fils du soleil
Pèlerinage de Qoyllur Iti
Empire inca

Népal
Népal Mandala
Dolpo
Jannu et Kanchenjunga
Gorepani : entre les Annapurnas
et le Dhaulagiri
Camp de base de l'Everest

Inde
Traversée du Sham et fêtes ladakhies
Grande traversée du Zanskar
Vallée de la Marka

Tibet
Du Tsangpo au Namtso
La Voie royale
Amnye-Machen

Viêt-nam
Au pays du dragon

Rajasthan
Montagnes des Maharadjas

Indonésie
Des torajas aux varans de Komodo
Sibeirut : l'île des hommes fleurs

ACTES SUD
HUBERT NYSSEN EDITEUR

EXTRAIT DU CATALOGUE

Lettres chinoises

Zhaxi Dawa
LA SPLENDEUR DES CHEVAUX DU VENT

Ma Jian
LA MENDIANTE DE SHIGATZE
CHIENNE DE VIE !

Mo Yan
LE CLAN DU SORGHO

Rou-Shi
FÉVRIER

Zhang Xinxin
SUR LA MÊME LIGNE D'HORIZON
UNE FOLIE D'ORCHIDÉES
LE COURRIER DES BANDITS

Lettres coréennes

Ch'oe Yun
LÀ-BAS, SANS BRUIT, TOMBE UN PÉTALE

Yi Ch'ŏngjun
L'ÎLE D'IŎ

Yi Munyŏl
L'OISEAU AUX AILES D'OR
L'HIVER, CETTE ANNÉE-LÀ
NOTRE HÉROS DÉFIGURÉ

Richard Aldington
MORT D'UN HÉROS
LA FILLE DU COLONEL

Paul Auster
CITÉ DE VERRE
REVENANTS
LA CHAMBRE DÉROBÉE
L'INVENTION DE LA SOLITUDE
LE VOYAGE D'ANNA BLUME
MOON PALACE

Russell Banks
LE LIVRE DE LA JAMAÏQUE

Sadie Blue
L'IMPRESARIO D'HANNIBAL

J. L. Carr
LA BATAILLE DE POLLOCKS CROSSING

Robin Chapman
LE JOURNAL DE LA DUCHESSE

Jim Crace
CONTINENT
LE DON DE LA PIERRE

Don DeLillo
LES NOMS

André Dubus
JOLIE, LA FILLE !
SE TROUVER UNE FEMME EN AMÉRIQUE
MORTS EN MER

Amelia B. Edwards
MONSIEUR MAURICE

Page Edwards
PEGGY SALTÉ

Alice Hoffman
LA NUIT DU LOUP

Mary Hood
BLEU COMME VÉNUS

Alan Jolis
MERCÉDÈS ET LA MAISON DES ARCS-EN-CIEL

Ursula K. Le Guin
LOIN, TRÈS LOIN DE TOUT
LE COMMENCEMENT DE NULLE PART
MALAFRENA

Hugh Nissenson
L'ARBRE DE VIE
POUR DIX DOLLARS

Liam O'Flaherty
L'EXTASE D'ANGUS

Elizabeth Tallent
LA VIE EST UN MUSÉE
INCONSTANCES
CÉRÉMONIE DE CLÔTURE

Gene Wolfe
LE LIVRE DES FÊTES
PEACE

Ouvrage réalisé
par les Ateliers graphiques Actes Sud.
Photocomposition : Société I.L.,
à Avignon.
Achevé d'imprimer
en avril 1991
par l'Imprimerie Bussière
à Saint-Amand-Montrond
sur papier des
Papeteries de Jeand'heurs
pour le compte des éditions
ACTES SUD
Le Méjan
13200 Arles.

Dépôt légal
1re édition : mai 1991
N° impr. : 1352